효
령
병
법

한국경제 세계정복사. 첫 단추

효령병법

孝靈兵法

텡그랑 권오인 지음

비움과
채움

이 책의 지은이는 '텡그랑'이다. 텡그랑은 몽골 언어 '텡그리'와 우리나라 말 '랑'의 합성어이다. 몽골에서 하늘이 사람에게 전하고자 하는 '하늘의 뜻'을 전달하는 자를 '텡그리'라고 한다. '랑'은 '나랑 너랑'처럼, 체언에 붙어 '같은 자격'으로 쓰이는 말이다.

나는 텡그리처럼 2018년 10월 26일부터 하늘이 전하고자 하는 바를 기록으로 남긴다. 유튜브에서 '권오인'을 검색하면 문재인 대통령께 영상편지를 읽던 중 '힘 있는 회사와 짜고 한다.'고 하늘이 가르쳐 주기 위해 '힘'이라할 때 정말 피눈물이 떨어졌다. 이렇게 피눈물이 나올 확률은 10억분의 1이라고 한다. 또 나를 회사에 나오지 말라고 징계가 열리는 정확한 시간 2018년 10월 23일 10시 10분에 약 50평방미터에만 1분간 하늘에서 비가 내렸는데 이 확률은 100억분의 1이라 고 한다. 이 현상을 동영상으로 찍으려 했으나 우리 회사는 동영상을 못 찍게 앱을 깔아서 회사 내에서는 동영상이 안 되어 녹음으로 유튜브에서 앞에 것과 연결하여 올렸다.

이 일들이 우연의 일치가 아니라는 것을 2018년 10월 26일 11시 50분이 되어서야 하늘로부터 전해주는 소리를 들을 수 있었고 그 소리를 기록하여 2주 만에 원고를 출판사에 넘겼다.

일반적으로 책을 쓸 때 대중의 취미에 영합하여 상업적인 잠재의식이 아주 조금이라도 깔려 있다. 하지만 이 책은 하늘이 보여준 것을 붓

가는 대로 썼기 때문에 흥미가 전혀 없을 수도 있다.

하늘이 전하는 소리는 나 혼자만의 문제가 아니라 우리나라 전반에 관한 문제였다. 그 문제는 문재인 대통령이 부르짖었던 적폐청산의 문제였다.

이와 같은 조건이 충족될 때 개인이나 사회가 질적으로 변화하고 국가는 성장하는 것이다. 국가는 국민의 세금으로 나라를 운영한다. 국가를 움직이게 하는 근간인 국가의 세금을 중간에서 약탈해도 수사관은 "나라의 세금을 중간에서 횡령하더라도 법으로 규정되어 있지 않아 그것은 개인의 문제이다."라고 치부하고 방치하자 하늘이 그 징조로 정말 피눈물을 흘리게 하고 정말 하늘에서 비를 뿌리고 또 나에게 붓을 들게 한 것이다.

그리고 2018년 11월 14일 하늘은 나에게 이렇게 말했다. "오늘 너희 대표가 그곳을 지나갈 것이다. 그곳에서 기다렸다가 그곳을 지나갈 때 너희 대표에게 갑자기 질문해 보라. '틀리는 것 맞추느라 고생이 많으시네요!'"라고 나는 하늘의 말에 순종하여 녹음기능을 켜고 대표를 기다렸다. 2018년 10월 26일 나를 회사에 나오지 말라 한 이후 오랜만에 대표를 만나기 위한 순간이었다. 2018년 11월 14일 처음으로 가 본 계단에서 하늘이 가르쳐준 곳에서 기다리고 있었는데 정말로 대표가 그 좁은 길을 지나가자 나는 대표에게 말했다. "틀리는 것 맞추느라 고생이 많으시네요?"라고 나의 물음에 대표는 "틀리는 것 맞추느라 고생이 많았지!" 이 말을 녹음하고 국민연금 공단에 가서 납입확인서를 받아 보니 "저번에 출력한 것과 지금 것이 왜 차이가 나는가?" 내가 물으니 나에게 국민연금 납입확인서를 출력해준 담당자는 "이미 2017년도는 국세청에 자료가 넘어간 상태라 공문서를 조작할 수 없다."고 했다. 이 또한 녹음을 해 두었다. 이렇게 힘 있는 회사와 공무원들이 짜고 공문서까지 위조한 것을 보았다. 이것은 나라의 근간을 뒤흔드는 일이었다.

이와 같이 나라의 근간을 흔들었던 적폐청산이 해결된 후 대한민국의 경제가 세계경제의 정복을 이끌어 준다고 하늘이 말했다. 창원에서 단 한 번밖에 가 본 일이 없는 곳에서 기다리자 그곳에서 대표를 만나게 한 것도 우연일까? 또 대표 본인의 입으로 "틀리는 것 맞추느라 고생이 많았지!" 라고 말한 것이 우연일까? 이 모든 것은 하늘의 순리이다.

이 기회에 최하층에 속하는 나를 통하여 사회를 변혁하고 역사를 바로 세우기 위해 이 나라를 부강하게 만들게 하려고 하나의 도구로 사용한다고 하늘이 말했다.

나라의 근간을 뒤흔드는 적폐청산을 나의 사건으로 우선 대통령령(大統領令)으로 철저히 조사하고 법이 새로이 개정되어 나라의 근간을 흔들었던 이와 같은 '모든 종류의 적폐청산을 말로만 외치는 것이 아니라 나의 사건을 본으로 삼아 철저히 조사하여 완전히 적폐를 청산함으로써

새롭게 국가의 기틀을 다져나가라는 것'이라 하늘이 분명히 말했다.

　그러한 문제의 해결은 인류 역사에 있어서 사회 발전의 다양한 단계를 과거 1,000년 전에 개인과 개인, 개인과 집단, 집단과 집단 간에 협력과 대립, 억압과 투쟁, 갈등과 상생, 이합집산 등을 정복전쟁이라는 사건을 가지고 펼쳐 보였다.

　1,000년 전의 일이라 시간의 흐름을 견디지 못하고 사라지거나, 누락되거나 왜곡되거나 각색되거나 한 것들을 다시 1,000년 전으로 돌아가 재연하는 것은 나 개인으로서는 도저히 할 수 없는 작업이었으나 하늘이 개입하여 2주 만에 원고를 다 서술하고 출판사에 넘겼다.

　이 서술은 하늘이 나에게 가르쳐준 것을 바탕으로 1,000년 전의 역사로 재구성한 것이다.

　이 책에서 다루는 1,000년 전의 몽골비사는 지금 전해오기는 하였으나 그 또한 승리한 역사가들이 서술한 것이다.

　몽골비사는 칭기스칸이 몽골고원을 통일한 후 쓰였다. 하지만 그 대에서 제국이 유지되지 않고 단절되었다면 몽골비사는 지금의 시대에 구전으로만 전해졌을 것이다.

　그러나 그와 그의 아들과 그의 손자 대들이 제국을 유지했기 때문에 몽골비사는 지금까지도 책으로 남아있다.

　이와 반대로 효령병법(孝靈兵法)도 효령태자가 책으로 엮어 전해 내려

오다가 역사의 흐름 중간에서 소실되고 극히 일부 사람을 통하여 구전으로 내려왔다.

최근의 역사를 살펴보더라도 그것은 마치 중국이 우리와 체제가 다르다고 해서 마오쩌둥의 참모가 대거 조선인으로 포진되어 있었다는 사실마저 숨기고 있다.

마오쩌둥의 최측근은 조선인 참모들이 선봉에 서서 장제스를 대만으로 몰아내는 일등 공신으로 대거 포진되어 있었다는 것조차 우리 입으로 금기시해 왔다.

마오쩌둥 시대는 그다지 역사가 많이 흐르지 않았음에도 극히 일부 사람만이 이 사실을 안다. 이 또한 후세에는 내가 지금 칭기스칸 시대의 역사를 기술하는 것처럼 그렇게 기술할 때 개연성이 전혀 없는 이야기로 치부해 버릴 것이다.

그러나 마오쩌둥의 참모는 조선인이 마치 유럽을 칭기스칸보다 앞서 정복한 고려인 장수 제베의 역할을 했던 것처럼 마오쩌둥보다 앞서서 조선인이 진로를 개척했다는 진실 된 사실을 누가 감히 개연성이 전혀 없는 이야기라 말할 수 있겠는가!

나는 마오쩌둥보다 한발 앞서 진로를 개척한 조선인이 누구인지 잘 알고 있다. 하지만 후세 사람들이 지금의 나처럼 그를 등장시켜 그 시대에 맞게 역사를 재구성할 것이다.

마오쩌둥이 중국을 통일할 때 뛰어난 조선인 참모의 활약상 덕분에 장제스를 대만으로 몰아내고 중국을 평정하게 만든 실질적인 장본인은 조선인이었으나 6·25사변을 통하여 마오쩌둥의 아들을 사지로 몰았던 것처럼 뛰어난 우리 조선인의 참모들도 대거 희생되었다.

이처럼 효령병법(孝靈兵法)이 사라진 이유 중에 하나는 그 당시 중화사상에 물든 사람들 또는 고려의 위대한 인물들이 자기들보다 우수하다는 것을 숨기기 위해 역사 속으로 사라지게 한 것이다. 또 한 가지 이유는 국력이 약해서이다. 국력이 강했더라면 타국에서 활약한 뛰어난 고국의 인물들을 영웅시하여 그려냈을 것이다.

하지만 국력이 약했기 때문에 뛰어난 인물들은 동북공정처럼 힘센 나라의 백성 이름으로 바꾸어 처음 부모로부터 받은 이름은 사라지게 된 것이다. 목화려(木華黎) 외에는 그렇게 다 사라졌다.

예전이나 지금이나 어떠한 한 시대에서도 서로 다른 지역에서 여러 왕들과 장군들과 신하들과 각 나라의 백성들을 통하여 기술한 역사적 사실 안에서 그들이 타인에게 대하는 마음들, 남을 불쌍히 여기는 마음, 잘못을 미워하는 마음, 사양하고 양보하는 마음, 옳고 그름을 구별하는 마음의 4단과 기쁨, 노함, 슬픔, 즐거움, 사랑, 미움, 욕망의 7정을 가지고, 인간적이고 도덕적인 감정이 1,000년이라는 시간과 공간을 뛰어넘어 이 시대 사람들의 생각과 감정을 공유하고 전쟁이라는 단어를 경제라는 단어로 바꾸어 지금의 시대에 적용한다면 칭기스칸이 군사를 앞세워 정복한 길을 우리나라는 참신한 두뇌를 가진 인재들이 세계경제를 정복할 것이다.

거듭 말하거니와 이 책은 전쟁을 다루었지만 글로벌 시대의 경제를 접목해도 유사한 전략을 펼칠 수 있다. 그렇게 하여 세계경제를 우리나라의 뛰어난 인재들이 효령병법 같은 경제전술을 펼쳐 온 국민이 다 잘사는 나라로 만들게 하기 위한 것이다. 뿐만 아니라 이 책은 동시대를 살았던 의종과 칭기스칸, 권황제 무칼리와 금나라 애종을 등장시켰다.

이들을 통하여 나라의 왕(대통령)이나 기업의 대표(회장)나 가정의 가장이 어디에 속하는지 스스로 판단해 보길 바란다. 본문에서 의종과 칭기스칸을 비교하면 오늘날에도 항상 두 왕 중에서 어느 한쪽을 선택하여 그 길을 반복하여 걸어왔고 앞으로도 의종처럼 백성을 대하든지 칭기스칸처럼 백성을 대하든지 사후에 분명하게 평가할 것이다.

회사도 마찬가지이다. 대표가 의종처럼 했던지 칭기스칸처럼 대했던지 차세대에, 아니면 망한 후나 그가 떠난 후 분명히 밝혀질 것이다.

같은 시대의 인물로 의종의 타락상은 백성들에게 고단함만 더해 갔다. 하지만 자신의 고난을 삶으로 일궈낸 왕은 백성을 향한 마음이 고스란히 백성들에게 이익을 가져다줬다. 칭기스칸은 "지도자는 백성이 행복하기 전에는 결코 행복할 수 없다." 이렇게 마음속에 새겨 두었고 오늘날에도 이렇게 마음에 새겨둔 지도자는 국민들을 편안한 삶으로 이끈다.

이 두 왕을 비교함으로 오늘날 미래의 왕(대통령)들도 백성을 향한 아끼는 마음으로 임하라는 뜻이다.

본문 중에 두 왕에게 화살 사건이 일어났다. 두 왕은 분명한 차이를 보였다.

의종은 김돈중의 실수로 화살이 어가에 떨어졌으나 그것을 의심하고 죄 없는 나인을 죽이고 무신들을 귀향을 보낸 반면 칭기스칸은 자신을 죽이려고 목덜미에 화살을 맞힌 고려인 장수 제베를 살려주어 큰 공을 세우게 했다.

이미 사라진 1,000년 전의 인물들을 통하여 지금 이 시대의 자화상을 본문을 통하여 그려봤다.

전략적 요충지인 하중(河中)을 처음에 금나라 황제가 완안아노대(完顔阿魯帶)에게 지키도록 명하였다. 하지만 완안아노대는 군율을 세우지 못하고 백성들의 고혈만 짜내고 있었다.

고려인 권황제 무칼리가 하중(河中)의 이웃 성 강주를 격파하자 완안아노대는 두려운 나머지 지레 겁을 먹고 황제에게 달려가 "폐하, 하중이 고립되어 성을 지킬 수 없습니다. 하중은 황제라도 지킬 수가 없습니다. 그러하니 하중을 즉시 포기하여 주십시오." 요청한 후 완안아노대가 하중을 포기하면서 "성안의 모든 집들을 몽골에게 그대로 줄 수 없다."라고 말하며 민가와 관사를 모두 불태웠는데 이틀 동안에 걸쳐 불에 다 탄 후 모두 재가 되어 사라졌다.

이것을 안 금나라 황제 애종이 유사(有司)에게 말하기를 "이 일을 어이할꼬! 하중은 중요한 요충지로 나라를 유지하는 최후의 보루(堡壘)인데 부끄럽게 적들에게 함락되었으니 이 일을 어이한단 말인가!" 금나라 황제 애종이 재차 하중을 회복하도록 명령했으나 다시는 회복되지 못했다.

지금의 시대에도 완안아노대(完顔阿魯帶) 같은 대표가 있다. 직원들의 고혈만 짜 먹다가 걸리게 되면 말하기를 "내가 회사를 폐업하는 것보다 너희들이 손해를 보더라도 문을 닫는 것보다 낫지 않냐!"라고 말해도 직원들은 할 수 없이 따른다. 이것은 마치 완안아노대가 '요충지를 불태워 버리겠다.'는 말과 같다. 그래서 하늘이 가르쳐준 대로 이 대목을 넣은 것이다.

이 책은 이렇듯 각각의 등장인물이 모두 현대에도 다 적용시키도록 비유로 되어있다. 현 시대의 사람들에게도 접목할 수 있도록 2주에 걸쳐 최하층인 나를 들어 하늘이 가르쳐준 것을 바탕으로 몽골비사의 극히 일부의 이야기와 구전으로 내려온 것을 하늘의 소리에 귀를 기울여, 이미 눈은 어둡고 서투른 독수리 타법으로 쓰게 된 것이라고 거듭

밝힌다.

칭기스칸이 세계를 정복했던 것을 보면 역사는 반복된다는 사실을 다시금 알게 된다. 그 당시 고려인 제베의 저승군단을 통하여 세계화의 발을 내디뎠고 효령태자의 역참을 통해 세계화가 진행되었다. 그것은 오늘날 인터넷망 구축으로 나타난다.

이뿐만 아니라 그 당시 종교적 자유와 민족 간이나 나라 간에 문화의 다양성이 인정되었다. 이것이 오늘날 k-팝으로 세계무대를 누비고 있다.

칭기스칸은 해가 뜨는 곳에서부터 해가 지는 곳까지 지배했다. 오늘날에서의 경영인도 세계 글로벌이라는 이름 아래 해가 뜨는 곳에서부터 해가 지는 곳까지 운영한다.

그래서 이 책을 보고 응용하라고 세계를 정복했던 칭기스칸이라는 실제인물을 바탕으로 위대한 고려인을 통하여 재구성했다.

지금 우리나라가 처해 있는 어려운 경제 환경에서 새로운 도약의 시대로, 새로운 천년을 열어나가기 위해 대한민국 국민과 지도자들이 올바른 시각으로 헤쳐 나아갈 길을 제시했다.

끝으로 정복당했던 서양인이 바라본 몽골의 푸른 군단에 대한 시각이다. 그 당시 대부분의 서양 기록자들은 몽골의 푸른 군단을 악마나 조폭 집단의 깡패나 야만적이고 잔인한 인물로 묘사했다.

그중 한 예로 1240년 페리스의 기록에는

'타타르(몽골인)는 엄청난 떼를 이루어 밀려오는 혐오스러운 사탄의 종족. 그들은 고향의 산들 사이를 흐르는 타타르 강 출신이기 때문에 타타르라고 부른다. 타타르는 동쪽 나라를 파괴하여 황폐하게 만들었으며 가는 곳곳마다 불을 지르고 살육을 한다. 타타르인들은 도시를 완전히 파괴하고 숲에 불을 지르고 성을 무너뜨리고 포도밭을 파헤치고 밭을 짓밟고 시민과 농부를 죽였다.

혹시나 목숨을 애걸하는 사람을 살려줄 경우에는 가장 비천한 노예 취급을 하여 맨 앞에 나가 자신의 동족과 싸우게 했다. 그들이 싸우는 척만 하다가 동족에게 달아나라고 주의를 주면 타타르는 그들 뒤로 가서 목을 베어버렸다. 그러나 용감하게 싸워서 이겨도 아무런 감사의 말을 듣지 못했다. 이들은 비인간적이며 본성이 짐승 같다. 인간이라기보다는 괴물이라고 불러야 할 것이다. 이들은 피를 찾아 마른 목을 적시고 개와 사람의 살을 찢어 먹는다. 이들은 황소 가죽으로 옷을 해 입고 쇠창으로 무장했다. 키는 작고 땅딸막하지만 힘은 세다. 싸움에는 무적이며 일을 할 때에는 피로를 모른다. 등에는 갑옷을 두르지 않았지만 앞은 보호한다. 가축의 몸에서 흐르는 피를 마시며 이것을 맛있다고 한다. 이들은 인간의 법을 모르고 자비 또한 모른다. 사자나 곰보다 더 잔인하다. 이들은 피가 없으면 흙탕물이라도 마신다.'

또 성직자가 보르도의 대주교에게 보낸 편지 내용은

'몽골군은 지옥에서 온 식인종으로 전투가 끝난 뒤에는 시체를 먹고 뼈만 남기는데 콘도르조차 그 뼈는 천하다고 쪼지 않는다. 몽골군은 노파를 먹는 것을 즐겼으며 처녀를 발견하면 지쳐 죽을 때까지 그 짓을 하며 승리를 자축했다. 그런 다음 처녀들의 젖가슴을 잘라 보관했다가 두목에게 진미로 주었으며 몸통은 야만인의 유쾌한 잔치의 먹을거리가 되었다. 지금까지 그들에게 접근할 방법이 없었으며 그들 또한 우리에게 접촉하려 하지 않았다. 양쪽을 다 아는 다른 사람들을 통하여 그들의 관습이나 성격을 알 수도 없었다.'

2018년 11월 14일
하늘의 뜻을 옮긴이 권오인

차례

한국경제 세계를 정복할

첫 단추를 끼울 영웅은 누구인가?

믿든 믿지 않든 그것은 각자의 몫이다.

이 책은 하늘의 계시로 쓴 것이다. 2018년 10월 26일 밤 11시 50분부터 하늘의 계시를 받고 펜을 들어 2주간 기록하였다. 온 국민이 다 잘 살게 만드는 길의 첫 단추가 여기에 숨어 있다. 이 책을 쓰게 만들어준 데 대해 먼저 하늘에 영광을 돌린다. 여기서 하늘은 하나님을 말한다.

칭기스칸도 무슨 일에 앞서 영원한 푸른 하늘을 향해 부르짖고 구한 후 그 일에 착수했다. 칭기스칸은 영원한 푸른 하늘을 향해 부르짖은 것도 하나님의 다른 표현이다. 칭기스칸의 아버지 예수게이도 기독교인이었고 예수게이와 의형제 동맹을 맺은 옹칸도 기독교인이었으며 칭기스칸이 새로이 아내로 맞은 예수겐과 예수이도 기독교인이었다.

나는 이 책을 쓸 생각도 하지 않았다. 그런데 하늘이 나에게 기회를 만들어 주었다. 회사에서 국가에 내야 할 세금을 중간에서 이득을 취하자 나는 세금을 국가에 다 환수해야 한다고 고소를 하였다. 유튜브(검색: 권오인)에서처럼 '힘' 있는 말할 때 정말로 피눈물이 떨어졌다. 하늘은 7분여 동안 문재인 대통령을 향한 영상편지에서 정확하게 '힘'이라는 문장을 읽을 때 정말 피눈물을 흘리게 한 것은 '힘 있는 회사'는 검사와 짜면 조사를 하지 않는다는 것을 하늘이 가르쳐준 것이다.

나라를 바로 잡아야 할 자들이

정직의 길로부터 벗어났네!

정의롭고 공명정대함은

돈 힘에 눌려 무릎을 꿇어 버렸네!

정의롭다는 잔에는 부정이라는 술이 넘쳤네!

부정이라는 잔의 술을 이미 마셔버린 후엔

이리로 가라 하면 이리로 가고

저리로 가라 하면 저리로 가니

정의 없는 나라엔

힘없는 백성만 고단함이 늘어나네!

그리고 이런 일로 '2018년 10월 23일 10시에 징계를 한다.' 해서 나는 '10시 10분으로 늦추어 달라' 했다. 그래서 그것이 받아들여져서 10시 10분이 되기를 밖에서 기다렸다.

그런데 정확하게 10시 10분에 하늘에서 1분간 비가 내렸다. 그 당시 나는 10시 10분 휴식 끝. 작업시작종이 울림과 동시에, 정확히 그 시간에 하늘에서 굵은 비가 내리자 휴대폰을 꺼내어 녹음 기능을 눌러놓고 고개는 하늘을 향하여 젖히고 빗물을 맞으며 혼잣말로 "하늘이 슬퍼서 빗물도 흘리네!" 이렇게 말한 후 순간 비를 피해 달려오는 우리 직원에게 나는 말했다. "빗물이 갑자기 뚝뚝 떨어지노!" 직원은 나의 말이 맞다는 뜻으로 "네" 라고 말했다.

그리고 회사에서 나를 나오지 말라 해서 회사에 나가지 않던 첫날 2018년 10월 26일 하늘이 나에게 직접 이렇게 말했다. "네가 1분간 맞은 그 빗물은 네가 '하늘이 슬퍼서 빗물도 흘리네!' 하였으나 내가 슬퍼서 흘린 것이 아니라 네가 맞은 빗물의 개수만큼 책에 나올 단어의 개수이다. 슬퍼하지 말라." 하고 책 전체를 내 눈앞에 보여 주었다. 하늘이 그것을 보여준 후 '몽골비사'에서 숨겨 왔던 효령태자(우런)와 이미 알려진 고려인 제베와 권황제(權皇帝) 무칼리(木華黎)의 활약상을 통해 우리 국민이 깨닫고 한국경제가 세계를 정복하라는 메시지를 담고 있었다.

하늘이 보여주기를 몽골의 예로 지금의 세계정세가 어떻게 움직이는지 보여 주었다.

세계역사상 가장 큰 제국을 건설했던 몽골제국은 여자가 관리했다. 칸이 정복전쟁에 참여하면 그 부인이 섭정했고 전쟁에서 돌아오더라도 제국 전체의 재정은 여자가 도맡아 관리했다.

칭기스칸 이후의 칸의 부인은 몽골족 출신이 아니었다. 모두 정복지에서 얻은 출신으로 전쟁에 패하여 여지없이 1순위로 칭기스칸 씨족으로 시집을 왔다. 그 여자들 대부분은 기독교인이었는데 그녀들이 세계의 경제를 주물렀다. 칭기스칸의 대제국 시대에 군사는 칸이, 경제는 기독교인인 여성들이 장악했다.

지금의 세계를 살펴보면 군사는 미국이 경제는 유대인이 장악하고 있다.

하늘이 또 나에게 말했다. "새로운 세계는 군사는 중국이, 경제는 한국이 장악한다. 그 시작점이 지금이다. 그 선택의 몫은 우리 국민에게 달려 있다. 지금보다 더 어려운 비참한 길로 갈 것인가? 세계경제를 장악할 길로 갈 것인가? 그 답의 첫 단추는 남북이 교류하고 개통을 하여 비무장지대 안에 세계에서 가장 높은 건물을 건설하여 청년 일자리를 창출하고 비무장 전 지역을 자치특구로 만들어 병원·요양시설로 양질의 일자리를 창출하라. 각 지방분권은 자체적으로 아이디어를 내어 세계시장을 공략하면 고용률 100%가 넘으므로 그 모자라는 인력은 북측에 우선순위를 주어 고용해야 남북이 똑같이 잘살게 된다."라고 했다.

하늘이 말하기를 "몽골시대에 각 부족들이 힘의 원리에 따라 이합집산한 것처럼 지금의 시대에도 똑같이 이합집산한다. 이합집산을 거듭한 후 결국 몽골 유목민의 마음을 하나로 뭉쳐 이합집산의 종지부를 찍을 때의 칭기스칸의 백성은 남녀노소 다 합하여도 200만 명도 채 안 되는 수로 세계를 정복했다."

또 하늘이 말하기를 "대한민국 내 정치인을 살펴보라 칭기스칸과 같이 백성을 배 불리기 위하여, 자기 지역 주민의 살림을 잘 꾸려 나갔던 사람이 있다. 한국경제를 새로 일으킬 그는 고려인으로서 중도를 수도로 한 금나라의 권황제(權皇帝) 무칼리(木華黎)처럼 목자(木子)가 나라를 다시 세운다는 그 성의 소유자다. 그는 국민을 위한 정치로 국가를 부강하게 하려 하지만 기득권자들은 그를 갈기갈기 찢으려 할 것이다.

칭기스칸은 몽골 통일 전 부족 간, 힘의 원리에 따라 사분오열할 때 혈육이 배신하고 한때는 그를 추종했던 세력들이 자무카나 옹칸의 진영으로 갔지만 칭기스칸은 더 많은 다른 부족을 흡수한 것처럼 앞으로 대한민국을 살릴 목자(木子)성을 가진 그도 혈육이 배신하여 그의 마음을 갈기갈기 찢었다.

한때는 그를 따랐던 세력들이 타 당과 합세하여 하이에나 떼처럼 뜯어먹으려 달려들지만 그는 더 많은 지역을 관리하는 자가 되어 늘 마음속에 생각하기를, '이 지역민이 행복하기 전에는 결코 나는 행복할 수 없다.' 이렇게 마음속에 새겨 두었고 칭기스칸이 전쟁의 맨 앞에 서서 죽음을 각오한 것처럼 그도 죽음을 각오하고 38선을 넘어 취업난을 해소하고 양질의 청년 일자리를 대거 창출한다. 그가 '국민들이 어떻게 하면 잘살 수 있을까?'라는 생각으로 가득 찼지만 기득권들은 인간의 저급한 본성을 드러내며 더욱더 그를 헐뜯고 미워한다.

그가 우리나라 경제를 살릴 출발점은 비무장 지대에 세계에서 가장 높은 건물을 세워 남북이 다 잘사는 첫 단추를 끼우는 것이다. 칭기스칸이 호레즘 왕에게 대상을 사절로 보냈을 때처럼 거절을 당하고 또 당해도 끝내 이루어진다.

세계에서 가장 높은 건물의 상징적 첫 단추는 다음 단추로 이어질 것이다. 이 단추들이 다 끼워지는 날, 칭기스칸이 세계를 정복한 것처럼 그도 지금의 어려운 한국경제를 일으켜 세워 세계경제를 정복한다. 지금 시대에 [칭기스칸 세계정복사]를 쓴 것처럼 대한민국의 미래에 한국경제, 세계정복사의 첫 시작의 신호탄을 쏘아 올린다."

하늘은 이 말을 남기고 칭기스칸이 평생 자기 이름밖에 쓸 줄 몰랐으나 하늘의 말을 전달해 주는 텝 텡그리와 주위 사람들의 말에 귀 기울일 줄 알아 그들의 말을 믿고 현명해졌고 그 현명함을 바탕으로 세계를 정복했다.

나는 하늘이 말한 "대한민국을 살릴 목자(木子)성을 가진 그도 혈육이 그의 마음을 갈기갈기 찢었고, 한때는 그를 따랐던 세력들이 타 당과 합세하여 깎아내리고 계속해서 꺾으려 해도 그는 더 많은 지역을 관리하여 더 많은 사람들을 배부르게 하는 자가 되었다." 나는 그가 누구인지 모른다. 나는 TV가 없다. 세상에 난무하는 어지러운 소리에 문을 닫았다. 그렇기 때문에 그를 더더욱 모른다.

단지 그를 찾게 되면 나는 그에게 하늘이 가르쳐준 것을 말하여 우리나라 모든 국민이 그를 통하여 잘살게 하겠다.

나의 이 말을 믿든 믿지 않든 그것은 그들의 몫이다. 하늘은 나의 작은 신음에도 응답했다. 유튜브(검색: 권오인)에서 문재인 대통령에게 보내는 영상 편지의 말미에 "대통령은… 보수와 진보 모두를 포용하는 한 나라의 어버이이십니다. 한 어버이 밑에 다소 부족한 아들이 있더라도 포용정치를 해 주시기를 간절히 바랍니다."처럼 목자(木子)성을 가진 그는 주위에서 그를 갈기갈기 찢어도 포용정치를 할 것이다.

그가 하는 포용정치는 마치 주위에서 칭기스칸을 폄하했던 것처럼 그렇게 할 것이다. 그렇게 하는 것조차 한 어버이 밑에 다소 부족한 아들이 하는 소리라 여기고 포용정치를 할 것이다. 그는 오로지 우리나라 경제에만 매진할 것이다.

그는, 그의 마음속에 "지도자는 백성이 행복하기 전에는 결코 행복할 수 없다." 이렇게 마음속에 새겼기 때문이다.

천 년 전 시대에 고려 예종은 민심안정책으로 각 지방에 감무(監務)를 파견하여 유랑민들을 안정시켰고 구제도감을 설치하여 환자들을 치료하게 했다. 빈민들의 갖가지 질병을 돌보기 위해 혜민국도 설치했다. 또한 요순시대의 정치를 구현하기도 하고 예의상정소를 설치하여 유교적 예의 원칙을 정착시키는 노력도 했다.

고려 예종이 시도했던 것처럼 오늘날 한반도에 천년의 역사가 흐른 지금의 시대에 비무장지대에 혜민국처럼 병원과 요양시설로 전 세계의 환자들을, 여행자들을, 대상들을, 세일즈맨들을 기찻길로, 육로로, 하늘로, 바다로 한반도를 기점으로 실어 나르는 부강한 국가로 만드는 목자(木子) 성을 가진 그가 누구인가?

하늘은 말했다. "많은 족장들이 칭기스칸을 죽이려 했던 것처럼, 그 자는 지금의 시대에 기득권이라고 자처하는 모든 사람들이 물어뜯고 있다. 그자가 목자(木子)성을 가진 자다."

칭기스칸 시대에 영원한 푸른 하늘이 몽골유민에게 전하고자 하는 말은 텡그리를 통하여 전달했던 것처럼 기울어져 가는 대한민국경제를 그가 이룩한다는 것을 세계를 정복했던 칭기스칸에 관한 역사책 몽골비사를 바탕으로 글로벌이라는 세계경제 전쟁시대에 '한국경제가 세계경제를 정복한다.'는 하늘의 말을 이 책을 통하여 전하기에 앞서 세계를 정복했던 칭기스칸의 말을 먼저 전한다.

칭기스칸의 말

집안이 나쁘다고 탓하지 말라.
나는 아홉 살 때 아버지를 잃고 마을에서 쫓겨났다.

가난하다고 말하지 말라.
나는 들쥐를 잡아먹으며 연명했고
목숨을 건 전쟁이 내 직업이고 내 일이었다.

작은 나라에서 태어났다고 말하지 말라.
그림자 말고는 친구도 없고 병사로만 10만
백성은 어린애, 노인을 합쳐 200만도 채 되지 않았다.

배운 것이 없다고, 힘이 없다고 탓하지 말라.
나는 내 이름도 쓸 줄 몰랐으나
남의 말에 귀 기울이면서 현명해지는 법을 배웠다.

너무 막막하다고, 그래서 포기해야겠다고 말하지 말라.
나는 목에 칼을 쓰고도 탈출했고
목에 화살을 맞고 죽었다 살아나기도 했다.

적은 밖에 있는 것이 아니라 내 마음 안에 있었다.
나는 내 안에 거추장스러운 잡생각을 모두 제거해버렸다.
나를 극복하는 그 순간 나는 칭기스칸이 되었다.

무신정변

효령태자와 김준의와 무칼리 생모 국경탈출

1170년 8월 29일.

보현원에는 비명소리와 같은 군복을 입은 군사들의 창검 소리와 함성으로 아비규환이 따로 없었다.

의종을 수행했던 모든 문관과 대소 신료와 환관과 같은 군사들이 서로 충돌하여 전투를 벌이다 죽은 시체는 산과 같았고 그 핏물은 내를 이루어 흐르고 있었다.

정중부, 이의방, 이고, 채원 등이 주체 세력이 되어 경인년에 보현원에서 유혈정변을 일으켰다.

이고와 채원은 한목소리로 말했다. "이 기회에 왕을 죽이자."라고 하자 옆에 있던 양숙이 말리며 말하기를 "왕을 죽이면 민심이 더욱 흉흉해질 것이며 지금으로써는 왕을 죽일 명분이 없소."

경인정변의 주체세력 강경파인 이의방, 이고, 채원 등은 여러 차례 왕을 죽이려 하였으나 의종의 신임을 받고 있던 온건파인 정중부는 "왕을 죽여서는 안 된다."고 반대하였다.

무인세력들은 1170년 9월에 개경에 쳐들어와서 남은 내시와 환관들까지 제거한 후에도 의종은 환관인 왕광취를 불러 밀담을 나누었다. 그 밀담을 엿들은 한숙은 정중부에게 밀고하였다.

정중부는 혼자 생각했다. '여러 장군들이 왕을 죽이려 하자 내가 직접 호위하며 개경까지 모시고 가겠다. 하였거늘 왕광취를 시켜 나를 죽이려 하다니. 생각하면 생각할수록 참을 수가 없군!' 혼자 중얼거리고 정중부는 더 이상 참을 수 없어 의종은 군기감에 태자 기는 영은관에 유폐시켰다.

다음 날 정중부는 이의방과 이고 등을 불러 의논 중에 강경파들은 "왕과 태자를 궁에 놓아두어서는 안 된다." 주장하여 의종은 기성현(현 경상남도 거제)에 효령태자는 진도현으로 유배를 보내었다. 유배 길에는 환관을 다 죽여 시종 없이 유배를 가는 길에 의종은 눈물을 흘리며 "아버지의 유언대로 정습명의 말을 따랐다면. 이런 꼴은 당하지 않았거늘." 했고 또 "간신들의 말만 믿고 문극겸의 말을 멀리했는데 문극겸의 말이라도 들었으면 이런 욕은 당하지 않았거늘." 하며 한탄하기도 했다.

경인정변이 일어나기 약 50년 전으로 되돌아가서 보면 고려 중기부터 무신들의 차별 대우로 정변은 이미 예고된 것이었다. 무신을 천대하는 정책은 지속적으로 추진되어 세월이 흐르면 흐를수록 무인들의 입지는 자꾸만 줄어들었고 전시조차도 무신이 최고지휘관이 되지 못하고 그 자리는 반드시 문신이 임명되었다.

역사는 1135년으로 되돌아간다.

1135년. 김부식이 묘청의 반란을 진압한 이후 무신을 천대하고 멸시하는 풍조는 더욱 심해졌다. 이렇듯 무신들의 울분이 쌓이고 쌓여만 갔다.

이때 문신들을 압도할 만한 풍채를 지닌 무신이 있었다. 용모는 웅장하고 눈동자는 예리하고 반짝였으며 이마는 넓고 피부는 희며 수염은 관운장 같이 길고 아름다웠으며 신장 또한 7척이나 되어 누가 보아도 압도당할 만하였다.

그가 바로 정중부였다. 이처럼 빼어난 체격 때문에 해주에서 군적에 올린 뒤 도망치지 못하도록 팔을 묶어서 개경으로 올려 보냈는데 당시 재상인 최홍재가 군사를 뽑다가 그를 보고 휘하 장군에게 물었다. "저 자는 왜 저렇게 팔을 묶고 있는 것이요?"

"저자의 이름은 정중부라 하온데 만약 도망하여 적국에 들어간다면 아군의 피해가 막심할 것입니다. 뿐만 아니라 우리 군사들은 저자의 용 모에 눌려 사기가 떨어질 것이 분명하여 도망가지 못하도록 저렇게 묶 어놓은 것입니다."

휘하 장수로부터 이 말을 들은 최홍재는 "그것은 염려 말게, 저자를 잘 대우해 주면 도망가지 않을 것이니 풀어주게!" 그렇게 하여 정중부 를 풀어주게 하고 왕의 숙위군인 공학금군으로 발탁했다. 그리고 인종 때에는 왕의 경호대인 견룡군(牽龍軍) 대정(隊正)이 되었다.

1146년 2월. 고려 17대 왕인 인종이 죽고, 인종의 맏아들 현이 나이 20세에 18대 왕이 되었는데 그가 바로 의종이다.

현(晛)은 어려서부터 노는 것을 좋아하여 학문은 자연히 멀리했고 특 히 환관과 경호 병정과 함께 격구를 매우 즐겼다.

이런 사실을 잘 알고 있던 그의 모후 공예왕후는 왕과 침소에 들 때 에는 종종 왕에게 이렇게 말했다. "폐하! 맏아들 현은 놀기만을 좋아 하니 이 나라의 만만대 존속과 안위를 생각하여 둘째 아들인 경(暻)을 태자로 책봉함이 옳을 듯하옵니다." 왕후의 이 같은 주장에도 인종은 들으려 하지 않았다. 인종은 공예왕후에게 "나라를 맡기는 것은 장자 가 이어받아야 뒤탈이 없는 법이요." 결국 공예왕후의 말을 듣지 않고 현을 태자로 책봉했다.

현은 태자 책봉 후에도 왕이 될 학문은 닦지 않고 환관과 경호 병정들과 놀기에만 정신이 팔리자 공예왕후는 인종에게 간절히 부탁하였다.

"폐하, 현은 태자가 되어도 놀기만을 하니 장차 왕으로서의 책임을 다할 수 있을지 심히 걱정이 되옵니다. 그러하오니 왕실을 굳건히 이어 가려면 둘째 아들 대령후 경으로 태자를 바꾸어야 합니다."

인종도 결국 황후의 말에 귀를 기울이고 "짐도 현이 노는 것만 좋아해서 뒷날 나라를 맡겼다가 백성들만 고단해질 것이라 생각하고 있소." 인종도 태자를 바꿀 작정을 하고 왕과 왕비가 침소에서 나눈 말이 삽시간에 퍼지자 궁궐 안은 술렁이기 시작했다.

이 소문을 듣고 인종의 신임이 두터운 예부시랑 정습명이 왕을 알현하여 간하기를 "폐하, 소신이 책임지고 태자를 보필하겠사오니 태자의 폐위는 불가하옵니다." 그래도 인종은 쉽사리 결정하지 못했다. "예부시랑도 잘 알지 않소, 현이 병정들과 놀기만 한다는 것을." 인종이 이렇게 말하여도 정습명은 인종에게 더욱 간청하기를 "장자가 왕위를 잇지 못하면 나라에 큰 혼란이 일어날 것입니다. 이 기회에 태자에게 짝을 맞어 준다면 학문에도 열중할 것입니다." 정습명의 간곡함에 왕은 마음을 고쳐먹었다. 그리하여 현은 가까스로 폐위당하는 것을 면했다. 그리하여 정습명의 간언을 받아들여 종실인 강릉공 왕온의 장녀를 입궁시켜 태자 현과 부부의 연을 맺게 했다.

인종은 여전히 태자가 못 미더워 명이 다하여 죽어가면서도 태자 현에게 간절히 부탁했다. "나라를 다스리는 데에는 정습명의 말을 따르라."는 인종의 마지막 유언을 남기고 죽은 후 의종이 왕위를 물려받은 것이다.

의종이 즉위하자 바로 강릉공 왕온의 장녀는 왕비에 책봉되었다. 그녀가 장경왕후이다. 입궁한 후 아들을 낳지 못해 득남법회를 열 정도로 맘고생이 심하기도 했다. 그러나 1149년 의종이 왕으로 즉위한 직후 기(祈)를 낳았다. 그가 바로 효령태자이다.

의종이 즉위하자 정습명은 의종에게 간청하기를 "정중부를 대정에서 교위로 승진시켜줌이 어떠하옵니까? 그의 용모와 무술이 남달라 폐하를 호위하는 데 조금도 부족함이 없을 것입니다." 정습명의 간청이 받아들여져서 정중부는 교위로 승진했다.

정중부는 자신이 맡은 직분에 충실하여 의종의 신임이 날로 두터워졌다.

의종 재위 원년인 1147년.

어사대에서 의종에게 상서가 올라왔다. "일찍이 조서를 받들어 수창궁 북문을 봉쇄했는데 정중부 등이 독단적으로 열고 마음대로 출입하고 있으니 그 죄를 물어야 마땅합니다."라고 정중부를 탄핵했지만 오히려 의종이 이를 대신 해명하고 위로해 주었다.

이는 평소에 정중부가 격구나 수박희(手搏戲)로 의종을 즐겁게 해 준 공로 때문이었다. 수박희는 무기 없이 맨손으로 상대편을 쓰러뜨리는 전투 연습 놀이이다. 이 수박희 놀이에서 7척인 정중부는 당연 돋보였다. 이렇게 의종의 눈에 들자 신임 또한 날이 갈수록 더욱더 두터워져 정중부는 대장군을 거쳐 상장군으로 승승장구하였다.

의종은 왕으로 즉위한 몇 년은 아버지인 인종의 유언대로 정습명이 간하는 말을 잘 따랐으나 날이 갈수록 그가 간하는 말이 잔소리로 들리기만 하였다.

결국 의종은 총신 김존중(金存重)과 환관 정함(鄭諴)을 시켜 병석에 누워있는 정습명의 벼슬을 빼앗아 버렸다. 이때 문극겸이 나서서 말하기를 "폐하! 어찌하여 부왕의 유언을 폐하려 하시나이까. 붕어 직전에도 그렇게 당부하고 당부하였던 부왕의 유언대로 정습명의 벼슬을 그대로 두어야 합니다. 이것은 군신간의 예며 군주가 해야 할 도리입니다."

문극겸은 왕과의 알현을 마치고 집으로 돌아와 왕에게 상소문을 올렸다. "이 나라의 문제는 무비이옵니다. 무비를 멀리하옵소서. 심지어 무비는 폐하의 총애를 받으면서도 백선연과 간통을 하였으니 백선연과 무비를 참수하여야 마땅합니다." 문극겸의 상소문을 읽던 왕은 화를 내며 문극겸의 상소를 태워 없애며 "내 애첩을 참하라니." 문극겸을 죽일 생각을 하였으나 나라 안에서 입바른 소리는 문극겸만 한다는 소문이 자자하여 그를 죽일 명분이 없어 도리어 민심만 나빠질 것 같아 문극겸이 의종의 애첩을 참하라는 상소문을 써 올려도 살려 주는 대신 그를 황주판관으로 좌천시켜버렸다.

하지만 병석에 누워 있던 정습명은 의종이 벼슬을 앗아가자 분을 참지 못하고 독약을 먹고 자살해 버렸다.

정습명이 자살한 후 의종의 주위에는 간신들만 들끓어 격구나 수박희뿐만 아니라 바깥 구경을 부추겼고 예쁜 관기를 날마다. 침소에 들게 했다. 그때 만난 관기가 무비이다.

의종은 무비를 옆에 끼고 자기 딴에는 시를 잘 짓고 풍류를 즐긴답시고 경치 좋은 곳을 찾아다니며 국사는 멀리하고 술 먹고 놀기에만 시간을 보냈다.

마음에 드는 곳이 있으면 즉흥적으로 별궁이나 정자를 지었는데, 관북별궁은 민가를 빼앗아 지은 것이고, 태평정은 민가를 무려 50채나 헐고 지은 것이다. 이 밖에도 중미정이니 양화정이니 양이정이니 만춘정이니, 이렇게 만든 별궁이 32군데에 이르렀다. 의종의 탐미적 취향은 정자를 만들 때 극에 달하기도 했다. 중미정과 양화정을 지을 때는 주변에 이름난 화초와 과실나무를 심었고 좌우에는 아름답고 진귀한 돌들을 옮겨다 장식했다. 게다가 양이정을 신축할 때는 청기와를 올렸으며 받침대는 옥으로 제작했다. 뿐만 아니라 기암괴석을 모아다가 절벽을 만들고 물을 끌어다가 폭포도 조성했다.

의종의 사치와 호사스러움에 측근들은 비위를 맞추기 위해 진기한 물건이라도 발견하면 여지없이 빼앗아 의종에게 바쳤다. 정자와 별궁 공사에 동원된 백성과 군졸들의 고단함은 날로 더해갔다.

한번은 중미정 별궁 공사에 동원되었던 이야기다.

땀 흘려 일하다가 허기를 참지 못하고 있을 때 마침 꺽쇠 아내가 찾아와 하는 말이 "우리는 너무 가난하여 신랑을 공사하러 보낼 때마다 빈손으로 보냈는데 '친한 동료들이 한 술씩 떠서 끼니를 때웠다.' 하니 그동안 은혜에 보답코자 오늘은 제가 도시락을 싸왔으니 신랑과 친한 사람들은 다 오셔서 드시지요." 꺽쇠 아내의 이 말을 듣고 일꾼이 말하기를 "집이 가난한데 어찌 이 도시락을 마련하였소? 혹시 외간 남자와 정을 통해 얻어 온 것이요? 아니면 남의 것을 훔치기라도 한 것이요?" 꺽쇠 아내가 대답하기를 "저같이 못생긴 얼굴을 가진 여자가 어떻게 정을 통하겠으며, 소심한 성격이라 도둑질은 어떻게 하겠는지요. 단지 제 머리를 깎아 그동안 남편에게 끼니를 해결해준 분들께 보답코자 하오니 맛있게나, 드시지요."라고 말하며 꺽쇠 아내는 머리에 쓴 수건을 벗어 보였다. 그 깎은 머리를 본 사람들은 모두 슬퍼하였다.

이와 같이 불쌍한 백성을 이용한 왕과 간신들의 주색과 풍류는 날로 더해갔고 백성들의 삶 또한 갈수록 궁핍해지고 원성만 높아 갔다.

이처럼 즉흥적인 유연을 즐겼던 의종은 영의의 농간으로 불사도 즐겨 관여했고, 도참도 매우 좋아했다.

그렇게 되자 중들은 궁중을 제집 드나들 듯하고 왕의 총애를 바탕으로 환관과 손을 잡고 백성을 동원하여 저마다 다투어 사탑을 지었으니 민생은 날로 피폐해져 갔다.

한번은 의종이 정자에 앉아 생황(악기)을 입에 대고 불고는 음이 고르지 않자 같이 앉아 있던 문신들에게 "음악을 아는 자가 있느냐?"하고 물으니 "이홍승이 음률에 밝습니다." 라고 젊은 문신이 아뢰니 의종은 이홍승을 불러 생황을 건네며 "불어보라." 이홍승이 생황을 한번 불어 보이자 의종이 말하기를 "그대를 좀 더 일찍 알지 못한 것이 한스럽다." 하고 바로 내시로 발탁했다.

뒷날 의종이 연복정에 나갔을 때 왕을 따라간 문신들이 눈에 띄는 물건을 모두 상서로운 조짐이라고 아첨하기 바빴다. 심지어 정자 밑의 쑥대 세 줄기도 상서로운 풀이라고 할 정도였다. 그런 가운데 의종의 총애를 받던 황문장이 흔한 물새를 가리켜 '현학'이라고 추켜세우며 시를 지어 왕의 덕을 찬미하자 흐뭇해진 의종은 손수 시를 지어 화답하고 그에게 바로 정언이라는 벼슬을 내리려 하였는데 주위에서 "아직 그의 나이가 어리므로 안 된다."고 말하니 대신 그에 걸맞은 국자박사직 한림원에 임명하는 것으로 그친 경우도 있었다.

이렇듯 왕의 주변에는 무능한 군주로 전락시킬 아첨꾼만 득실거렸다.

의종은 하루도 쉬지 않고 향락에 빠져 세월 가는 줄 몰랐지만 정중부는 왕의 경호에만 충실하여 의종의 신임은 더욱 두터워졌다.

그런 정중부도 도저히 참을 수 없는 일을 인종 때 당했다. 섣달 그믐날에 역신(疫神)을 쫓아내는 의식을 치르는 중에 새파랗게 젊은 내시 김돈중이 느닷없이 정중부의 관운장 같은 아름다운 수염을 태워 버렸다.

김돈중은 인종 때 묘청의 반란을 진압하고 삼국사기 편찬을 지휘했던 김부식의 아들이었다. 그런데 고려시대의 내시(內侍)는 조선시대의 거세한 내시(고려시대 환관)와 달리 과거에 급제한 명문가의 자제들로 내시기구에 별도로 편성된 왕의 최측근들로 구성되었다.

정중부의 위풍당당한 모습은 그 수염 때문이었는데 그 수염이 불에 타자 화가 머리끝까지 치민 정중부는 김돈중을 두들겨 패며 "니 놈은 능력도 없으면서 니 애비 때문에 내시가 된 주제에 감히 내 수염을 태워." 욕설을 퍼부었다.

김돈중은 무인에게 두들겨 맞은 것을 수치로 여겨 아버지인 김부식에게 알리지 않았으나 그 소문은 얼마 후에 김부식의 귀에까지 들어갔다.

김부식은 조정에 바로 들어가 인종에게 간청했다.

"정중부를 잡아들여 매를 쳐야 다음부터 이런 일이 일어나지 않습니다. 문무의 법도를 보여주어야 합니다." 인종은 김부식에게 "그래도 나의 경호를 맡고 있는 장교인데 그의 수염을 태운 것은 너무하지 않소."

김부식은 계속해서 주장했다. "문신과 무신의 상하의 법도가 있고 묘청의 난을 진압할 때에도 내 아들의 공이 크온데 매로 다스려 문무의 법도를 바로 세우고자 할 따름이옵니다."

마지못해 인종은 김부식의 요청을 수락했으나 속으로는 오히려 '정중부를 잘했다.' 여기고 도망시켜 화를 면하도록 했다.

어린 김돈중에게 당한 정중부는 의종이 즉위한 뒤 형벌을 면한 후 장교 계급인 교위에서 상장군으로 승진되어 왕의 밀착 경호를 맡게 되자 궁궐 문을 마음대로 드나들 정도로 왕의 신임을 받았지만 왕과 함께 향락에 빠진 문신들을 수행하는 책임을 맡아 결과적으로 왕과 문신의 노예가 되어 혹사당하는 처지였다.

1162년 1월 14일, 유시(流矢)의 변(變)은 봉은사에 행차했던 의종이 돌아오는 길에 관풍루에 들렀는데 이때 징소리에 놀란 좌승선 김돈중의 말이 그만 화살 통을 들이받아 왕의 어가 옆으로 떨어지자 깜짝 놀란 김돈중은 이 일을 비밀에 부쳤는데 문제의 화살이 자신을 겨누어 날아왔다고 오해한 의종은 급히 말을 몰아 궁성으로 돌아왔다. 이후 의종은 실력 좋은 군사들을 선발하여 비가 오나 눈이 오나 자신의 주변을 순찰하게 하고 상금을 내걸어 범인을 잡게 했다. 그런데 범인이 잡히지 않자 의종은 대령후의 종 나인 등을 의심해서 잡아 죽이고 아무 죄 없는 무인 14명을 직무유기죄로 귀양을 보내 버렸다.

1164년 3월에 의종은 달령원으로 놀러갔다가 연회를 베풀어 내시들과 배불리 먹고 마시며 놀더니 의종이 문신들만 들리는 소리로 "영웅호색(英雄好色)이라는 말도 있지 않소. 이미 관기들을 준비해 두었소. 호위 무사들을 피해 우리는 즐겨나 봅시다. 저 무사들이 소문이라도 퍼트리면 백성의 원성만 살 것이니 몰래 갑시다."

이렇게 하여 왕과 동행한 문신은 어디론가 사라져 버렸다. 경호대장인 정중부와 그의 부하들은 언제 올지 모르는 의종과 문신들을 기다리며 밤늦도록 쫄쫄 굶었다.

의종 일행은 저희들끼리 여색에 빠져 자정이 다 되어서야 달령원으로 돌아왔는데 무신들은 허기와 피로에 지쳤다. 그러나 그들은 무신들을 조금도 생각해 주지 않았다.

이런 일이 계속해서 되풀이되자 무신들의 불만은 쌓여만 갔다.

1170년 4월 28일. 그 날도 의종과 문신들은 화평재에서 주연을 베풀고 봄 주제로 되지도 않은 시를 지으며 자기들끼리 풍류를 즐기는 데만 정신이 팔렸다. 이러는 와중에도 무신들은 이들을 지키기 위해 꼼짝도 못했다.

경호원들은 허기와 피로만 지쳐 가는데도 경호원들에게 '식사라도 하라'고 하는 이가 하나도 없었다. 무신은 단지 왕과 문신을 지키는 호위병 노예 신세에 지나지 않았다.

정중부는 소변을 보려고 자리를 뜨자 견룡군 장교인 산원 이의방과 이고가 그를 따라 가서 이의방이 먼저 말을 꺼냈다. "더는 참을 수 없소이다. 문신들은 저렇게 배불리 먹고 마시며 말도 안 되는 시를 지껄이며 노는데 우리는 언제까지나 이렇게 굶주리며 참아야만 합니까?"

이고도 "나도 그렇게 생각하오."

정중부도 이들의 말이 옳다고 여겨 "나도 그렇게 생각하고 있었다. 김돈중에게 수염을 태워먹은 망신당한 일 이후부터 행동을 같이할 사람이 나타나기를 기다리고 있었다. 내가 먼저 말을 꺼내면 오히려 변고를 당할 것 같아서 말하지 않았을 뿐이다."

그때부터 이들은 거사할 기회만을 엿보고 있었다.

마침 때가 찾아왔다.

1170년 8월 29일 의종이 연목정을 거쳐 흥왕사로 놀이를 나간다는 정보를 입수하고 정중부, 이의방, 이고는 이날을 거사일로 잡았다.

정중부는 이의방과 이고에게 이렇게 말했다.

"이제야말로 기회가 왔다. 그러나 만일 왕이 이곳을 떠나 환궁한다면 거사를 뒷날로 미루기로 하고, 그렇지 않고 보현원으로 간다면 바로 거병하기로 하자. 거병 때 군사들이 뒤엉키면 우리 편과 구별이 어려우니 우리 편은 오른쪽 소매를 빼고 관모를 벗어 표시하기로 하고, 그렇지 않은 놈들은 군사라도 무조건 모두 죽여 버리자."라고 약속을 하였다.

의종은 그 이튿날 보현원으로 자리를 옮겨 연회를 계속하기로 했다. 보현원으로 가기 위해 오문에 다다른 의종은 문신들을 불러 함께 술을 마시고 이렇게 말했다.

"아, 참으로 경치가 좋구나! 가히 군사를 불러 연습할 만하구나!"

의종은 무신들에게 오병수박희를 벌이게 했다. 오병수박희(五兵手搏戲)란 다섯 명씩 짝을 이루어 맨손으로 상대방을 쓰러뜨리는 군사들의 육박전 놀이이다.

의종의 생각으로는 계속되는 연회에 불만을 품은 군사들에게 수박희를 핑계로 상을 주어 달래려는 속셈이었다. 그런데 내시 한뢰는 왕의 총애가 무신들에게 기울 것을 걱정하고 시기심을 품고 있던 터였다.

한뢰는 김돈중과 마찬가지로 평소 의종의 총애를 믿고 다른 내시들보다 무신을 깔보는 정도가 더 심해 무신들로부터 원한의 대상이 된 인물이었다.

의종의 명령으로 수박희가 시작되자 첫 대결은 대장군 이소응이 치르게 되었다. 대장군 이소응은 비록 무장이기는 하지만 여윈 체격에 나이가 많아 젊은 상대방을 당할 수 없어 전투장 밖으로 달아나자 이를 본 한뢰는 쫓아가서 이소응의 뺨을 후리 갈기며 소리쳤다. "도망치는 주제에 너 같은 놈이 무슨 대장군이란 말이냐." 이소응은 뺨을 맞고 섬돌 계단 아래로 굴러 떨어지자 의종과 문신들이 모두 손뼉을 치며 재미있다고 껄껄 웃어댔다.

이 모습을 본 무신들은 눈에서 살기가 뿜어져 나와 거사를 그르칠 것 같아 정중부가 앞으로 나서서 한뢰를 꾸짖었다.

"한뢰, 네 이놈! 이소응은 비록 무관이라 하나 관직이 3품인데 어찌 이토록 뺨을 때리며 모욕을 준단 말이냐!" 하자 의종은 자리에서 일어나 정중부에게 다가가 손을 잡고 달랠 때 이고가 허리에 차고 있던 칼을 빼내려 하자 그것을 본 정중부는 눈짓으로 '아직 때가 아님'을 알리고 보현원의 거사까지 참으라는 눈짓을 거듭 보냈다.

사태가 수습된 줄 안 의종은 군사들에게까지 먹을 것을 하사하자 정중부와 거사를 모의했던 일행은 더욱 경호를 철저히 하는 척하여 의심을 피했다. 그리하여 의종은 보현원으로 자리를 옮겨 연회를 계속하려고 했다. 날이 저물 무렵 의종의 행차가 보현원 근처에 다다랐는데 이의방과 이고가 먼저 가서 거짓으로 왕명이라며 이미 약속한 대로 순검군(巡檢軍) 군사들을 한곳에 불러 모으고 의종이 보현원 문 안으로 들어가기를 기다렸으나 문신들이 물러가려고 하자 기다렸던 임종직과 이복기를 먼저 죽여 버렸다. 그 모습을 본 좌승선 김돈중은 취한 척하며 일부러 말에서 떨어져 눈치 채지 못하게 달아났으나 한뢰는 환관들의 도움을 받아 급히 의종이 있는 곳으로 달려갔다. 그곳에는 이미 의종은 환관 왕광취와 함께 있었다.

의종은 왕광취에게 밀지를 주며 비밀히 군을 소집하여 정중부 일당을 암살할 것을 몰래 지시했다.

이때 의종은 밀지 없이 왕광취에게 또 다른 어명을 내렸다. "우리 일이 다 실패하였을 경우를 대비하여 활 잘 쏘고 칼 잘 다루는 젊은 사람을 꼭 찾아주게 그에게 만 냥을 주어 효령태자를 보호하도록 하게 효령태자에게 고려를 탈출하여 생명을 부지하도록 해주게, 효령태자에게 이름을 바꾸고 고려인의 발이 닿지 않은 곳에서 숨어 살라고 하게, 이것이 나의 유지이네." 이 말이 마치자마자 정중부가 들이닥쳤다.

한뢰는 두려움에 떨며 어상 밑으로 숨으려 할 때 정중부는 소리쳤다. "화근 덩어리 한뢰가 아직 임금 곁에 있으니 그의 목을 베도록 저에게 내보내 주십시오." 겁에 질린 한뢰는 의종의 옷자락을 잡고 "폐하, 저자의 말을 듣지 마옵소서." 계속해서 의종의 용포를 잡고 매달려 나오지 않자 옆에서 지켜보고 있던 이고가 칼끝을 들이밀며 "용상을 피로 물들이고 싶지 않다."라며 이고는 힘으로 한뢰를 끌고 나오자 뜻밖의 변고에 놀란 의종은 환관 왕광취로 하여금 "살육을 멈추게 하라."고 명령을 전하였으나 이미 때는 늦었다. 이고의 단칼에 한뢰의 목이 달아났다.

이 광경을 본 지유(指諭) 김석재가 이의방에게 말하기를 "이고 따위가 감히 어전에서 칼을 휘둘러 한뢰를 죽일 수 있느냐" 하자 이의방이 금세라도 그를 죽일 듯하였고 "네놈들한테 우리가 지금까지 당한 일을, 어찌 그 한을 다 풀 수 있단 말인가!"라며 날 선 칼을 마구 휘둘러 그 자리에 있던 승선 이세통, 내시 이당주, 어사잡단 김기신, 지후 유익겸, 사천감 김자기, 태사령 허자단 등 의종을 수행했던 모든 문관과 대소 신료와 환관들이 줄지어 살해되고 군사 중 오른쪽 소매를 빼고 관모를 그대로 쓰고 죽은 군사들도 많아 보현원은 그야말로 피바다를 이루었다.

공포에 사로잡힌 의종은 장수들을 불러 보검을 나누어주며 달래려고 했지만 정중부 등이 들은 척도 하지 않았다.

군사 중 한 명이 달려와 "김돈중이 왕궁으로 도망쳤다."고 소리 지르자 정중부와 이의방과 이고 등은 서로 머리를 맞대고 상의했다. "만일 김돈중이 왕궁으로 먼저 들어가 효령태자를 왕으로 옹립하고 성문을 굳게 닫아건 채 항거하면 일이 허사가 될 우려가 있다." 의논하자 말을 잘 모는 군사로 하여금 급히 개경으로 돌아가 동정을 살펴보게 하니 명을 받은 군사가 개경으로 말을 달려 들어갔다. 하지만 아직 김돈중은 성내로 들어오지 않은 사실을 확인하고 서둘러 돌아가 정중부에게 보고 하자 정중부는 안도의 한숨을 내쉬며 거사가 뜻대로 되어 감을 알았다.

이후 정중부 자신과 일부 군사가 남아서 보현원을 지켰고 이의방과 이고와 이소응은 개경으로 달려가 도성의 치안을 담당하는 부서인 가구소의 별감 김수장 등을 죽이고 왕궁으로 들어가 "무릇 문신의 관을 쓴 자는 씨를 남기지 말고 모두 없애라."고 소리치며 판이부사 허홍재와 추밀현부사 양순정과 내시지후 김광을 비롯하여 궐내에서 숙직하던 관리들을 모두 살해했다.

또 이날 밤에 지금까지 무관으로 멸시를 받던 것을 한풀이라도 한 듯 순검군의 군사들은 태자궁에 이르러 행궁감실 김거실과 원외람, 이인보 등을 참살하였고 군사들은 이구동성으로 "문신의 관을 쓴 자는 하나도 남김없이 죽여 씨를 말리자."라고 소리 지르며 이곳저곳을 돌아다니며 칼을 마구 휘둘렀다.

그리고 이들은 한을 덜 풀었던지 궁 밖으로 나가 관리들의 집을 찾아다니며 50여 명의 문신들을 잡아 죽었다.

이 소식을 전해 들은 의종은 두려움에 떨다가 정중부를 불러 말하기를 "장군, 이젠 그만해 주게 부탁하네, 내가 장군을 얼마나 아꼈는가!" 의종의 부탁에도 사태는 이미 정중부의 힘만으로 어쩔 수 없게 되었다.

이렇게 되자 의종은 무신들을 진정시켜보려고 즉석에서 이의방을 용호군 중랑장으로 이고를 응양군 중랑장으로 벼슬을 내렸고 이소응은 상장군으로 그 밖에도 모든 군사들에게도 승진을 시켰는데 대장군들은 상장군으로 상장군은 수사공복야(守司空僕射) 벼슬을 더해 주며 무신들을 회유하려 했다. 보현원의 거사가 며칠 지나자 정중부는 의종을 데리고 환궁했다.

개경에 돌아온 첫날에도 이 사태를 깨닫지 못한 의종은 여전히 향락의 습성을 버리지 못하고 수문전에서 태연히 궁녀를 옆에 끼고 술을 마시고 있었다. 이 광경을 지켜본 이고가 왕을 죽이려 하자 옆에 있던 양숙이 제지하는 바람에 의종은 죽음을 면했다.

일전에 의종은 왕광취와의 밀담에서 "자네는 정중부가 나를 개경으로 환궁할 때 그 일당을 제거 하도록 하라." 하자 왕광취는 "차질 없도록 진행하겠습니다."라고 말한 후 그는 군사를 몰래 모으고 있었는데 왕광취의 동료 한숙의 밀고로 사전에 발각되어 어전내시와 환관 20여 명이 군사들에게 잡혀 죽었다.

이것을 명분 삼아 정중부는 화를 참지 못하고 의종을 군기감에 가두고, 효령태자는 영은관에 가두어 두었다가 그다음 날 이의방과 이고 등과 상의하여 의종은 거제도로 태자는 진도로 추방하고 태손은 그

자리에서 죽여 버렸다.

태자가 진도로 추방되기 전 만 냥으로 활 잘 쏘고 칼 잘 다루는 젊은 무사를 봐 놓았는데 그 가족의 몫까지 달라고 하여 2만 냥으로 이미 젊은 효령태자의 호위무사를 사 놓은 상태였다. 그 무사의 이름은 김준의이다. 나이는 효령태자보다 6살 어리고 키는 7척이지만 민첩하기가 비호같았다. 김준의는 효령태자가 움직일 때마다 남들의 눈에 뛰지 않게 지근거리에서 따라 다녔다. 효령태자가 진도로 추방되자 김준의에게는 오히려 좋은 기회가 되었다.

김준의는 효령태자가 감금된 곳을 안 후 경계병과 지형을 숙지하고 국경까지의 통로와 국경을 탈출할 때 드는 비용도 이미 손써 놓았다.

김준의가 모든 준비를 마치고 계획을 실행할 때가 되었다. 효령태자가 감금된 언덕에 올라 효령태자를 경계하는 병사들에게 한발씩 정확하게 화살을 날려 쓰러트린 후 효령태자를 빼 돌렸고 대신 효령태자와 비슷한 나이의 시체를 놓아두고 죽은 병사들과 함께 불을 질렀다.

효령태자와 김준의는 변장한 후 이미 철저히 준비한 대로 국경을 넘어서자 김준의는 "이만 냥으로 이곳까지만 일을 잘 처리해 달라 했으므로 제 임무는 여기까지입니다."라고 말한 후 떠났고 효령태자는 아버지인 의종의 유지대로 '우런'이라는 이름으로 바꾸고 고려인이 찾지 못하는 몽골변방의 '오인 이르겐'이라는 숲속으로 들어갔다.

뒤늦게 정중부와 이의방과 이고 등이 "효령태자는 이미 불타 죽었으니 더 이상 이 문제는 발설하지 말자" 하고 효령태자의 문제는 더 이상 논하지 않았다.

이 무렵 감악산에 숨어 지내던 김돈중이 집으로 심부름을 보낸 하인이 현상금을 노리고 밀고하는 바람에 김돈중은 같이 있던 동생 김돈시와 함께 살해되었다.

또 거사에 참여했던 무리들이 문신들의 집을 헐어 버리려고 하자 진준은 나서서 말하기를 "우리가 처음에 제거하려던 자들은 김돈중, 한뢰, 이복기 등 4~5명에 불과한데 이미 죄 없는 자들뿐만 아니라 우리 군사까지 무수히 죽였거늘 또 문신의 집마저 헐어버린다면 그 가솔과 노비들은 어떻게 살겠소?"하고 반대하였고 정중부는 진준의 말을 따르려 했다. 하지만 이의방과 이고는 그의 말을 듣지 않고 군사들로 하여금 문신의 집들을 헐어 버렸다. 이렇게 하여 정적들의 집을 헐어 버리는 것이 무신정권시대의 관습이 되었다.

그리고 전에 의종이 백성들의 집을 헐어 별궁으로 지은 관북택은 정중부가 차지했고 천동택은 이의방이 차지했으며 곽정동택은 이고가 차지했다.

이의방의 군사들이 집을 헐고 다닐 때 가구소의 별감 김수장은 이미 이고에게 죽고 없었다. 그의 집이 헐리게 되자 김수장의 아내는 오도 가도 못한 처지가 되자 이의방의 군사들에게 잡혀 노비가 될 처지였다. 그때 그녀는 김수장의 아이를 가졌는데 6개월이 되었다. 그녀의 집이 헐리고 군사들에게 끌려 나갔을 때 아랍에서 온 아랍 대상이 그녀의 미모를 보고 이의방 군사에게 "지금 끌고 가는 저 여자를 나에게 팔라." 이의방의 군사들은 횡재한 듯 말했다. "이 여인은 귀족부인인데 임신을 해서 두 몫으로 주시오. 곧 노예가 또 생기지 않소. 그러하니 노예 두 몫인 1,000냥을 주시오." 거래에 능란한 아랍 상인은 "본국까지 데려가려면 임신한 여인은 더 거추장스럽소! 그러니 500냥 이상

은 어렵소." 이의방 군사들은 거절할 것을 염려하여 그것도 만족한다

는 듯 아이를 가진 김수장 부인을 넘겨주고 500냥으로 거래된 매매증

서와 교환했다.

이 아랍 대상은 국경을 넘어 만주와 몽골지역 접경을 지나갈 때 한

부족 전체가 목씨인 잘라이르의 부족장이 김수장 부인의 미모에 홀려

아랍상인[1]에게 단번에 거금을 홍정했다. "저 여인을 나에게 1,000냥에

파시오." 아랍 상인은 산 가격의 두 배를 준다기에 마음 변하기 전에 거

짓을 보태어 말했다. "내가 살 때에도 미모가 뛰어나 내 첩으로 삼고자

1,000냥을 주었는데 수령께서 원하시니 이문 없이 넘기리다."하고 홍정

이 성사되었다. 나중에 알고 보니 미모에 반한 것이 아니라 임신 중이

었고 같은 민족의 피가 흐르는데 다른 부족에게 팔려 가면 고초가 더

심할까 염려되어 잘라이르의 부족장 목수역(木首域)이 김수장 부인을

샀다고 말했다.

그 후 1170년 겨울에 김수장의 아내는 아이를 낳은 후에 잘라이르

부족장의 첩이 되었다.

잘라이르의 부족장은 김수장의 아내가 아이를 낳자 직접 사생아의

이름을 지어 주었다. 잘라이르의 부족장이 지어준 이름은 목화려(木華

黎)[2]이였다. 이 지역의 전통은 아버지가 자식의 이름을 지어주면 사생

---

1) 주: 아랍 상단을 통하여 무역이 이루어졌는데 고려(corea)라는 국명이 지금까지 전해져 korea라고 불린다.'고려사악지(高麗史樂志)'에 실린 가요 '쌍화점'은 만두가게 회회인(回回 人아랍인)과 고려여인과의 관계를 풍자한 노래이다.

2) 주: 목씨 조상에 대한 기록이다. 목씨는 부여씨와 함께 금강유역에 올라가 삼한백제의 지 배층을 이루었다. 일본서기 응신조에 나오는'기각숙녜'가 목씨이다. 일본서기에 403년 2 월 응신이 죽자 왕후이던 중희가 백제 아신왕에게 도움을 청할 정도로 급박했다. 중희와 아신왕은 오누이 사이였다. 백제와 신라 사이의 전쟁에서 백제군 사령관이 목씨라고 일

아라도 자기 자식으로 인정한다는 뜻이다.

한편 정중부 등은 의종을 폐위시키고 의종 대신 그의 아우 익양공 호를 왕위에 내세우니 그가 고려 19대 왕인 명종이다.

명종의 즉위와 함께 무신들의 피비린내 나는 보복은 이제부터가 본격적으로 시작되었다.

의종의 총애를 믿고 설친 환관 왕광취를 비롯해 백자단, 영의, 유광의 등을 효수하여 그 본보기를 보였다. 그 밖에 의종 곁에서 무신들을 업신여긴 자들을 모조리 잡아 살해하였다.

이런 혼란 속에서도 문신의 관을 쓴 문극겸만은 죽음을 면했다. 그는 의종에게 늘 입바른 소리를 해서 좌천되기도 하였으나 백성들은 그에 대한 신임이 높았고 무신들도 인정했다.

명종이 즉위하자 무신들은 오히려 문신인 문극겸을 추천하여 승선의 지위까지 올려주었다. 무신들은 무슨 문제가 있을 때마다 문극겸에게 자문을 구했고 무신들의 후원으로 용호 대장군과 상장군 등을 겸했다.

무신들의 쿠데타에 의해 옹립된 명종은 정중부를 참지정사로 삼았다가 곧 중서시랑평장사에 이어 문하평장사로 벼슬을 올려 주었다. 뿐만 아니라 정변의 세 주역인 정중부, 이의방, 이고에게 벽상공신의 칭호를 내려 초상화를 공신 각에 걸도록 했다.

하지만 정중부는 어디까지나 쿠데타 세력의 명목상 우두머리였지만

본서기에 기록되어 있다.
주: 몽골역사 연구가 펠리오트는 목화려(木華黎)의 선조는 고구려에서 장수직을 맡았던 무사 집안이었는데 668년 나당연합군에 의해 고구려가 멸망하자 고구려인 대부분은 고구려 영토였던 만주에 남아 당나라의 통치를 받았고, 고구려의 고위층 귀족들은 신라로 갔고, 일부는 몽골이나 기타지역으로 흩어져 살았다. 이때 무인직을 맡았던 목화려(木華黎)의 선조들은 기후가 비슷한 몽골로 이주했다.

실권자는 무력을 장악하고 정변을 주도한 이의방이었다. 그리하여 이의방은 살아남은 문신들에게 "모두 중방으로 모여라. 오지 않은 문신은 죽여 버리겠다." 그리하여 문신들도 모두 중방으로 모였다. 중방은 본래 상장군과 대장군들로 구성된 최고 군사의결기구였으나 이의방이 실권을 장악한 이때부터 군사는 물론 최고의 정치의결기구로 격상되었다.

정변 주동자 가운데 가장 과격했던 이고는 중방에 모인 문신들을 모두 죽여 없애려고 했으나 정중부가 이들 문신들을 살려둔 것은 뒷날 유사시 자신의 세력을 키우기 위한 수순이었다. 이미 정중부는 이간책을 써서 '이의방과 이고가 언젠가는 서로 대립하게 하여 둘 중 한 명이 먼저 제거되면 남은 한 명은 자신이 제거하고 권력을 독차지하겠다.'는 계산을 하고 있었다.

정중부가 바라던 바가 머지않아 현실로 다가왔다.

1172년 1월. 무력을 장악하고 모든 권력이 이의방에게로 집중된 것에 불만을 품은 이고는 자신이 정권을 독차지할 목적으로 이의방을 제거할 결심을 하고 법운사의 중 수혜와 개구사의 중 현소 등과 손을 잡고 원자의 가관식이 행하는 날 거사를 일으키기로 계획을 세우고 이고가 한마디 했다. "만약 이의방을 제거하는 거사만 성공한다면 너희들은 모두 다 높은 자리에 올라갈 것이다."

이고는 가관식 날 선화사에 참석할 예정이었으므로 여정궁에서 칼을 지니고 병풍 뒤에 숨었다가 난을 일으킬 계획이었다. 반면 현소와 수혜 두 승려는 법운사에 그 패당들을 모아 두었다가 일시에 연회장을 습격하여 측면에서 이고를 도와주기로 되어 있었다.

이고의 음모를 눈치챈 사령이, 자신의 아버지 김대용에게 말하자 김대용은 다시 내시장군 채원에게 알려주었다.

채원은 이 소식을 듣고 망설이다가 평소 이고의 행동을 못마땅하게 생각하고 결국 이의방에게 이고의 암살음모계획을 말했다.

암살음모계획을 전해 들은 이의방은 이고 일파가 궁문 밖에 닿자마자 모조리 죽였고 이고는 궁문 안에 발을 들여놓지도 못한 채 이의방의 철퇴에 머리를 맞아 죽었다.

이의방은 이고에 이어 자신에게 암살음모계획을 가르쳐준 채원이 언젠가는 이고처럼 음모할 것을 두려워하여 채원까지 잡아 죽였다.

이후 조정 대소사는 이의방에 의해 좌우되었다. 이의방은 중방을 강화하고 문신들만 임명하던 지방관에 하급 무신들을 임명하여 무신들을 회유하는 등 중방이 곧 조정이나 다름없었다.

이의방이 폭정을 일삼자 귀법사의 승려 100여 명이 이의방 타도를 외치며 개경 북문으로 쳐들어오자 이의방은 군사들을 거느리고 직접 나가 이들을 마구 참살하고, 도망치는 잔당을 추격하여 귀법사, 중광사, 홍호사, 용흥사, 묘지사, 북흥사 등 개경 인근의 여러 절을 허물고 재물을 약탈했다.

이의방이 숱한 승려를 죽이고 재물을 약탈하자 보다 못한 이의방의 형인 이준의가 이렇게 꾸짖었다. "너에게 큰 죄악이 셋 있으니 왕을 폐위하고 그 집과 계집을 취함이 그 하나요, 태후의 딸을 위협하여 간통한 것이 그 둘이요, 국정을 마음대로 농락함이 그 셋이다."

이 말을 듣고 이의방은 화를 내며 형을 죽이려 하자 이준의는 도망쳐 한동안 몸을 숨겨 피신해 있었다.

이처럼 이의방이 최고 실권자가 되자 정중부는 병을 핑계로 집에 틀

어박혀 나오지 않았다. 이것을 계기로 이의방은 형을 찾아 간청하기를 "형님, 지난날은 다 잊고 다시 형제애를 보입시다." 말한 후 "형님과 제가 문하평장사집에 찾아가려 합니다." 형인 이준의가 "무슨 연유로 찾아가려 하는가?" 묻자 이의방은 대답하기를 "내가 문하평장사 정중부의 양아들이 되고자 하는데 형님이 좀 도와주시구려." 그리하여 이의방과 형인 이준의와 함께 귀한 술을 가지고 정중부의 집으로 찾아가서 정중부에게 정중히 절하며 "문하평장사님을 저의 양부로 삼고 싶습니다. 허락하여 주십시오." 거듭 간청하자 정중부는 마지못해 허락하면서 자기의 계획대로 되어 간다는 것을 속으로 좋아했다.

이 무렵 무신들의 지나친 횡포에 맞서 이들을 몰아내고 의종을 복위시키려는 움직임이 일어났다. 그 주역은 간의대부, 동북면병마사 김보당(金甫當)이었다. 김보당은 평소 담대하고 바른말을 잘해 정중부, 이의방이 꺼리던 인물이었다.

1173년 8월. 동북면병마사라는 병권을 맡게 된 김보당은 이경직, 장순석, 유인준 등과 함께 전왕 의종을 복위시킨다는 명분 아래 거병을 단행하였다. 그리고 먼저 장순석과 유인준 등을 거제도로 보내 갇혀 있던 의종을 경주로 모시고 오게 했다. 그리고 배윤재를 서해도병마사로 내세워 동북면 지병마사 한언국과 함께 군사를 일으켜 개경을 직접 공격하도록 했다. 이 소식을 들은 정중부와 이의방이 장군 이의민과 산원 박존위를 남쪽으로 내려보냈고 토벌군은 북쪽으로 올려보냈다.

1173년 9월 7일. 한언국은 체포되어 죽고, 얼마 후 김보당과 녹사 이경직도 안북도호부에서 체포되어 개경으로 압송되었다.

이의방이 거사를 주도한 일당을 모두 사실대로 토설하라고 고문하자 거사에 참여한 문신은 진의광과 배윤재밖에 없었지만 김보당은 큰소리로. "문신치고 어느 누가 너희들의 무례하고 방자한 행동을 용납할 수 있겠느냐!"고 대답하자 이 바람에 개경은 또 한 차례 피바람이 몰아닥쳤다. 10일 동안 숱한 문신의 목이 달아났고 시체는 강물에 던져졌다.

이의방은 이의민에게 명령했다. "경주로 내려가서 의종을 죽이라." 이의민은 경주출생으로 어머니는 영일현 옥랑사의 종이고 소금장수인 아버지 사이에서 태어났다. 그 당시 이의민의 이름은 돌쇠였다. 돌쇠는 정중부보다 한 척 더 큰 8척이나 되는 거구에다 힘이 장사였다. 돌쇠는 젊은 시절 고향에서 형들과 나쁜 짓만 일삼던 건달이었다.

그 일로 안찰사 김자양에게 잡혀 심한 고문을 당했는데 그 고문으로 두 형제는 죽었으나 돌쇠만 죽지 않고 살아남아 그를 가상하게 여긴 김자양이 건달처럼 살지 말고 의롭고 온화하게 살라고 이의민(李義旼)이라는 이름을 지어준 후 조정에 추천하여 경군에 발탁되었다. 경군에 들어간 후 키가 8척에다가 힘이 장사라서 수박희를 잘할 수밖에 없었던 그는 독보적으로 의종의 눈에 띄어 무지하지만 대정을 거쳐 별장으로 승진하였다. 정중부의 난에 가담한 공으로 중랑장 지위에 오른 후 조위총의 난 때도 공을 세워 상장군까지 올랐다.

이의방은 경주지역을 잘 아는 이의민에게 의종을 사로잡아 직접 사살하라고 시키자 이의방의 명령으로 경주로 내려간 이의민은 의종을 찾자마자 "칼에 피를 묻히면 닦아내는데 번거롭다."라며 맨손으로 의종을 막대기 꺾듯이 덜렁 들고 척추뼈를 꺾어 죽였다.

이 무렵 승선 이준의와 진준, 낭장 김부 등이 문신들에 대한 학살이 너무 심하다고 생각하여 정중부와 이의방에게 "하늘의 뜻은 알 수 없고, 인심은 가히 측량할 수 없는 것이니 힘만 믿고 의를 생각하지 않으면 안 되며, 문관을 풀 베듯이 사냥하면 어찌 김보당 같은 사람이 또다시 나오지 않으란 법이 있겠소이까. 우리 가운데 자녀가 있는 사람은 문관과 통혼하여 그들의 마음을 누그러뜨리는 것이 장차 편해지는 길이지 않소이까." 이렇게 말하자 정중부와 이의방은 "그 말이 옳도다." 하여 학살을 멈추었다.

하지만 이의방과 이준의 형제를 욕하며 많은 사람들이 등을 돌리자 이의방은 정권 안보를 위해 자신의 딸을 태자비로 들여보냈는데 이 일로 오히려 비방만 더 불러일으켰다.

1174년 9월. 서경유수 조위총이 북부지방 40여 성에 격문을 띄웠다.

'요즘 개경에 북부지방의 여러 성이 반기를 든 것을 진압하려고 군사를 출동시켰다고 한다. 우리가 이대로 앉아서 죽임을 당할 수 없지 않은가! 군졸들을 모아 속히 서경으로 집결하여 정중부와 포악한 이의방의 일파를 몰아내도록 하자.'

정중부와 포악한 이의방 일파를 몰아내자는 말에 서경을 중심으로 한 북쪽 사람들이 많이 동조하여 반란을 일으켰다.

조위총이 반기를 들었다는 소식을 접한 이의방은 중서시랑 평장사 윤인첨을 원수로 삼아 3군 토벌대를 이끌고 반란을 진압하도록 했다.

윤인첨이 절령역(岊嶺驛)에 도착했다. 그러나 이때 큰 바람이 불고 눈이 내렸다. 이 모습을 고개 위에서 보고 있던 서경의 반란군은 기습하였고 윤인첨의 부대는 첫 전투에서 패배하여 조위총의 군대가 개경을 향해 남하한다는 보고를 받은 이의방은 서경 출신들을 모조리 숙청한 뒤 자신이 직접 군사를 거느리고 출전했다.

이의방이 군사를 거느리고 철령을 넘어 서경으로 진격하자 서경군이 한때 무너져 개경군에게 전세가 유리한 듯했으나 조위총이 흩어진 군사를 수습하여 수성전에 돌입하자 개경군은 추위와 굶주림에 지쳐 대패하고 말았다.

그해 11월에 이의방이 군사를 다시 일으켜 서경으로 진격하려고 할 때 정중부의 아들 정균이 승려 종감과 모의하여 이의방을 살해한 후 이의방의 형 이준의와 심복 고득원 등을 모두 죽이고 태자비인 그의 딸까지 폐출시켜 버렸다.

1175년 6월. 후군총관사 두경승은 연주성 밖에 흙을 높이 쌓아 올리고 그 위에 대포를 설치한 후 무차별 공격을 퍼부어 성을 함락시켰다. 이때부터 서북에서 항복하는 성이 많아졌고, 토벌군은 곧 조위총 일파의 본거지인 서경을 포위 공격했다. 이때에도 윤인첨은 지구전을 사용했다. "서경은 성이 튼튼하다. 지친 병사들로 공격하는 것은 무모한 짓이다. 장기간 성을 포위하여 적이 식량을 구하지 못하게 하면 곧 투항할 것이다." 윤인첨의 예측대로 완전히 포위당한 서경은 며칠도 못 가서 식량이 떨어지고 말았다. 성을 몰래 빠져나온 서경 사람들을 사로잡아 의복과 양식을 주어 되돌려 보내는 유인책을 구사했다. 되돌아간 주민에 의해 소문이 삽시간에 퍼졌고 많은 개경 주민들이 몰래 성을 빠져나와 투항했다.

사태가 이렇게 돌아가자 조위총은 서언을 금나라 사절로 보냈다. "정중부와 이의방이 전왕 의종을 죽였다. 자비령 서쪽으로 압록강에 이르는 40여 성을 금나라에 바치고자 하니 지원군을 보내 도와주기 바란다."고 요청하자 금나라 세종은 "어찌 역신을 도와 나쁜 짓을 할 수 있겠느냐!"라며 말한 후 오히려 서언을 체포하여 개경으로 압송시켰다.

이처럼 설상가상이 된 조위총의 반란은 1176년 7월에 윤인첨이 서경군을 격파하고 조위총을 생포함으로써 3년 만에 진압되었다. 이로써 천하는 정중부, 정균 부자의 것이 되었다. 정중부는 문하시중이라는 벼슬인 수상에 올랐는데 그의 나이는 70이었다.

보통 70이면 벼슬을 내려놓아야 하나 권력에 취한 정중부는 문하시중 자리를 내려놓지 않자 낭중 최충의가 정중부에게 간했다. "왕이 재상에게 궤장(几杖)³⁾을 하사하면 비록 나이가 70이라도 치사(致仕)하지 않아도 된다. 하옵니다." 하니 정중부는 "옳거니!" 하며 무릎을 쳤다. 정중부는 예부의 관리를 시켜 명종에게서 궤장을 받자 계속해서 국정을 전담했다.

정중부는 독재자가 되어 국권을 좌지우지하자 그의 아들 정균과 사위 송유인도 무소불위의 권력을 휘둘러 뇌물을 받고 재물을 강탈하니 이들에 대한 원성이 날이 갈수록 높아졌다. 정균은 본래 난폭하고 음탕한 인물로 우부승선 김이영의 딸을 유혹하여 아내로 삼고 본처를 구박했으며 나중에는 공주까지 눈독을 들여 명종과 공예태후의 속을 썩이기도 했다.

또 송유인은 원래 대장군까지 오른 무인이었으나 정중부가 쿠데타를 일으키자 조강지처를 버리고 정중부의 딸에게 새장가를 들어 사위가 된 인물로 특히 재물에 대한 탐욕이 극에 달하자 그해 9월 남쪽 지방에서 반란이 일어났는데 토벌군 가운데 누군가가 익명으로 이런 내용의 방을 붙였다.

---

3) 주: 나이 70이 넘어도 국가의 대소사를 처리해야 하므로 퇴직시킬 수 없는 관리를 예부에서 왕에게 보고한 후 궤장을 내리게 했다.

'시중 정중부와 그의 아들 승선 정균과 사위 복야 송유인 등이 정권을 농락하여 남적이 들고 일어난 것이다. 군사를 내어 남적을 토벌하기에 앞서 이자들부터 먼저 죽여야 마땅하다.' 정중부와 정균 부자가 이 방이 붙은 소식을 들은 후 겁을 먹고 벼슬을 내놓고 한동안 조정에 나가지 않았다.

그러나 정중부가 정작 벼슬을 내려놓은 것은 그로부터 2년이 지난 1178년이었다. 정중부가 사직하자 정균과 송유인이 권력을 차고 들어앉아 계속해서 탐욕과 전횡을 일삼았으나 이들에게도 종말이 다가왔는데 평소 이들의 매관매직과 탐욕과 오만방자한 행패를 매우 못마땅하게 여기던 청년 장군이 있었으니 그가 바로 경대승이다.

경대승은 중서시랑평장사를 지낸 경진의 아들로 15세에 음서(蔭敍)[4]로 교위에 임명되어 무관직에 나갔다.

명종 재위 9년 9월에 경대승은 정중부 일당을 제거하기로 결심하고 뜻을 같이하는 견룡군 지휘자 허승과 합세하여 궁궐에서 숙직하던 정균을 죽인 다음 사사(死士)라는 결사대 30여 명을 이끌고 대궐 담을 넘어 정중부의 측근인 대장군 이경백과 지유 문공려 등을 습격해 죽였다. 그리고 경대승은 명종에게 찾아가 이렇게 말했다. "이번 거사는 역신 정중부 일당을 제거하고 사직을 편안케 함이니 성상(聖上)께서는 심려를 놓으소서." 그리고 명종에게 거듭 고하기를 "금군을 출동시켜 정중부와 송유인과 송유인의 아들 송군수 등을 체포해야만 나라가 평안해집니다." 라고 주청을 드리자 명종은 허락했다. 이때 정중부가 심어놓은 궁궐의 환관으로부터 이와 같은 급보를 전달받은 정중부는 황급

4) 주: '음서'란 고려시대와 조선시대에 과거시험을 보지 않고도 관리가 될 수 있었던 제도이다.

히 도망쳐 민가에 숨었으나 붙잡혀 죽었다.

송유인 부자도 모두 도망쳐 숨었으나 잡혀 죽었다. 이 소식을 들은 대소신하가 모두 입궐하여 경대승에게 "나라의 역적을 제거해 줘서 고맙기 그지없소." 모두가 경대승의 거사 성공을 축하했다. 하지만 경대승은 "아직도 왕을 시해한 자가 살아 있는데 무엇을 축하한단 말이오." 이 말은 바로 의종을 죽인 이의민을 두고 한 말이었다. 이 말을 전해들은 이의민은 고향인 경주로 내려가서 쥐 죽은 듯 숨어 지냈다.

정중부를 제거하고 정권을 장악한 경대승은 중방을 무력화시키고 도방을 설치하여 자신의 측근을 배치했다. 이어서 거사의 동지였던 허승과 김광립마저 죽였다.

경주에서 숨어 지내던 이의민은 생각했다. '언젠가는 경대승에게 죽임을 당할 것이다. 당하기 전에 내가 먼저 경대승을 죽이리라.' 다짐하고 5년간 숨어 지내며 황색을 띠는 비소를 구한 이의민은 경대승의 식솔 노비에게 큰 뇌물을 주어 기회를 노리게 한 후 비로소 명종 13년 1183년 7월에 경대승이 즐겨 먹는 음식에 비소를 넣어 죽였다. 경대승이 죽자 이의민은 속으로 이렇게 생각했다. '겁이 많은 명종은 틀림없이 나를 부를 것이다.' 이의민의 의도대로 경대승이 죽자 명종은 경주로 사람을 보내 이의민을 불러오려고 하였으나 이의민은 자기가 사람을 사서 경대승을 죽였으나 마치 모르는 척 명종의 사절에게 "경대승이 정말 죽었단 말이오? 아직 나이도 새파랗게 젊은데 말이오!" 의심스럽다는 듯 바로 개경으로 올라가지 않았다. 이것은 명종을 더욱더 안달 나게 만들기 위한 이의민의 계략이었다.

명종이 다시 신하를 보내어 이의민에게 전하기를 "어명이요 '그대가 없으면 나라에 반란이 일어날지 모르니 올라오는 대로 병부상서 벼슬을 내릴 것이니 나라의 안보를 책임쳐 주시오.'어명이니 속히 개경으로 올라오라고 합니다."라고 왕의 교지를 신하가 읽고 간곡히 당부하자 그제야 개경으로 올라와 천민출신 이의민이 권력을 잡은 뒤 13년 동안 권력을 휘두른 후 다시 최충헌에게 권력을 빼앗겨 최씨 무신정권은 62년간 권력을 독점하다가 여몽전쟁을 계기로 몰락한다.

3장

칭기스칸의 탄생

12세기 중엽. 몽골 고원에서는 여러 유목민들이 흩어져 살고 있었다. 이들은 일정한 정치조직을 갖춘 유목집단으로 서로의 세력을 확장하기 위하여 하루가 멀다 하고 전쟁을 벌였다. 이런 다섯 개의 유력한 집단이 몽골 고원을 분할하고 있었는데 그 다섯 부족은 나이만족, 케레이트족, 메르키트족, 타타르족, 몽골족이었다.

나이만족은 몽골의 서부지역의 주도권은 쥐고 있었다. 알타이 산맥과 항가이 산맥 등 산악지대와 그 주변의 초원지대를 장악하고 서몽골의 맹주로 활약했다. 투르크계의 나이만족은 남쪽으로 이웃하고 있는 위구르족과 잦은 접촉을 통해 그들의 문화를 받아들이면서 비교적 잘 짜인 행정과 재정 조직을 갖추고 있었다.

케레이트족은 투르크계이다. 나이만족의 동쪽에 자리한 케레이트족은 서쪽으로 옛 몽골의 수도 카라코룸 지역의 오르콘 강 지역에서 동쪽으로 오논 강과 케룰렌 강 일부에 이르는 몽골고원의 중심부에 자리하고 있었다. 그 군주들은 지금 몽골의 수도 울란바토르를 끼고 흐르는 툴라 강의 카라툰이라고 불리는 숲 속에 근거지를 두고 있었다.

타타르족은 몽골의 동쪽에 자리 잡은 가장 강력한 부족이었다. 이들은 흥안령 산맥과 케룰렌 강 사이의 부이르 호수와 훌룬호 아래쪽에 거주하고 있었다. 타타르족의 용맹성은 다른 부족과 비교할 수 없을 정도여서 이들의 힘이 모여 있을 때는 어떤 집단도 대적할 수 없었다. 이들은 칭기스칸의 아버지 예수게이를 살해한 집단으로도 유명하다.

메르키트족은 바이칼호 남쪽의 셀렝게 강 유역에 살고 있었다. 이들은 바이칼호를 배경으로 고기잡이와 사냥, 그리고 모피 수집 등을 생업으로 삼고 있었다. 메르키트족은 군사의 수는 적지 않았으나 몽골고원의 정세를 변화시킬 만큼 강력한 집단은 아니었다.

몽골족은 이들 여러 집단들 사이에 파고들어 이들과 버금가는 세력을 구축한 것은 칭기스칸의 3대조인 카불칸 때였다. 몽골족의 성장에 가장 두려움을 느낀 나라는 여진족의 금나라였다. 여진족은 그들과 가까이 있는 몽골고원에 또 하나의 강력한 세력이 등장할 경우 그것은 곧바로 자신들에 대한 위협으로 발전할 여지가 있다고 보고 사전에 그 싹을 자르려 했다.

그래서 몽골 울루스의 카불칸이 죽고 암바가이칸이 2대 칸으로 선출되자 금나라는 몽골 부족이 통일되면서 큰 위협을 느꼈다. 그래서 금나라는 용맹스런 타타르 부족에게 돈을 주어 암바가이칸을 유인하여 생포하라고 부추겼다.

타타르의 칸은 암바가이칸의 선출을 축하한다는 명목으로 초대하였는데 암바가이칸은 무방비 상태로 초대를 받고 향연을 즐기던 중에 생포되어 금나라로 압송된 후 목판에 못 박아 잔인하게 처형했다.

암바가이칸이 죽기 전에 자신의 원수를 갚아 달라는 유언을 남겼다. "나는 타타르 사람들에 의해 붙들려 있다. 너희들의 다섯 손가락에서 손톱이 빠져 달아나도록, 너희들의 열 손가락이 닳아 없어지도록 나의 원수를 갚아라."

1162년 봄.

후엘룬, 그녀가 자랐던 환경과 멀리 떨어진 곳에서 정상적이었다면 화려한 게르 안에서 산통을 겪어야 했지만 운명의 장난으로 정해진 사람이 아닌 낯선 사람들로 둘러싸인 가운데 후엘룬은 산통을 겪고 있었다.

산통이 점점 심해진 후 후엘룬의 첫 아이의 손이 자궁을 빠져나오려 하자 산파가 두 손으로 조심스럽게 빼내었다. 그 아이가 자궁으로부터 완전히 빠져나와 산파의 두 손에 올려진 후에도 그 아이는 계속 손을 움켜쥐고 있었다. 다 빠져나온 후 그 아이에게 피 묻은 몸을 다 닦아낼 때까지도 그 아이는 손을 펴지 않자 산파로부터 건네받은 후엘룬은 자기가 낳은 아이의 여린 손가락을 하나씩 하나씩 조심스럽게 펴 보니 크고 검은 핏덩이를 움켜쥐고 있었다.

후엘룬은 이것을 보고 생각했다. '길조일까? 저주일까? 이 일을 통하여 행운을 알리는 것일까? 불행을 알리는 것일까? 희망을 품어야 하나? 절망을 품어야 하나?' 핏덩어리를 본 짧은 순간에 후엘룬은 온갖 생각이 다 들었다.

후엘룬은 다시 10개월 전의 생각을 떠올렸다.

그녀는 바이칼호 남쪽에 사는 메르키트족 족장 토크토아의 동생인 칠레두가 남편이었다. 칠레두는 미인이 많기로 소문난 옹기라트족 후엘룬의 집으로 가서 정통적 풍습인 데릴사위 기간을 마치고 그녀를 자기 고향으로 데려가기 위하여 몇 주 걸리는 긴 여정의 길에 올랐다.

후엘룬은 야크가 끄는 작고 검은 수레에 탔고, 메르키트족 족장의 동생이자 남편 칠레두는 수레 옆에서 호박색 말을 타고 당당하게 고향으로 가고 있었다.

그들은 오논 강을 따라 초원을 순탄하게 가고 있었다. 순조로운 여정이 진행되다가 메르키트 부족으로 향하는 마지막 관문인 산맥을 만났다. 신혼의 꿈에 부푼 후엘룬은 이제 며칠만 더 가면 신랑 부족의 비옥한 초원으로 들어간다는 생각에 들떠 있었다. 이런 부푼 생각에 빠진 후엘룬은 자기를 덮칠 것이라고는 생각지도 않고 야크가 끄는 작고 검은 수레 앞에 걸터앉아 있었다.

그때 오논 강변에서 혼자 매사냥을 나섰던 예수게이는 야크가 끄는 신부의 가마를 멀리서 물끄러미 바라보고 있다가 그들 곁을 지나갔다. 신부를 힐 끈 쳐다보자 지금의 자기 아내보다 훨씬 예뻤다. '나는 저렇게 예쁜 신부를 얻기 위해 선물할 예물도 없고 신부를 데려오기 위해 데릴사위로 가서 노역할 마음도 없다. 저 신부를 납치해야겠다.' 마음먹고 신혼부부가 눈치채지 못하게 느린 말의 걸음으로 걸어가다가 신혼부부의 시야에서 벗어나자마자 급하게 자기 야영지로 내달려 돌아가 형인 네쿤 타이지와 동생인 다리타이 옷치긴, 두 형제를 불러내어 "너무나 예쁜 신붓감을 보았다. 그렇게 예쁜 신부는 처음 보았다. 내가 취할 수 있게 도와 달라." 요청하자 형, 동생은 그렇게 예쁜 신부라는 말에 실패하더라도 눈요기라도 할 겸 예수게이의 말에 응하고 함께 추격하였다. 예수게이가 조금 전에 봐두었던 신혼부부가 시야에 들어오자 그의 형제들은 일정한 거리를 두고 뒤를 쫓아갔다.

적당한 지형에 이르자 갑자기 급습하듯 말을 탄 세 낯선 남자가 달려오자 심상치 않은 상황을 알아차린 칠레두는 자기 말에 옮겨 타라고 후엘룬에게 손을 내밀자 후엘룬은 칠레두에게 "당신 말에 함께 타고 달아난다면 결국 붙잡혀 당신은 죽임을 당할 거예요. 그러나 당신 혼자만 달아난다면 나 혼자만 붙잡히면 돼요." 후엘룬이 이렇게 말해도 칠레두는 달아나지 않으려 하자 후엘룬은 소리쳤다. "살아만 있으면 안방마다 수레마다 처녀들이 당신을 기다리고 있을 거예요. 당신은 다른 여자를 찾아 신부로 삼을 수 있고, 그 여자를 나 대신 후엘룬이라고 부르면 돼요. 그러니 빨리 도망치세요." 낯선 남자들이 점점 가까이 다가오자 후엘룬은 얼른 저고리를 벗어 신랑 칠레두의 얼굴에 던지며 "이것을 가져가요, 내 냄새를 맡으며 가요."라고 외치며 신랑의 호박색 말 엉덩이를 향하여 후엘룬이 힘껏 채찍을 갈겼다. "빨리 달아나라고요. 그것만이 살 길이에요." 칠레두는 아내의 납치범들로부터 멀리 달아나면서 그제야 눈물을 흘리며 후엘룬의 저고리를 코에 갔다 대며 뒤를 돌아보니 여전히 후엘룬은 울면서 자기 쪽으로 시선을 떼지 않았다.

후엘룬은 수레를 타고 반대 방향으로 가며 등을 돌리고 시선은 칠레두 쪽으로 계속 주시하고 있었다. 점점 시야에서 멀어지더니 결국 시야에 사라져가는 칠레두의 마지막 모습을 보고 흐느끼며 자신의 심정을 드러냈다.

"내 신랑, 칠레두는 바람을 거슬러 머리칼을 흩트린 적도 없고 거친 초원에서 배를 주린 적도 없었는데 지금은 어찌하여 두 갈래 머리채를 한 번은 등 뒤로 한 번은 가슴 앞으로 날리며, 한 번은 앞으로, 한 번은 뒤로하며 달려가는가."

칠레두가 시야에서 완전히 사라진 후에도 그녀가 지르는 큰 소리로 인해 오논 강물은 더욱 떨리며 물결쳤고 숲과 골짜기까지 오래도록 울리자 신부의 수레 옆에 붙어가던 예수게이의 동생 다리타이 옷치긴이 후엘룬을 달래면서 말했다.

"당신이 그리워하는 그 사람은 이미 고개를 여럿 넘었소, 당신이 울어주는 그 사람은 이미 물을 여럿 건넜소, 당신이 아무리 외쳐도 그는 당신을 돌아보지 않소, 아무리 그를 찾아도 당신은 그가 간 길을 찾지 못하오, 이젠 그만 좀 하고 진정하시오."

이렇게 해서 예수게이는 손쉬운 방법으로 후엘룬을 취하여 게르로 돌아갔다. 후엘룬이 게르로 돌아와 보니 예수게이에게는 이미 아들 벡테르가 딸린 본처 소치겔이 있었다.

이 납치 사건으로 메르키트족과 테무진 가계의 악연은 여기서 그치지 않고 후에 메르키트족과 대를 이은 보복으로 테무진의 아내 부르테를 납치하면서 반전에 반전을 거듭하는 질긴 인연의 씨앗을 잉태하였다.

칭기스칸의 아버지 예수게이는 몽골 울루스를 탄생시킨 첫 번째 칸인 카불칸의 둘째 아들 바탐 바아투르의 셋째아들로 태어났다. 그는 타타르와의 전투에 참가하여 용맹을 떨쳤으나 귀족이기는 해도 칸의 자리를 차지할만한 위치에 있지 않았고 바아투르라는 칭호를 가진 키야트씨족의 한 수령일 뿐이었다. 당시 호툴라칸이 사망한 뒤 다음 칸을 뽑지 못한 채 몽골 울루스가 와해되자 몽골족의 유력한 두 씨족이었던 카야트와 타이치우드의 장로들과 그 후예들이 대권을 놓고 경쟁을 벌였다. 이합집산이 난무한 이 약육강식의 시대에 예수게이는 두각을 나타내기 시작했다.

예수게이는 라이벌 관계에 있는 타이치우드족의 몇몇 장로들과 정치적 동맹을 맺어 지지기반을 넓혀 나갔다. 이를 바탕으로 예수게이는 케레이트족 토그릴칸이 숙부이자 경쟁자인 구르칸의 공격으로 위기에 빠졌을 때 토그릴칸을 구해 주고 자신의 영향력을 더욱 확대시켰다. 절망의 순간에서 벗어나 입지를 회복한 토그릴칸은 툴라 강변의 카라툰에서 예수게이와 안다의 맹약을 맺고 은혜를 반드시 갚겠다고 다짐했다. "이 은혜에 대한 보답은 네 자손의 자손에 이를 때까지 반드시 갚겠다. 나는 이것을 하늘과 땅에 맹세한다." 토그릴칸은 하늘을 바라보며 안다 동맹[5]을 맹약했다.

1162년 10월 16일. 예수게이가 타타르의 테무진 우게, 코리 부카를 비롯한 타타르족을 약탈하고 돌아온 바로 그때, 임신 중이던 후엘룬은 오논 강의 델리운 볼닥에서 칭기스칸을 낳았다. 타타르족의 테무진 우게를 잡아왔을 때 태어났다고 해서 테무진이라는 이름을 붙여 주었다.

예수게이의 식솔은 본처 소치겔이 벡테르를 낳았고 그다음 후엘룬이 테무진을 낳았다. 그다음 소치겔이 벨구테이를 낳았고 그 뒤로 예수게이는 소치겔의 침소에 들지 않았기 때문에 후엘룬은 카사르를 낳은 후 2년마다 후엘룬이 카치운, 테무게, 그리고 막내 외동딸인 테물룬을 낳았다.

후엘룬은 여느 유목민과 다를 바 없이 그녀의 일상은 봄에는 새로 태어나는 가축을 돌보는 것, 여름에는 가족들과 같이 목초지를 찾아 떠나는 것, 가을에는 길고 추운 겨울을 보낼 유제품과 고기를 말리는 것, 겨울에는 전통과 관습에 따라 사내와 신랑들은 사냥에 나서는 계절이었다.

테무진의 나이 9살이 되었을 때 예수게이는 테무진에게 부인을 얻어 주기로 약속했다. 예수게이는 '테무진의 아내가 후엘룬과 같은 사람이

---

5) 주: 안다 동맹은 친구동맹이다. 유목사회는 겨울에는 약탈로 생명을 이어나간다. 이 위협을 조금이라도 벗어나려면 최대한 안다 동맹을 맺어 서로가 세력을 확대해 나갔다.

면 좋겠다.'고 생각하고 가능하면 현명한 울쿠누드 출신의 아내를 얻어 주려고 했다. 몽골 유목 사회에는 옹기라트족의 일파인 울쿠누드는 미녀들이 많이 사는 부족으로 소문이 나 있었다.

몽골인들은 일찍 결혼하는 풍습이 있어서 보통 10살 전후에 결혼할 상대를 골라 약혼하고 6~7년이 지난 뒤에 결혼식을 올렸다.

1171년 예수게이는 아내 후엘룬의 친정이자 옹기라트족의 일파인 올 쿠누드라는 부족에서 테무진의 아내를 구할 셈으로 아들 테무진과 각 자 말을 타고 길을 터났다.

옹기라트족은 훌룬호 근처에 살고 있었다. 볼닥에서 말로 하루에 100리 넘게 간다 하더라도 족히 10일은 넘게 걸리는 거리였다.

예수게이는 테무진을 데리고 옹기라트족이 사는 곳으로 가면서 아들 과 많은 이야기를 나누었다. 몽골족의 유래와 선조들의 얘기에서부터 조부 카불칸에 대한 이야기와 그리고 각 부족 간의 약육강식의 주변 정세와 자신이 살아온 과정과 전투에서의 무용담과 지도자의 자리에 있는 사람이 갖추어야 할 덕목과 전리품을 공정하게 배분하는 법을 가 르치면서 포용력을 강조하였다. 토그릴칸[6]과의 맹약도 얘기해 주면서 어려움이 닥치면 그를 찾아가라고 일러 주었다.

예수게이와 테무진의 긴 여정이 케롤렌 강이 훌룬호로 흘러들어가는 지역에 도착했을 때 옹기라트족의 수장 데이세첸을 만났다. 데이세첸 은 이 부락의 수령이면서 관상도 잘 보는 현자이었다. 예수게이와 데이 세첸은 서로가 잘 아는 사이였다. 보통 이 지역을 통과할 때 먼 거리를 아버지가 어린 아들과 함께 동행하면 으레 아들의 신붓감을 구해주기

---

6) 주: 토그릴칸은 훗날 옹칸으로 더 유명하다.

위해서였다. 울쿠누드로 가기 위해 반드시 들러서 말에게 물과 먹이를 주고 각 부족의 정세도 서로 주고받는 장소였다.

테이세첸은 예수게이에게 보통 건네는 인사를 했다. "귀한 전사께서 여기까지 어떻게 오셨는지요?"

"네, 수령님. 이 아이가 내 아들입니다. 장가를 보내기 위해 처가 쪽인 울쿠누드로 가는 길입니다. 말에게 물이라도 먹이려고 들렀습니다."

테이세첸이 테무진의 관상을 자세히 살펴보고 한눈에 반해 사위로 삼고 싶어 예수게이에게 말했다. "훌륭한 아들을 두셨군요. 당신의 아이는 눈에 불이 있고 얼굴에 빛이 있는 아이이군요. 우리 집으로 갑시다. 내 딸은 어립니다. 당신에게 내 딸 아이를 보여주고 싶습니다."

테이세첸이 그의 게르로 두 부자를 데리고 다가가자 개들이 먼저 달려와 테이세첸 옆에 서 있는 낯선 예수게이와 테무진을 향해 짖자 게르 안에 있던 보르테가 나와 보니 아버지 곁에 처음 보는 두 부자를 보고 고개를 숙여 인사를 건넸다. 예수게이도 인사를 하는 테이세첸의 딸을 자세히 보고 마음에 쏙 들어 며느리로 삼고 싶어서 테이세첸에게 말했다. "내 아들을 사위로 맡기겠습니다. 내 아들은 개한테 잘 놀랍니다. 사돈! 내 아들이 개한테 놀라는 일이 없도록 해 주십시오." 예수게이는 평소의 예상과 달이 울쿠누드로 가지 않고 여기에서 테무진과 보르테의 약혼[7]을 결정했다.

이렇게 예수게이는 테무진을 사돈에게 맡기고 돌아가는 길에 체체를렉의 시라케에르 대평원에 도착했을 때 타타르인들이 잔치하는 것을 보고 목이 말라 말에서 내렸다. 타타르인은 예수게이를 알아보고 있었

---

7) 주: 당시 몽골의 풍습은 약혼이 결정되면 신랑은 신부 집에 데릴사위 형식으로 머물렀다.

다. 그들은 예수게이의 의심을 풀기 위해 반갑게 맞이하며 술과 음식을 대접한 후 예전에 약탈당한 것을 분풀이하기 위해 마유주에 독을 섞어 그에게 주었다.

그것도 모르고 그저 목이 말라 한 번에 마신 후 예수게이는 고맙다 인사하고 길을 출발하여 저녁이 되어서야 복통을 느꼈고 점점 고통이 심해지자 "저놈들이 나를 알아보고 자기 부족을 약탈한 보복으로 음료에 독을 타 나에게 먹였구나!" 사흘 밤낮 동안 몸 상태는 더욱 악화되어 자신의 집에 도착하였을 때 사색이 된 예수게이를 본 후엘룬은 "왜 그래요? 많이 아픈가요." 울먹이며 물었다.

예수게이는 몹시 위독하여 죽음을 직감하고 "후엘룬, 내 동생을 불러다 줘요. 지금 빨리요." 후엘룬은 급히 예수게이의 동생 게르로 달려가 보니 마침 동생이 있었다. 후엘룬은 울먹이면서 말했다. "다리타이 옷치긴, 형님이 빨리 오라고 해요. 지체하지 말아요." 다리타이가 물었다. "무슨 일이에요?" "형님이 많이 아파요!" 사태를 직감한 다리타이 옷치긴은 형의 게르로 앞서가 달렸고 후엘룬도 울먹이며 다리타이를 뒤따라 달려 게르 안으로 들어갔다.

예수게이가 마지막 힘을 다해 다리타이 동생에게 부탁했다. "다리타이, 나는 더 이상 희망이 없다. 후엘룬을 부탁한다. 너의 형수와 조카를 잘 보살펴다오." 이것이 예수게이의 마지막 말이었다.

이 말은 자신이 죽으면 동생이 몽골의 풍습대로 형수와 결혼하라는 말이었다. 그러나 자식이 줄줄 딸린 가장이 되기 싫은 동생은 20대의 젊은 후엘룬보다 나이 많은 여자를 원했다. 나이 많은 여자는 예물을 많이 주지 않아도 되고 신부를 얻기 위해 처가 집에 가서 데릴사위로 노역을 하지 않아도 되지만 무엇보다도 납치한 여자를 아내로 맞이했다가 훗날에 예수게이처럼 복수라도 당하는 것이 가장 두려운 원인이었다.

이렇게 그녀의 가족을 아무도 돌보지 않으려고 들었다.

매년, 돌아가신 칸들을 위한 제사행사 때. 예수게이가 살아 있을 때에는 예수게이의 모든 가족들도 불렀고 제사가 끝나면 그날 준비한 음복을 참석한 모든 부족들이 나누어 먹었다. 이번 행사 때에는 후엘룬 가족만 부르지 않고 불참을 시킨 것은 이제부터 이 부족에서 제외시킨다는 의미였다.

후엘룬은 가족들을 데리고 제사 장소로 갔으나 이미 제사는 끝났고 음복을 나누어 먹고 있었다.

후엘룬은 "우리 가족에게도 음복을 달라."

"제사에 참석하지 않으면 음복을 받을 자격이 없다." 라며 이 제사를 주관한 소카타이가 후엘룬 가족을 투박했다.

그리고 며칠 후 이 부족들은 매년 여름 오논 강 하류에 있는 목초지로 이동하는데 후엘룬 가족만 남기고 가기로 하자 지위가 낮은 한 노인만 소리를 질렀다. "이들도 데리고 가자." 그러자 한 젊은 남자가 그 노인에게 가서 "지위가 낮은 당신은 우리에게 저들을 데려가 달라고 말할 권리가 없다." 라고 말한 후 그를 창으로 찔렀다. 이 광경을 보고 10살짜리 테무진은 달려가서 그 노인을 부둥켜안았으나 죽어가는 이 노인에게 아무것도 할 수 없었다.

테무진은 고통과 분노를 느끼며 목이 쉴 때까지 울다가 지쳐 끝내 흐느끼기만 했다.

후엘룬은 그녀의 가족을 버리고 간 부족을 향해 죽은 남편의 말총

영기(靈旗)[8]를 움켜쥐고 말에 올라타 떠난 사람들을 쫓아가 남편의 영기를 머리 위로 높이 처들고 사납게 빙빙 돌리며 부족 주위를 맴돌았다. 후엘룬의 행동은 죽은 남편의 상징물을 흔든 것이 아니라 부족민에게 한 공동체로서 자기 가족을 버리고 간 데 대해 부끄러움을 보여 주고자 했다.

그렇게 하여 그들도 더 이상 어쩔 수 없이 받아들였다. 하지만 깊은 밤이 되자 후엘룬의 가족만 남기고 그 부족은 가축까지 다 데리고 사라졌다.

이제부터는 가족 스스로가 생계를 이어가야만 했다. 후엘룬은 다짐했다. '모자를 단단히 눌러쓰고 허리띠를 바짝 졸라 매자.' 그렇게 하여 그녀는 뛰어다니며 쉴 새 없이 식물들의 뿌리라도 캐어 식구들을 먹였고 심지어 쥐를 잡아 아이들에게 토끼고기라 속이고 먹였으며 그 쥐 가죽은 옷감으로 사용했다. 가축이 없어서 겨울에 날 의복은 개와 쥐의 가죽으로 후엘룬이 직접 만들어 입혔다.

이런 나날을 이어가다가 테무진과 그의 바로 아래 동생 카사르와 강가에서 낚시로 잡은 고기를 벡테르와 벨구테이가 중간에서 낚아채어 가자 테무진은 화가 나서 후엘룬에게 달려가 그 이야기를 했으나 후엘룬은 자기편을 들지 않고 이렇게 말했다. "형과 싸우지 말고 그들을 버린 적 타이치우드 걱정이나 하라."라며 야단치고 난 후 후엘룬은 아들

---

8) 주: 영기는 가장 훌륭한 종마의 말총을 창날 바로 아래 묶어서 만든 것이다. 칭기스칸은 두 개의 영기가 있었는데 하나는 백마 말총의 영기였다. 그것은 일찍 시리졌고. 흑마 말총의 영기는 칭기스칸의 후손 자나바자르가 보호해 오다가 티베트 불교의 황모파(黃帽派) 승려 1,000여 명이 20세기까지 이어오며 지켰는데 공산주의 앞에 모든 승려들이 총칼에 죽임을 당하고 사라졌다.

에게 미녀 알란의 이야기를 해 주었다. "알란은 몽골족을 세운 여자 조상으로 남편이 죽고 나서 양자로 들인 아들과 함께 살면서 아들을 몇 명 더 낳았단다." 어머니 후엘룬의 이 말은 '예수게이의 형제들이 자기를 버렸으나 벡테르가 장성하여 후엘룬을 아내로 맞이할 것이다.'로 받아들인 테무진은 바로 벡테르를 찾아 나섰다. 그가 푸른 초원 작은 언덕에 앉아 있는 것을 보고 짐승 사냥을 하듯 소리 없이 가까이 접근한 후 테무진은 화살을 시위에 꽂아 벡테르 앞에 당당히 섰다. 그러자 벡테르는 테무진에게 훈계하듯 큰 소리로 말했다. "나는 너희 눈에 빠진 속눈썹, 너의 입안의 가시가 아니다. 내가 없으면 너희의 벗은 너의 그림자밖에 없을 것이다. 만약 나를 죽인다면 내 친동생 벨구테이는 살려 주기 바란다."

테무진은 이미 힘껏 당겼던 활시위의 손가락을 일시에 폈다. 벡테르가 쓰러져 피를 흘리자 그 피가 자기의 몸에 묻을까 봐 아직 죽지 않은 이복형을 두고 집으로 달려갔다.

후엘룬은 아들 테무진의 표정을 보고 외쳤다. "살인자야! 살인자야! 너는 내 뜨거운 자궁에서 나올 때 손에 핏덩이를 쥐고 나왔다. 나는 너를 보고 이렇게 생각했다. '길조일까? 저주일까? 행운을 알리는 것일까? 불행을 알리는 것일까? 희망을 품어야 하나? 절망을 품어야 하나?' 지금 너를 보니 너는 자기 태를 뜯어 먹는 들개와 같구나. 공격하는 표범 같고, 억제하지 못하는 사자 같고, 먹이를 산채로 삼키는 괴물 같다. 이제 너는 너의 그림자 외에는 벗이 하나도 없을 것이다." 후엘룬이 아들을 향한 이 절규는, 지금까지는 후엘룬 가족이 버림은 받았지만 범죄자의 가족은 아니었다. 하지만 이제부터는 범죄자의 가족으로 쫓기게 되었다.

몽골 동북부의 비옥한 초지와 산림지역은 몽골 울루스가 붕괴되면서 주인 없는 땅이 되어 버렸다. 이 지역의 패권을 노렸던 선두주자 예수게이가 사라지자 경쟁 관계에 있던 타이치우드족이 더욱 유리한 입지에 서게 되었다. 하지만 타이치우드족의 족장인 타르쿠타이 키릴툭은 유력자의 살아 있는 씨앗이 마음에 걸렸다. 특히 '눈에 불이 있고 얼굴에 빛이 있다.'는 테무진의 범상치 않은 소문도 이미 들었다. 하지만 테무진을 제거할 명분이 없었는데 마침 테무진이 살인을 하였다는 소식을 듣고 타이치우드족의 족장인 타르쿠타이 키릴툭은 전사를 보내 살인자 테무진을 추격케 했다. 추격이 시작되자 가족들은 테무진을 달아나게 했다. 특히 후엘룬은 떠나는 테무진에게 늘 하던 소리를 했다 "반드시 살아야 한다. 그리고 어디를 가든지 사람 하나하나를 소중히 여기고 그들을 뭉치게 해야 한다." 당부하고 떠나보냈다. 특히 '사람 하나하나를 소중히 여기라'는 말은 안다 동맹을 많이 맺어 겨울에 굶어 죽지 말라는 뜻이다.

탁 트인 초원에서 숨을 곳이 없어서 안전한 산악지대인 테르긴운두르까지 도망간 테무진은 그 숲속으로 들어가 몸을 숨기고 아흐레 동안 아무것도 먹지 못한 채 버틴 후 "이렇게 죽을 수는 없다. 차라리 나가서 부딪혀 보자."라고 마음먹고 입구를 막은 바위 주변의 나무들을 쳐내고 빠져나오자 바로 타르쿠타이 키릴툭의 전사들에게 붙잡혔다.

전사들은 테무진을 타르쿠타이 키릴툭에게로 데려갔지만 테무진을 즉각 처형하지 않았다.

타르쿠타이 키릴툭은 자기 앞에 무릎을 꿇은 테무진을 향하여 호통쳤다. "너는 우리 타이치우드 여인이 낳은 맏아들 벡테르를 살해했다. 인간으로서 어떻게 한 아버지에게서 난 형을 죽일 수 있으냐! 너 같은 살인범은 살려 둘 수가 없다. 하지만 열흘 후에 천제를 드리는데 너를 죽여 하늘의 제물로 바치기로 했다." 이렇게 말한 후 목에 칼을 채웠다.

테무진은 그의 진영에서 칠일이 흘렀고 탈출할 기회만 호시탐탐 노렸는데 마침 탈출할 기회가 왔다.

여름이 시작된 첫 달 열엿새 날. 마침 타이치우드족 사람들이 오논 강변에서 잔치를 벌인 날이었다. 낮부터 시작된 잔치는 해가 떨어지면서 시들해졌고 사람들은 하나둘 흩어지기 시작했다.

테무진도 한 소년에 의해 잔치가 벌어지는 곳으로 끌려와 그 잔치를 구경하고 있었다. 사람들이 흩어지면서 잔치 뒤끝의 분위기는 어수선해지고 느슨해지자 더 이상 이보다 좋은 기회가 없다고 생각한 테무진은 탈출을 감행했다.

목에 쓰고 있던 칼로 옆에 있던 소년을 때려눕혔다. 그러나 칼을 쓴 채로 초원을 걸어서 달아나는 것은 죽음을 자초하는 행동이라고 판단하고 그는 오논 강변의 숲으로 뛰어들어가 엎드려 잡초 속에 숨었다가 다시 오논 강으로 들어가 강물 위에 몸을 뉘었다. 정신을 차린 소년이 "죄인이 도망쳤다." 연거푸 소리를 지르자 수색이 시작되었고 수색에 나선 소르칸 시라라는 사람이 테무진을 발견하고 소리를 질러 알리는 대신 오히려 테무진에게 둘만 들리는 소리로 "어두워지면 달아나라. 그리고 밤이 되면 최대한 멀리 도망가라 그래야만 살 수 있다." 수색대를 다른 곳으로 유인하며 살려주었다. 밤이 찾아오자 테무진은 강에서 나와 달아나지 않고 오히려 주위를 살피며 소르칸 시라의 게르로 찾아가 "저를 구해 주면 이 은혜는 꼭 갚겠습니다. 하늘과 땅에 맹세합니다." 구해줄 것을 요청하자 소르칸 시라는 당황했지만 그의 아들 침바이와 칠라운은 아버지의 태도를 나무라며 "테무진을 꼭 구해주세요."라며 애원하자 테무진의 목에 차고 있던 칼을 벗겨 불에 태웠다. 다음날에도 타이치우드 족의 수색은 계속되었다. 테무진을 양털 수레에 숨겨 집안 수색의 위기까지 넘겼다. 그리고 소르칸 시라는 새끼 양을 잡아 음식까지 마련해 준 뒤 말을 주며 테무진에게 후엘룬이 간 장소를 말해 주었다. "너희 가족들은 타이치우드 족을 피해 그들이 사는 반대쪽인 부르칸 칼둔 산기슭으로 숨어 들어갔을 것이다. 이것은 나의 오랜 경험이다. 달아나다가 잡히면 너는 제물이 된다. 지금 밤이지만 밤낮으로 달려가야 살 것이다." 소르칸 시라가 준 말을 받아 밤낮으로 달렸다. 부르칸 칼둔 산기슭에서 가족을 만난 후 추격이 두려워 온 가족이 부르칸 칼둔산을 지나 이흐헨티 산맥 남쪽으로 이동해 갔다. 그리고 푸른 호수 주변에 새 삶의 터전으로 삼았다.

이곳에 터전을 삼은 후 형편이 나아져 말도 아홉 마리 생겼다. 어느 날 수상한 사람들이 나타나 여덟 마리의 말을 훔쳐 서쪽으로 달아나자 테무진이 뛰어서 따라가 보았지만 달려가는 말을 따라잡을 수 없었다. 마침 벨구테이가 자기 말을 타고 사냥을 나갔다가 토끼를 잡아 돌아오는 길에 테무진이 벨구테이의 말고삐를 잡고 "말을 다 도둑맞았다. 너의 말을 타고 추적해서 찾아오겠다." 벨구테이의 말을 타고 테무진은 말에 밟혀 쓰러진 풀을 따라 사흘 밤낮을 달려 부르드에 도착했다.

도둑 추적에 나선 사흘 동안이나 헤맨 뒤 지칠 대로 지친 테무진은 한 소년을 발견하고 "혹시 여덟 마리의 말을 끌고 도망가는 사람들을 보지 못했니?" 힘없는 소리로 물었다.

이 소년은 "그들이 여덟 마리의 말들을 끌고 가는 것을 봤다. 그것이 너의 말이니?"

"그래, 그것이 우리 가족의 전 재산이야. 그래서 온 가족이 사방으로 흩어져 우리의 희망인 전 재산을 찾고 있어."

이 소년은 측은하게 여기며 이제야 이름을 물었다. "너 이름이 뭐니?" "난, 테무진이야." "난, 보르추야. 난, 양치기 소년이 아니야, 아이들과 노는 것이 식상해서 그냥 아버지 말은 듣지 않고 이렇게 나온 거야. 그래서 너를 만난 것이고. 이렇게 된 이상 우리 친구동맹을 맺자." 테무진은 가족의 전 재산을 찾는 데 도움이 될 것 같아 즉시 친구동맹에 동의했다. "그래, 그렇게 하자."

보르추는 테무진에게 말했다. "말을 찾는 데 내가 함께 동참하겠다. 친구여! 내가 보니 너는 참으로 고생이 많구나, 대장부들은 원래 고통을 나누어 갖는 것이 아닌가? 내가 너의 친구가 되어 주마."라고 보르추는 테무진의 친구가 되자고 말했다. 친구동맹의 서약식에 앞서 테무진은 "난, 갑자기 말 도둑을 추적하였기 때문에 지금은 친구동맹으로 주고받을 선물은 아무것도 줄 수가 없어, 하지만 말을 찾으면 네 마리를 줄게."

친구동맹의 서약식을 마치고 이들은 도둑이 달아난 방향으로 사흘을 쫓아간 끝에 말 도둑을 발견했다.

"테무진! 저 말들이 너희 말이 맞니?"

"그래, 맞아" 보르추는 테무진에게 말을 이어나갔다. "지금 덥석 저말들을 너희 말이라고 하면 우리는 어리니까 자칫 죽음을 면치 못할 거야. 그러니 저들이 깊이 잠들 때 가져가자."

"그렇게 하는 것이 좋겠어!"

테무진과 보르추는 인내를 가지고 그들이 보이지 않는 거리에서 계속 주시하고 있었다.

깊은 밤이 찾아오자 말 도둑들은 도망가느라 피곤하였던지 곯아떨어졌을 때 말을 되찾아 밤낮으로 달려 부르드에 도착하자 테무진은 보르추에게 "보르추, 나의 진정한 친구여! 네 마리의 말은 너의 것이다."

테무친이 말하자 보르추는 사양하며 말했다. "친구여! 이것은 너의 전 재산이다. 우리가 알게 되고 친구동맹으로 서약한 것만으로 충분하다. 나의 아버지 니쿠는 부자이고 나는 외아들이다. 아버지가 내게 준 말도 많다. 그러니 나는 갖지 않겠다. 친구란 고통을 함께 나누는 것이 친구의 의무이다. 도움의 대가로 말을 받는다면 그가 무슨 친구이겠는가!"

테무진은 "고맙다. 친구여! 나의 가족들이 이 시간에도 말들을 찾고 있다. 나는 빨리 달려가 가족들에게 기쁜 소식을 안겨줘야 한다. 오늘은 이만 헤어지자. 친구여!" 이것이 인연이 되어 훗날까지 보르추가 테무진 곁에 늘 있게 된다.

테무진은 16세가 되었다. 6년 전 약속을 지키기 위해 케롤렌 강을 따라 부르테의 가족을 찾아 나섰다. 테무진은 부르테의 아버지 데이세첸의 게르를 찾다가 기쁘게도 거의 매일 이 시간대에 테무진이 오기만을 기다리던 부르테, 그녀를 만났다. 그녀는 17세로 결혼시기를 놓쳐 이미 혼기(婚期)가 지난 나이였다. 둘이 같이 부르테의 아버지 데이세첸의 게르에 도착하자 이미 그는 소문으로 듣고 타이치우드 씨족과 문제가 있다는 것을 알았다. "나는 자네가 타이치우드로부터 많은 고초를 받고 도망친 소식을 듣고 지금까지 몹시 걱정했네, 그러나 지금 자네를 보고 딸을 시집보내게 되어 기쁘네.”

그들의 결혼을 받아들였다. 이렇게 하여 그는 부르테와 결혼을 했다.

부르테의 어머니 코단은 자신이 사는 게르에서 보이지 않을 만큼의 거리를 배웅 나왔다. “내 사위, 테무진! 내 딸을 맡겼으니 행복하게 살게, 내가 결혼 예물로 준비한 것은 이것밖에 없네.” 부르테와 어머니 코단이 서로 부둥켜안고 얼굴을 부빈 뒤 어머니 코단이 준 보자기를 풀어보니 검은담비 가죽으로 만든 외투였다. 이 결혼 예물을 받아 들고 신혼부부는 테무진의 야영지로 돌아왔다. 이렇게 하여 부르테가 가족의 일원으로 합류하자 테무진은 다시 야영지를 옮겨 코케누르를 떠나 케룰렌 강의 발원지인 부르기 산기슭으로 이사하여 신혼 생활을 시작했다. 이곳으로 이사한 후 부르테는 후엘룬에 이어 황금씨족의 어머니 역할을 맡게 된 그녀는 새로운 인생의 여정이 시작되었다.

이곳으로 온 후 신혼 생활은 어려웠으나 신혼부부는 행복한 나날을 보냈다. 그래도 테무진의 어머니 후엘룬은 늘 걱정했다. 그래서 후엘룬은 테무진을 불러놓고 말했다. “아들아. 너희들의 행복한 생활이 깨어질까 봐 날마다 걱정이 되었다. 내일이 그날이 오려나? 늘 노심초사했다. 너도 잘 알다시피 아직 쫓기는 몸이다. 틀림없이 보복하러 올 것이다.”

어머니의 말을 듣고 테무진은 결심했다. ‘아버지의 체제가 무너지고 친척들도 떠나고 없는 이젠, 스스로 힘을 길러 내 가족들을 지킬 수밖에 없다. 나는 살인자의 몸으로 쫓기고 있다. 힘이 길러지면 더 이상 쫓지 않을 것이다.’

테무진이 이렇게 생각하자 후엘룬이 테무진에게 말을 잇는다. “지금은 옛 친구들을 찾아가 가까이하고 새로운 친구를 많이 만들어 세력을 키워야 부르테도 또 우리 가족도 안전하다. 너는 추격자들로부터 안전하려면 너의 아버지 예수게이와 의형제맹약[9]을 맺은 토그릴칸을 찾아가 양아버지로서 예를 갖출 거라." 테무진도 어머니와 같은 생각을 늘 하고 있었기 때문에 어머니 후엘룬의 뜻을 따르기로 했다.

몽골초원에는 이합집산에 따라 세력이 좌우되는 두 인물이 이었는데 그중 한 사람은 테무진의 어렸을 때 친구인 자무카이며 또 다른 한 사람은 아버지와 맹약을 맺었던 케레이트족의 토그릴칸이다.

자무카는 몽골족의 일파인 자다란족의 출신이다. 자다란족은 훌룬 호 주변에 살고 있었다. 그곳은 테무진의 처가인 옹기라트족 거주지 부근이다. 테무진이 열한 살 때 자무카와 종종 만나서 놀았다.

그때 테무진과 자무카는 친구동맹을 맺었다. "자무카, 친구여! 난, 노루의 복사뼈를 육각으로 갈아 작은 놋쇠 조각을 박은 것이다. 내가 가장 아끼는 것이다, 친구여! 이제부터 내가 가장 아끼는 이것이 너의 것이다."라고 말하며 선물했고 자무카도 주머니에 손을 넣은 후 테무진이 준 크기의 선물을 테무진에게 건네며 "친구여! 이것은 수컷 노루의 복사뼈를 다듬어 만든 것이다. 이것이 내가 가장 아끼는 것이다." 이렇게 선물을 주고받으며 친구동맹을 맺었다.

다음 해에도 친구 동맹을 맺었는데 자무카는 테무진에게 송아지 뿔 두 조각을 가져다가 구멍을 뚫어 호각으로도 사용할 수 있는 화살촉을 만들어 주었고 테무진은 자무카에게 삼나무에 화려한 문양을 넣은 화

---

9) 주: 몽골관습은 남자끼리 의형제맹약을 맺으면 둘 중 한사람이 죽어도 죽은 의형제의 아들을 양자로 삼아 보호해 주기로 되어있다.

살촉을 만들어 주면서 이 둘은 서로가 손가락 끝에 피를 내어 서로 상대에게 빨게 하며 친구동맹을 굳게 하였다.

이렇게 하여 테무진과 자무카가 친구가 된 것은 테무진이 부르테 집에 사위로 가 있을 때 만난 두 번에 걸쳐 친구맹약을 맺은 것이다.

자무카가 장성하여 몽골족의 중심 씨족인 키야트족의 대부분을 장악했고 타이치우드족을 비롯한 여러 부족을 휘하에 두고 있었다.

토그릴칸은 기독교 신자이다. 케레이트족 수령의 장남으로 태어나 일곱 살 때 메르키트족에게 잡혀가 절구 찧는 노예 생활을 하며 목숨을 부지했고, 열세 살 때에는 어머니와 함께 타타르족에 끌려가 낙타를 돌보며 지내다가 탈출하기도 했다. 토그릴칸이 다스리는 케레이트 지역은 몽골고원의 중심부이다. 서쪽으로는 숙적 나이만이 자리 잡고 있고 북쪽으로는 메르키트족이 틈만 보이면 기습을 노렸으며 동쪽으로는 타타르족이 호시탐탐 노렸고 남쪽에는 금나라가 있었다.

토그릴칸은 사방으로 둘러싸여 어느 한쪽도 소홀히 할 수 없는 입장에 놓여 있었다. 토그릴칸은 주변 정세를 잘 알고 있어서 힘의 균형을 맞추기 위해 자무카와 형제의 맹약을 맺고 자기의 편에 묶어 두었다.

어머니의 뜻에 따라 테무진은 토그릴칸을 만나러 길을 떠났다. 장모가 준 검은담비 외투를 선물로 들고 두 동생과 함께 카라툰까지 그를 찾아가서 아버지 이야기를 꺼내며 양아버지가 되어줄 것을 요청했다.

"칸님, 아버지의 의형제는 아버지와 같습니다. 칸님을 제가 아버지라 부르도록 허락하여 주십시오." 테무진이 말한 후 아버지에 대한 예를 표하기 위하여 결혼 예단으로 최고급 담비 외투를 토그릴칸에게 바쳤다.

토그릴칸은 선물을 받아 들고 크게 기뻐하며 "검은담비 외투의 보답으로 헤어진 너의 부족을 합쳐 주마!"라고 약속했다.

토그릴칸은 속으로 생각했다. '테무진을 이용하여 자무카를 견제할 수 있다. 테무진이 자기 부족을 합치면 섣불리 자무카도 나를 어찌하지 못할 것이다.'

테무진도 생각했다. '양아버지로 받아줄 것을 요청하려고 왔는데 흩어진 우리 부족까지 합치게 해 준다니 이보다 더 좋은 일이 어디에 있단 말인가. 부르테의 말을 듣고 검은담비 외투를 가져온 것이 참으로 잘된 일이었어.' 토그릴칸을 만나기에 앞서, 테무진의 야영지를 떠나기 전에 장모의 유일한 결혼 예물인 최고급 검은담비 외투는 생각지도 않았는데 그것을 아까워하지 않고 "양아버지께 예를 보이라."는 부르테의 말을 테무진은 받아들인 것이다.

테무진과 토그릴칸이 맺은 카라툰 맹약의 소문은 말 속도 만큼이나 빠르게 번져 나갔고 이 소문은 인근 테무진의 아버지 예수게이에게 신부를 빼앗겨 원한을 품고 있던 메르키트족에게까지 알려졌다. 여기에 더하여 테무진이 신부를 맞이했다는 소식을 듣고 복수할 기회를 노리고 있었다.

어느 날. 테무진 일가가 푸른 호수의 서편 이흐헨티 산맥 남단에 있는 부르기에르기에 게르를 설치해 놓고 평상시처럼 가축들을 초원에 풀어 풀을 먹이고 있는데 요란한 말발굽 소리에 테무진은 대항할 세력이 부족하여 일단 급히 피신하였다. 식구들은 그들이 당도하기 전에 차례로 말을 타고 달아났지만 말이 없던 나이 많은 노비 코아그린과 부르테만 달아나지 못했다. 메르키트족이 당도하기 전에 코아그린은 서둘러 소가 끄는 수레에 부르테를 숨기고 양털로 덮었다.

코아그린은 소가 끄는 수레를 끌고 게르를 한참 벗어났을 때 메르키트 군사들과 마주쳤다. 그러나 노파가 끄는 수레를 이상히 여기지 않고 메르키트의 병사들은 테무진의 게르로 말을 몰아 달려가서 야영지 게르를 살펴보니 이미 다 달아나고 아무도 없는 것을 확인하고 다시 되돌아와 코아그린이 끄는 수레를 뒤져 숨어 있던 부르테를 보고 납치하여 그들의 진영으로 되돌아갔다.

테무진은 사흘 밤낮을 숨어 지내다가 내려오니 부르테가 납치된 것을 알고 가슴을 치며 "아내 하나도 제대로 지키지 못하다니. 부르테. 부르테. 부르테." 여러 차례 아내의 이름을 부른 후 허리띠를 풀어 목에 건 다음 손으로 가슴을 치며 부르테가 납치되어간 방향으로 아홉 번 무릎을 꿇어 절하고 술을 뿌리며 복수를 다짐했다.

복수를 다짐하고 동생 벨구테이를 부르드로 보내 친구맹약을 한 보르추를 데려오라고 했다. 영원한 친구가 되고 싶다는 말을 테무진의 동생 벨구테이로부터 전해 들은 보르추는 기뻐서 즉시 말 등에 이불을 싣고 다섯 마리의 말을 끌고 이번에도 자기 아버지에게 말도 하지 않은 채 테무진에게로 달려가서 합류했다.

이때 젤메의 아버지도 테무진을 찾아와서 과거에 자기가 약속했던 일들을 얘기해 주었다. "테무진! 네가 태어났을 때 나는 검은담비로 만든 배냇 싸개를 주면서 나의 아들 젤메도 주었다. 그때 젤메가 어리다고 해서 그냥 데리고 갔다. 이제 젤메도 컸으니 앞으로는 내 아들 젤메로 하여금 너의 말안장을 놓게 하고 네가 출입할 때에는 내 아들로 하여금 너를 위해 문을 열게 하라." 했다. 테무진은 한 명이라도 귀한 지금의 현실이었다. "너무나, 고맙다." 말하고 젤메를 받아들였다.

    테무진의 아내 부르테를 납치해간 메르키트인은 연혼제 풍습에 따라 칠레두의 동생 칠게르의 부인이 되었다는 소문을 듣고 테무진은 분을 삼키며 토그릴칸 진영으로 달려가서 먼저 검은담비 선물 이야기를 꺼냈다.

    "나의 아버지 칸님, 저는 사실 장모의 유일한 결혼 예물인 검은담비 외투는 아버지 칸님께 줄 선물로 생각을 못했었는데 내 아내 부르테가 양아버지에 대한 예를 표하기 위해서는 고급스런 검은담비 외투라도 아까워하지 말라고 해서 그때 검은담비 외투를 선물했습니다." 이렇게 말하고 테무진은 눈물을 떨어뜨리자 토그릴칸은 "사나이가 왜 눈물을 보이는가?" 테무진은 한동안 말이 없다가 진정되어 "사실, 부르테가 메르키트인에게 납치되었습니다."

    토그릴칸은 주저하지 않고 테무진을 달래며 "검은담비 외투의 답례로 모든 메르키트인을 섬멸하고 부르테를 구해주마! 메르키트를 박멸하고 부르테를 찾아오자."

    이것을 계기로 토그릴칸은 생각했다. '자무카를 앞세워 메르키트를 치고 테무진을 자무카 세력 안에 밀어 넣어 새로운 세력으로 키우면 힘이 양분될 것이다.' 생각하고 토그릴칸은 자무카에게 구원을 요청했다.

    "자무카여! 당신의 어릴 적에 두 차례나 친구로 맹약한 테무진의 아내 부르테만 남은 게르에 가족이 일을 나간 틈을 이용하여 납치해갔으니 친구의 원수를 갚아 메르키트를 없애고 테무진의 아내 부르테를 같이 구하러 가자." 토그릴칸의 협조에 자무카는 흔쾌히 참여하기로 했다.

    토그릴칸과 자무카의 연합군이 킬코 강까지 이동하여 뗏목으로 강을 건넌 뒤 메르키트 진영을 기습 공격했다.

토그릴칸과 자무카 연합군과 보르추와 젤메는 메르키트 진영을 급습하여 메르키트 부족들의 친척의 친척까지 죽이며 다녔다. 테무진은 아내 부르테를 납치해간 메르키트 부족에서 칼을 휘두르며 공격하는 중에서도 "부르테, 부르테, 부르테!" 계속해서 '부르테'만 외쳤다.

부르테는 자신을 둘러싼 혼란 속에서도 테무진이 그녀의 이름을 외쳐 부르는 소리를 듣고 자기 남편 테무진임을 알아차리고 수레에서 뛰어내려 어둠을 뚫고 그 목소리를 향해 달려갔다. 그때까지도 테무진은 말안장에서 몸을 돌려가며 미친 듯이 칼을 휘두르며 부르테의 이름만을 부르고 어둠 사이에 사람을 살피기를 되풀이했다.

테무진은 제정신이 아니어서 부르테가 달려오는 것을 모르고 있다가 그녀가 말고삐를 손에서 낚아챘을 때 하마터면 알아보지 못하고 칼을 휘둘러 죽일 뻔했다. 그러나 서로 알아보고 서로를 맹렬히 끌어안고 울었다.

포옹할 때 만삭인 아내를 알고 부르테를 안전한 곳에 놓아두고 분을 참지 못한 테무진은 닥치는 대로 도륙했다. 메르키트 진영은 초토화되었고 부르테는 무사히 구출하였으나 메르키트의 수령 톡토아 베키는 겨우 몸만 빠져나와 바이칼호 근처의 숲으로 도망쳤다.

이것으로 만족한 테무진은 한마디 했다. "토그릴칸 아버지와 자무카 형제가 도와주어 원수인 메르키트 부족들의 가슴을 텅 비게 했다. 우리는 그들의 침대도 텅 비게 했다. 우리는 그들의 친척의 친척까지 죽이고 남은 남자들도 거두었다. 이젠 메르키트 부족은 완전히 흩어졌으니 우리도 물러나자."

테무진의 이 제의를 토그릴칸과 자무카도 받아들였다.

연합작전이 끝난 뒤 토그릴칸은 툴라 강의 카라툰으로 회군했고 테무진과 자무카가 회군하기 전에 테무진은 자무카에게 말했다. "친구여! 코르코낙 주부르의 드넓은 초원에 공동으로 유목을 하면 어떠하겠는가?" 자무카도 대답했다.

"친구여! 우리는 어릴 때부터 친구로 맹약하지 않았던가! 그렇게 하게 친구여! 우리 둘의 가축들이 다 먹이고도 남을 초원이지 않은가."

그리하여 테무진과 자무카는 본거지인 코르코낙 주부르로 향했다.

테무진과 자무카가 코르코낙 주부르에 도착하자 친구로서의 믿음의 맹약을 다시 맺는다. "친구여! 우리 둘은 공동으로 유목하고 공동으로 유목지를 보호하자."

이 둘의 관계를 이용한 토그릴칸은 자기 의도대로 돌아간다고 기뻐했다.

한편 만삭으로 구출된 부르테가 출산을 하였으나 테무진은 한동안 이름을 지어주지 않다가 새로 태어난 아이에게 그 아버지가 이름을 지어주는 것만으로 자신의 아들이라는 것을 인정하는 표시이다. 칠게르의 핏줄이라는 생각을 떨쳐버리지 못하고 '조치[10]'라는 이름을 지어 주었다.

이런 상황에서도 일 년 반 동안 테무진은 대외적인 입지는 크게 강해졌지만 반면 자무카는 테무진이 강해진 것만큼 입지를 잃게 되었다.

하지만 테무진과 자무카는 친구로서의 맹약을 많은 부하들이 보는 앞에서, 한 차원 넘어 이 지역의 성소에 있는 신목(神木) 아래에서 황금 허리띠와 말을 서로 주고받으며 의형제로서의 맹약을 다시 맺었다. 이

10) 주: '조치'는 손님이라는 뜻이다.

번이 세 번째로서 의형제의 맹약이었다. 영원히 의형제로서의 맹약이 변치 않기 위해서 손바닥에 피를 내어 잔에 흘려 서로 번갈아 가며 마신 후 테무진이 말했다. "의형제가 된 사람의 목숨은 하나, 서로 버리지 않고 서로에게 생명의 보호자가 되자."

그리고 잔치를 벌였고 밤에는 한 담요에 들어가 잠도 같이 잤다.

몽골초원의 이합집산의 시기에서 고려에서도 이합집산의 시대인 무신정변으로 인해 고려에서 탈출한 효령태자는 그 이름을 우런이라 개명하고 '오인 이르겐'이라는 숲속으로 들어가 은둔하였다. 새로 지어진 이름, 우런으로 개명한 후 살아있는 효령태자라는 이름을 지워버렸다. 대신 우런이라는 이름으로 새 삶을 살기 시작했다.

효령태자가 이 지역에 들어와 보니 이들은 책이라는 것은 단 한 권도 없었으며 집도 짓지 않고 게르에서 생활했다.

하지만 이곳에서 우런은 통나무집을 지었고, 손자병법, 오자병법, 파자학, 주역과 사기와 유교경전이 그가 가진 전부였다. 하지만 '오인 이르겐'이라는 숲속에 사는 사람들은 문자로 된 책을 처음 보고 우런을 텡그리[11] 대하듯 귀히 대했고 그를 '선생'이라고 불렀다.

우런이 주역과 병법에 능해서 미래를 예측하고 묘책에 뛰어나 '오인 이르겐'이라는 숲속에 사는 부족들은 부족 간 벌이는 치열한 전쟁 속에서도 우런의 계책대로 행하였기 때문에 전쟁 피해가 없었다.

우런은 비록 은둔 생활을 하였지만 그의 능력은 조금씩 조금씩 느린 걸음으로 테무진을 향하고 있었다. 마침내 테무진에게까지 우런의 뛰어난 예측 능력이 알려지자 테무진은 그를 찾아왔다.

11) 주: 텡그리란 하늘의 뜻을 전하는 사람이다.

테무진이 보기에도 우런은 자신보다 5-6살은 많아 보였다. 실제로는 13살이 많다. 우런은 왕궁에서 귀하게 자라서 동안으로 보였고 테무진은 온갖 고난과 어려움을 견딘 얼굴 모습이었다. 테무진이 먼저 말을 꺼냈다.

"선생! 나와 생사고락을 같이 합시다." 책사가 되어 주기를 요청했으나 우런은 응하지 않았다. 왜냐하면 고려를 떠날 때 은둔을 마음먹고 고려인이라면 누구도 찾지 못하는 이 '오인 이르겐' 숲으로 몸을 피신한 것이기 때문에 그 누구도 자신의 신분을 모른다. 그래서 자신을 노출 시키지 않기 위해서이기도 했다. 테무진은 우런과 여러 얘기를 나누었고 아쉽지만 같이 테무진의 진영으로 가지는 않았다.

얼마 후 테무진은 우런을 다시 찾아와서 "선생! 어떻게 하면 몽골을 대통합할 수 있는지?" 물었다.

테무진은 글은 몰랐으나 작은 말에도 귀담아듣기를 즐겨했다. 우런은 그런 테무진을 부드럽게 바라보며 말했다.

"수령께서는 지금, 공동유목지에 머물고 있지요?"

테무진이 고개를 끄덕이자 우런은 말을 이어갔다.

"공동 유목지를 통해 몽골초원을 대통합할 수 있는 발판으로 삼을 수 있답니다. 그러기 위해서는 가축의 수를 늘리는 것보다 사람의 수를 늘리는 것이 우선이지요."

테무진은 고려인 우런에게 사람의 수를 늘리는 방법을 물었다. 그러자 우런은 간단하게 설명했다.

"사람의 수를 늘리는 것은 사람의 마음을 사는 것입니다. 코르코낙 주부르에서, 사람의 마음을 사는 것은 세 가지면 충분합니다. 첫째는 공평하게 분배하는 것, 둘째는 관대하게 대하는 것, 셋째는 귀천을 가리지 않고 포용하는 것이지요. 이 세 가지만 실천하면 가축의 수는 그 사람을 따라옵니다. 그러니 자무카와 달리 가축의 수보다 사람의 마음을 먼저 사야 마지막에 대통합의 주인공은 테무진 수령님이 되는 것입니다."

우런은 테무진이 앞으로 펼쳐나가야 할 일을 주도면밀하게 가르쳐 주었다. 그리하여 테무진은 우런의 말을 귀담아듣고 자기 진영으로 돌아가서 실행해 옮겼다.

공동유목지의 사람들이 아니더라도 소외된 자나 가난한 자는 자신의 가축까지 나누어 주었고 특히 천민출신 젤메를 통하여 귀천을 가리지 않는 사람이라는 평판으로 테무진의 입지는 날로 높아갔다.

이것은 고려인 우런을 통한 의도된 계략이 맞아 떨어져서 지도자의 자질을 가진 타고난 지도자라는 소문이 초원의 달리는 말 속도 만큼이나 빨리 퍼져나가자 수많은 몽골족 내에 있는 씨족들이 대이동으로 줄을 이었다. 이 소문에 힘입어 카야트 귀족과의 동맹관계도 성공적으로 이루어졌다.

공동유목지에서 1년이 넘는 시간이 흐르자 다시 테무진은 우런을 찾아갔다. "선생이여! 나와 함께 가자."

우런은 삼고초려를 떠올리며 테무진이 세 번이나 찾아 왔으니 더 이상 사양하지 않기로 마음먹고 "몇 가지 부탁을 들어주신다면 함께 따라가지요. 첫째 저의 과거는 절대로 묻지 말아야 하며 둘째 저에게는 어떤 직책도 주지 말고 지금처럼 단지 연장자로서 '선생[12]'이라고 부르

---

12) 주: 선생(先生)이라는 뜻은 먼저 태어난 사람을 뜻한다.

시고 셋째 지금의 이름 그대로 쓰고 싶으니 어떠한 이름도 하사하지 말며, 넷째는 지금까지는 '수령'이라고 불렀지만 지금부터는 '주군'이라고 부르는 것, 이 네 가지를 허락하신다면 언제든 동행하겠습니다."

테무진은 천군만마를 얻은 듯 기뻐하며 그렇게 하기로 약속하고 같이 공동유목지에 도착하자 우런이 주위를 한 바퀴 둘러보고 테무진에게 이렇게 말했다. "이제 때가 온 것 같습니다."

"선생! 무슨 때를 말함인가?"

"독립할 때 말입니다."

"명분이 없지 않은가?"

우런은 주역에 능해서 앞일을 미리 예측하며 웃음 띤 표정으로 테무진에게 말했다. "자무카가 오히려 헤어지자고 제의할 것입니다. 왜냐하면 그의 세력이 이미 주군에게 많이 넘어왔는데 더 넘어가기 전에 헤어지자고 할 것입니다."

테무진과 우런의 대화가 끝나자마자 우런이 예측한 대로 자무카가 테무진을 불러 우회적으로 헤어질 것을 제의했다. "코르코낙 주부르의 초원은 한정된 초원에 처음 우리가 들어 올 때보다 가축수도 많이 늘었고 많은 부족도 유입되었으니 이 초원은 우리 둘이 공동으로 유목하기에는 부족할 것 같네, 형제여!"

테무진은 우런의 말을 떠올리며 주저하지 않았으나 말은 그렇게 하지 않았다. "형제여! 의형제로 맹약을 맺은 지 1년 반이 흘렀구나! 같은 담요에 자기도 하여 한 몸이 되었거늘 떨어지기가 어려우나 친구의 말대로 지금에 와서 그 수가 늘어나 공동으로 유목하기에는 부족하니 많은 사람들과 가축들은 자신이 선택한 주군으로 나누어 가지세." 이렇게 테무진이 제의하자 자무카는 허락했다.

이렇게 하여 테무진의 나이 19세에 자무카와 갈라서게 되었다. 그리하여 한솥밥을 먹던 동료가 테무진과 자무카의 진영으로 나누어지고 심지어 같은 형제들도 나누어지고 부자간에도 테무진의 진영과 자무카의 진영으로 나누어지자 서로 비난하는 상황도 빚어졌다.

테무진을 선택한 추종자들은 코르코낙 주부르를 떠나 북서쪽으로 방향을 잡고 이흐헨티 산맥 북쪽으로 이동했다.

이 이동을 통하여 예수게이의 아들 테무진이 새로운 초원의 별로 떠오르고 있다는 소문이 초원의 각지로 퍼져나가면서 테무진의 진영으로 몰려드는 발길이 끊이지 않았다. 자고 나면 혼자 오는 사람, 가족 단위로 오는 사람, 수하들을 데리고 오는 사람으로 채워졌다. 그중에 자기 군주로부터 착취를 받은 천민 출신이나 세습노비들이 많았다.

고려인 우런은 테무진에게 "이 많은 사람들을 한마음으로 묶는 것은 쉬운 일이 아닙니다."

"그러면 어떻게 하면 좋겠소?"

"유목민들이 숭배하는 대상을 가지고 한마음으로 뭉칠 수 있습니다. 유목민들은 하늘과 땅이 뜻하는 것을 전달하는 자를 '텡그리'라고 합니다. 이 지역의 유명한 텡그리를 빨리 끌어들여 '하늘과 땅이 선택한 사람은 테무진이다.'라고 소문을 내야 합니다. 특히 유명한 텡그리인 코르치, 텝 텡그리, 뭉릭을 설득하여 '하늘이 선택한 사람은 테무진이다.'라고 선전한다면 자연스럽게 칸의 자리에 오를 것입니다."

그리하여 코르치가 많은 사람들에게

"테무진은 하늘의 계시를 받아 칸이 될 것이다."

뿐만 아니라 몽골 제일의 샤먼 쿠쿠추인 텝 텡그리도

"하늘이 테무진에게 이 대지를 통치하게 할 것이다."

고려인 우런의 계략대로 텝 텡그리의 말이 삽시간에 초원으로 널리 퍼지면서 많은 사람들은 테무진이 하늘이 선택한 사람으로 믿기 시작했다.

이 소문이 널리 퍼지자 테무진의 세력은 이흐헨티 산맥을 타고 내려와 후흐노르에까지 퍼졌다.

1189년 조용했던 숲속의 호수는 쿠릴타이[13]를 개최한다는 소식을 듣고 몰려든 테무진의 추종자들의 소리로 왁자지껄했다.

우런은 테무진에게 이렇게 주문했다.

"많은 세력들이 주군을 칸으로 추대해도 처음은 사양지심(辭讓之心)을 보여야 합니다. 그것은 네 가지 덕 중에 하나이온데 이런 모습을 보임으로 주군을 더욱 신임할 것입니다."

그리하여 이곳에 모인 사람들 중에서 키야트계 귀족들은 "테무진을 키야트계 동맹정권의 칸으로 추대하겠다."는 의견을 모았다. 하지만 테무진은 우런의 말대로 사양하는 태도를 보였다. 그러나 주르킨 부족들의 추종자들은 더욱 소리를 높여 테무진을 칸으로 추대했다. "테무진이여! 전쟁을 할 때 우리가 그대의 명령을 듣지 않는다면 우리를 비복들로부터 여자와 아내로부터 떼어내어 우리의 검으로 머리를 땅바닥에 내던져라. 평화로울 때 우리가 그대의 마음을 어지럽힌다면 우리를 모든 가신으로부터, 아내와 자식으로부터 떼어내어 죽음의 들판에 버리고 가라!" 이것은 죽음을 담보로 하는 추종자들의 충성의 맹세였다.

13) 주: 쿠릴타이는 지도자를 뽑거나 전쟁 등 국가 중대사를 결정할 때 열리는 합의제도였다.

테무진은 27세의 나이로 칸으로 추대된 후 안으로 보르추와 젤메를 중심으로 누쿠르[14] 집단을 강화하고 밖으로는 자신이 칸의 자리에 오른 것을 주요 세력들에게 알렸다.

그리고 자신의 경호 책임은 보르추와 젤메에게 맡겼고 그들의 임무는 주방장이었다. 아버지 예수게이가 독살로 죽었기에 독살에 대한 두려움 때문이었다. 그리고 우수한 전사 150명을 뽑아 친위대를 만들었는데 주간 친위대 70명 야간 친위대 80명으로 구성했다.

이렇게 테무진 진영은 날마다 세력이 커지자 자무카의 참모가 자무카에게 말했다. "테무진 세력이 날로 커지는데 이것을 와해하려면 보르추의 아버지 니쿠를 이용해야 합니다." 자무카는 "보르추 부모를 인질로 이용하자는 것이냐?" 묻자. 참모는 대답했다. "네. 이 기회에 써먹으려고 죽이지 않고 모시고 다니길 잘한 듯합니다." 자무카 진영에서는 보르추 부모를 인질로 삼아 보르추를 자기 진영으로 흡수함으로 테무진 세력을 와해하기 위함이었다. 이것을 알게 된 우런은 테무진에게 묘책을 말하기 전에 달테도 동석시키기를 원하자 테무진은 달테를 오라고 시켰다.

우런과 테무진과 달테 이 세 사람이 한자리에 모이자 우런이 말을 꺼냈다. "요즘, 보르추 장군은 부모님이 살아있는지? 자기가 모시고 오지 못함을 후회하는 것이 한시라도 그 생각을 떨치지 못하고 있어요. '달테 장군이 어렸을 때 자무카와 친했다.'는 얘기를 들어서 이렇게 한자리에 불렀습니다. 그래서 자무카 진영으로 사절을 달테 장군을 보낼까합니다. 자무카 진영에 가서 보르추 장군의 부모가 살아 있는지 알아

14) 주: '누쿠르'는 주군에게 충성으로 맺어진 맹약이다.

99

보는 임무입니다. 살아 계신다면 어떠한 방법을 써서라도 모시고 와야 합니다…." 우런은 달테 장군에게 사절로 가서 자무카에게 어떻게 해야 하는지 자세히 가르쳐 주었다.

자무카에게 보낼 선물을 준비하여 세 마리의 말에 나누어 싣고 달테는 테무진의 사절로 자무카 앞에 섰다. "칸님이시여! 그동안 잘 계셨는지요?" 달테의 물음에 자무카도 안부 인사를 했다. "달테 장군도 잘 있지요? 여기는 무슨 일로 오셨나요.?" 자무카가 묻자 "우리의 원수 금나라를 치기 위해 우리 서로 동맹을 맺자고 이렇게 왔습니다." 달테는 보르추 부모에 대한 목적을 숨기고 다르게 말하자 자무카는 달테가 금을 치기 위한 동맹관계 이야기를 했음에도 오히려 보르추 장군 이야기를 먼저 꺼냈다. "위대한 전사, 보르추 장군도 잘 있는가?" 달테는 자기가 먼저 보르추 얘기를 꺼내려 했다. 하지만 자무카가 일전에 참모와의 대화를 떠올리며 보르추 장군 얘기를 먼저 꺼냈던 것이다. 이렇게 되자 달테는 우런이 가르쳐준 묘책대로 하기가 훨씬 쉬워졌다. "네, 요즘 보르추는 주방장으로 일하고 있습니다. 그래서 불만이 이만저만 한 것이 아닙니다." 달테의 말에 자무카는 놀라는 듯 자기의 생각과 달리 보르추가 테무진 진영에서 대우를 못 받고 있다고 생각하며 "어째서 그 유능한 장군을 주방장으로 좌천을 시켰단 말인가?" 달테도 불만을 토로했다.

"그러게 말입니다. 저도 기회만 되면 칸님의 진영으로 넘어올 것입니다."

"달테 장군, 그럼, 이미 사절로 왔으니 되돌아가지 말고 여기 머물겠소?"

"제가 되돌아가서 보르추 장군을 설득하여 같이 칸님의 진영으로 오겠습니다. 하지만 지금으로써는 보르추 장군은 자무카님을 철천지원수로 여기고 있습니다." 자무카는 자못 기대하고 있다가 느닷없는 소리에 안색을 하며 "어째서 나를 원수로 생각하는가?"

"보르추 장군은 '자무카님께서 보르추 장군 부모를 죽였다.'고 지금까지도 벼르고 있습니다."

달테가 이미 보르추 부모가 자무카 진영에 볼모로 잡혀 있다는 것을 다 알고도 마치 자무카에게 죽임을 당한 것처럼 얘기하자 자무카는 "그것은 염려 말아요. 달테 장군, 내가 지금 당장 보르추 장군의 부모님을 모셔 오리다." 그렇게 자무카가 말한 후 측근을 시켜 보르추 부모님을 모셔왔다. 보르추의 아버지 니쿠는 이미 달테도 잘 알고 있는 사이였다. "달테 장군, 우리 보르추 잘 있는가?" 니쿠의 물음에 달테는 대답했다. "잘 지내고 있습니다. 니쿠 어른." 자무카는 아주 짧은 만남만 허락했다. 단지 살아 있다는 것만 확인시키기 위함이었다. 그리고 바로 측근에게 "보르추 부모를 모시고 가라."고 했다. 달테는 보르추의 부모님이 살아 있다는 것을 눈으로 직접 보고 확인한 후 우런의 묘책을 떠올리며 말을 이어 나갔다. "칸이시여! 저에게 열흘만 말미를 주면 보르추를 설득하여 칸님의 진영으로 같이 탈출해 오겠습니다. 그러하오니 제가 보르추 장군을 설득하는 과정에서 테무진의 오해를 받지 않으려면 보르추의 부모를 제가 모시고 가면 더욱 안심할 것입니다." 자무카는 의심스러운 표정을 지으며 "만약 열흘 만에 오지 않으면 어떻게 한단 말인가?" 자무카가 묻자 달테는 자무카를 의심하지 않게 하기 위하여 즉시 대답했다. "만약 열흘을 넘겨도 우리가 탈출을 못하면 테무진 진영을 기습하여 공격하십시오." 달테가 이렇게 말하자 자무카의 의심은 사라졌고 더더욱, 조금 전에 자신과 보르추는 이미 테무진에게 불만이 많다고 했기 때문에 달테의 말을 굳게 믿었다.

달테의 말에 자무카도 테무진이 의심하지 않기 위해서는 보르추의 부모를 같이 데려가는 것이 좋은 방법이라 여겼다. 그래서 자무카는 테무진에게 줄 선물과 보르추 부모를 함께 딸려 보냈다. 그러나 금나라를 치기 위한 동맹은 후로 미루기로 했다. 달테도 이번 일은 보르추의 부모와 함께 가는 것이기 때문에 목적은 달성했다.

달테가 테무진 진영으로 오기까지 걱정이 이만저만이 아니었다. 우런의 묘책에 없던 내용을 말했는데 달테가 열흘 안에 보르추를 설득해서 자무카 진영으로 탈출해 오지 않으면 기습 전쟁을 한다는 내용이다.

이렇게 달테가 말한 것은 자무카를 믿게 하기 위한 것이 자칫 전쟁으로 몽골초원의 부족 간에 더 많은 희생이 따른다는 생각만 하니 달테는 조금도 마음이 편치 않았다. 그래서 달테가 테무진 진영에 도착하자마자 테무진과 우런과 보르추를 불러 자초지종(自初至終)을 다 말했다.

보르추와 달테가 열흘 안으로 탈출 안 하는 것은 뻔한 일이기 때문에 테무진 생각에는 전쟁을 할 수밖에 없어서 전쟁준비를 명령했다.

일주일이 지나자 우런에게 묘책이 떠올랐다. 그래서 우런은 테무진과 보르추와 달테가 있는 자리에서 묘책을 이야기했다. "마침 우리 진영에 살인을 범하여 참형을 당할 사람이 두 명 있는데 그 두 명을 아무도 모르게 참형을 하여 우리 진영 입구에 누구나 다 볼 수 있도록 걸어 놓으면 됩니다."

테무진은 "선생, 나는 아둔해서 그것이 묘책인지 잘 모르겠소?" 우런은 다시 대답하기를 "보르추 장군과 달테 장군을 칸님의 게르로 옮긴 후 한동안 나오지 않게 하시면 됩니다. 이 일은 여기에 모인 나와 칸님과 보르추 장군과 달테 장군 외에는 누구도 알아서는 안 됩니다. 우리 진영에도 자무카의 세작(細作)이 있기 때문입니다."

이렇게 우런이 말하자 달테는 이제야 안심이 되었다. 두 사람은 테무진 게르로 몰래 옮겨 간 후 참수형을 당한 두 사람을 보르추와 달테로 둔갑시켰다.

달테 게르에서 테무진을 제거할 역적모의를 하다가 테무진에게 직접 발각되어 서로 칼을 휘두르다 보르추와 달테의 얼굴마저 상처를 입고 둘 다 즉시 참하게 되었다는 것이다. 그리고 머리를 진영 앞 높이 매달았고 반역을 하면 이렇게 된다는 본보기로 삼는다는 것이 테무진 진영 전체에 다 퍼졌다. 자무카가 심어 놓은 세작도 이 소문을 듣고 바로 전령을 시켜 자무카에게 알리러 가는 도중에 이미 전쟁을 하려고 출전하는 자무카 군대와 마주쳤다.

전령이 세작이 가르쳐준 대로 다 말하자 자무카는 "이 기회에 바로 돌격하여 테무진 진영을 쓸어버리자."라고 하자 자무카의 참모는 "아직 잘 모르니 신중해야 합니다. 제가 직접 가서 확인하고 올 것이니 칸님께서는 여기서 진을 치고 기다려 주십시오."라고 말하고 자무카의 참모는 이틀 동안 말을 몰아 테무진 진영 앞을 확인하니 장대 높이 머리가 둘 걸려있었고 기마병은 테무진 진영을 겹겹이 싸서 오히려 평소보다 더욱 경계를 강화하는 것처럼 보였다. 이 모습을 본 참모는 자무카에게 달려가서 "칸이시여! 제가 보기에는 달테 장군이 칸님과 얘기를 나눈 것을 실행하다가 발각되어 참형을 당한 것이 확실한 듯합니다. 이것이 오히려 내부가 더 결속된 듯합니다. 평소보다 경계가 더 철저하오니 여기서 군사를 물림이 좋을 것입니다. 독이 오를 대로 오른 이때에 출병을 하면 우리 군이 더 피해를 보니 철군을 명하십시오." 자무카는 참모의 말이 옳다고 여기고 바로 철수했다. 이 모든 것은 우런의 묘책에서 이미 나온 것이다.

얼마간의 시간이 지나자 이것이 거짓이라는 소문도 퍼졌고 세작을 통하여 그 소문이 거짓이 아니라는 것을 알게 된 자무카는 분을 참지 못하자 자무카의 참모가 꾀를 생각했다.

"칸님! 좋은 방책이 있는데 이렇게 하지요?"

"좋은 방책이 무엇인가?"

"변방에 있는 테무진 진영의 사람을 몰래 잡아다가 죽여, 말 도둑이라 우기면 됩니다."

자무카는 무릎을 치며 "옳거니! 그렇게 하세"라며 그 방책을 받아들이기로 했다.

자무카 병사가 야밤을 틈타 자무카 진영의 말을 끌고 가서 테무진 진영의 사람을 죽인 후 인적이 드문 곳에 둔 후 날이 밝자 초원에 사람들이 나타나자 자무카 병사가 소리쳤다.

"말 도둑을 잡아 죽였다. 나흘을 헤맨 끝에 잡았다. 우리는 자무카 진영의 사람들이다. 이 자는 테무진 진영의 사람들이다. 이 말들은 우리가 가져간다."

이렇게 자무카가 전쟁의 명분을 만든 후 의형제의 맹약을 깨고 여러 부족과 연합하여 13개의 병단 3만 명을 조직하여 테무진과의 전투에 출정시켰고 테무진 역시 첩보병을 통하여 자무카의 병력만큼 13개 병단을 조직하였다.

이때 우런은 테무진에게 평지 전투 불가론을 내세웠다. "평지 전투는 패할 것입니다. 주군의 병사들은 아직 훈련이 미숙합니다. 반면 자무카 부대는 오래도록 훈련뿐만 아니라 실전경험이 풍부합니다. 이 하나만 보아도 패할 것입니다."

그러나 테무진은 이렇게 말했다. "나의 추종자들은 죽음을 각오하고 싸울 것이다. 실전보다 더 강한 것은 죽음을 두려워하지 않는 마음이기 때문에 이미 우리 군사들의 마음은 싸움에서 이겼다. 그러니 이번 싸움도 반드시 우리가 이길 것이다."

우런은 다시 간청했다. "자무카 병사들도 자무카 주군을 위하여 죽음을 각오하고 싸울 것이라면 어떻게 되는지요?"

우런은 패할 것을 알고 테무진에게 이렇게 마지막으로 당부했다. "주군께서 패하여 달아나게 되면 반드시 제레네 협곡으로 달아나야 나머지 병사들이라도 살릴 수 있습니다. 협곡에는 전투에 참여하지 않은 사람들을 마치 군사인 것처럼 배치해 둘 것입니다. 자무카 군이 주군의 군사를 쫓으면 우리가 협곡에 수많은 깃발을 일렬로 꽂아 놓은 후 마치 군사인 것처럼 북을 치며 소리를 지를 것입니다."

이렇게 해서 테무진도 13병단을 이끌고 델리운 볼닥에서 50여 리 떨어진 대평원 달란 발주트로 향했다. 달란 발주트에서 양측이 맞붙자 우런의 우려는 현실로 다가왔다.

테무진의 부대가 열세에 몰리자 테무진은 우런의 방책을 생각하고 후퇴의 북을 울렸다. 전쟁 전에 이미 제레네 협곡으로 도주하라고 알렸다. 테무진 부대가 제레네 협곡으로 도주하자 자무카 군은 테무진 군을 맹추격하여 제레네 협곡에 이르렀을 때 협곡에서 테무진 군사의 깃발과 함성소리와 북소리에 자무카 부대는 제레네 협곡이 함정이라는 것으로 착각하고 더 이상 쫓지 않고 돌아갔다.

그리고 자무카 부대가 포로로 잡은 치노스족 수령 70명을 가마솥에 넣어 삶아 죽였다.

우런은 이 소문을 듣고 테무진에게 말했다. "비록 전쟁에는 패했지만 결과적으로는 승리한 전쟁입니다."

테무진이 의아해하며 물었다. "우런 선생의 말을 듣지 않아 패하게 되었소. 하지만 결과적으로 승리한 전쟁이라니 그게 무슨 말이오?"

"곧 그 결과를 알 것입니다. 왜냐하면 자무카의 일부 군사가 우리에게 투항하여 몰려올 것입니다."

테무진이 전쟁에서는 패했으나 타이치우드 계통인 치노스족 70명의 수령들을 자무카가 잔인하게 삶아 죽이자 타이치우드족의 분노를 불러일으켰을 뿐만 아니라 자무카 진영 내에서도 타이치우드족 병들의 반감을 사기에 충분했다.

그래서 타이치우드 병사의 반은 타이치우드족 품으로 돌아갔고 반은 테무진에게 합류하여 수령의 복수를 갚아 달라고 간청했다.

이때 무칼리(木華黎)는 잘라이르 부족의 족장인 아버지의 대를 이어받아 평상시에는 족장으로 전시에는 장군으로 자무카에 소속되어 전투했다.

무칼리는 이 전투의 결과를 놓고 이렇게 생각했다. '자무카가 평소에도 자기를 부하로 업신여겼다. 이번 전투로 포로로 잡은 70명의 수령들을 잔인하게 처형하는 방법에 큰 문제가 있다. 그렇게까지 해야 했는가? 따지고 보면 같은 유목민끼리가 아니라면 이해할 수도 있다. 같은 유목민끼리 이렇게까지 하는 것은 참으로 옳지 않은 처사이다.' 이렇게 생각하고 무칼리는 자무카 진영을 영원히 떠났다. 그리고 무칼리는 잘라이르 부족을 이끌고 주르킨 부족으로 합류하였다.

1194년 몽골 동부의 씨족들이 금나라의 북쪽에 자주 출몰하여 약탈을 일삼자 금나라는 타타르족의 용병도 함께 참여하는 대대적인 토벌에 나서서 크게 승리하여 노획물의 일부를 타타르 족장이 중간에서 빼돌린 것에 대해 금나라 좌승상이 타타르 족장을 가혹하게 징계하면서 타타르족이 반기를 들고 금나라에 대항한 것이다.

금나라는 타타르를 괘씸하게 여겼다. 그래서 금나라의 우승상 완안양을 대장으로 세워 타타르족 평정에 나서자 우런은 테무진에게 말했다. "주군, 금나라를 이용하여 숙적 타타르를 멸할, 이보다 더 좋은 기회가 없습니다. 토그릴칸에게 사신을 보내어 협공한다면 우리의 힘은 3분의 1밖에 들이지 않아도 승리할 것입니다." 테무진은 우런의 말이 옳다고 여겨 토그릴칸에게 바로 사신을 보냈다.

토그릴칸은 테무진의 친서를 받아 들고 읽었다.

'옛날부터 타타르 사람들은 우리 할아버지와 아버지를 시해한 자들, 원수의 백성들입니다. 이제 금나라가 침공하는 이 기회에 우리가 협공하면 반드시 승리할 것입니다.'

토그릴칸은 '큰 힘을 들이지 않고도 전쟁에 승리하여 전리품을 획득할 것이다.' 혼자 생각했다.

이때 우런은 테무진에게 나이만 군주 이난츠칸에게도 사신을 보낼 것을 간청했다. "토그릴칸은 여우와 같은 인물입니다. 이익이 되면 언제든지 우리에게 칼을 들이댈 것입니다. 그러니 토그릴칸이 금나라와 합세하여 타타르를 공격할 때 토그릴칸이 자리를 비운 틈을 타서 그의 영지를 나이만이 공격하도록 하면 됩니다. 공격 소식을 들으면 토그릴 칸은 급히 회군할 것입니다. 그 회군한 병사들은 피로가 겹쳐 전쟁을 제대로 치르지 못하고 패할 것입니다. 그러면 토그릴칸은 주군께 구원을 요청할 것입니다. 그때 주군께서는 또 다른 전쟁을 해야 하기 때문에 구원요청 거부의 명분이 충분합니다."

테무진은 우런의 이야기에 놀라며 "우리가 원정을 떠난 사이 우리 진영으로 다른 부족이 쳐들어온다는 말인가?" 테무진의 물음에 우런은 "천기를 읽으니 틀림없이 쳐들어옵니다."

"감히 어떤 부족이 쳐들어온단 말인가?"

"주르킨 부족이 쳐들어올 것입니다."

"주르킨 부족은 나에게 맹약을 한 부족인데, 그 부족은 절대로 쳐들어오지 않을 것이요!" 태무진이 확신에 찬 목소리로 말하자 우런은 다른 의견을 제시했다. "주군께서 친히 군사를 이끌고 타타르 원정을 위해 자리를 비운 사이 주르킨 부족은 이 기회에 분명히 몽골진영을 쳐들어올 것입니다."

"선생, 그러면 어떻게 하면 좋은가? 대책이라도 세워 두었는가?" 테무진의 다급한 물음에 우런은 "원정을 떠날 때 천호장만 남겨두면 대책은 제가 다 세울 것입니다. 천호장만 남겨주시길 부탁합니다. 그럼 제가 남아서 지키겠습니다." 우런의 부탁을 받아들인 테무진은 이렇게 말했다. "그럼 이번 원정에 1,000호 장만 남기고 나머지는 우리 조상의 원수를 반드시 갚아야 하므로 내가 모두 이끌고 가겠소."

이것을 받아들인 테무진은 측근에게 이난츠칸에게 사신을 보내라고 명령한다. "이난츠칸에게 지금 당장 사신을 보내라!"

그리고 우런은 주르킨 족장에게 보낼 친서를 써서 사신에게 보내자 주르킨 족장은 받아 들고 읽었다.

"주르킨 사차 베키 족장님! 이번 타타르의 정벌에 주르킨 부족도 함께 출전하면 반드시 승리할 것이니 전리품도 공정하게 나누어 가집시다."

주르킨 족장 사차 베키가 친서를 읽고 테무진의 군사지원 요청에 반색하며 말했다. "전리품은 고사하고 우리가 타타르를 공격했다가 만약 패하기라도 하면 우리 씨족은 도륙을 당할 것인데 우리 군은 지원할 수 없소."라고 말하고 속으로는 이렇게 생각했다 '테무진이 용맹스런 타타르를 공격할 때 그 빈틈을 타서 우리가 테무진 진영을 공격하여 약탈해야겠다.' 생각하고 사신을 그대로 돌려보냈다. 이것은 우런이 바라던 바였다. 이렇게 사신을 통하여 테무진 진영이 비어 있다는 것을 공개적으로 알려 침입을 유도한 것이다.

한편 토그릴칸은 테무진 사신을 맞이하고 사흘 만에 군대를 모집하였다. 그은 직접 군대를 이끌고 달려가서 테무진과 금나라와 연합 전술을 펼쳐 타타르와의 전쟁 결과는 연합군의 대승으로 끝났다.

이 전쟁의 승리로 완안양은 테무진에게 '자우르 쿠리'라는 칭호를 주었고 토그릴칸에게는 옹칸이라는 칭호를 내려 주었다.

연합전술이 한 참 무르익을 때 테무진이 보낸 사신이 나이만 군주 이난츠칸을 설득하여 옹칸이 금나라와의 연합 작전을 위해 자리를 비운 사이 서부지역의 나이만이 케레이트족을 공격했다. 연합 전쟁이 끝나고 이 소식을 접한 옹칸은 급히 회군하여 나이만군에 대항했으나 강

행군으로 지친 병사들은 패배하고 말았다. 위기에 처한 옹칸은 테무진에게 우런의 말대로 구원을 요청하자 거부했다. 거부한 명분은 테무진 진영에도 주르킨이 침범했다고 통보해 주었다.

이난츠칸이 옹칸의 진영을 침범할 때 주르킨은 테무진 진영을 침범했다. 이때를 대비하여 우런은 이미 대책을 세워 놓았다. 타타르 원정에 젊은 군인 1,000명만 남겨도 주르킨 부족 3만 명을 이긴다는 묘책을 세워 놓고 타타르 부족이 쳐들어오기만을 기다렸다.

첩보병을 통하여 주르킨의 3만 기병이 몽골 국경을 막 넘어온다고 연락이 왔다. 이 전갈을 받자 우런의 묘책이 일사분란하게 이루어졌다.

타타르의 원정으로 실전에 참여하는 전투요원은 적었지만 남아 있는 테무진 진영의 남녀노소 할 것 없이 모두 군사복장으로 갈아입었고 군 깃발과 북을 최대한 만들어 놓았다. 아이들은 맨 뒤에서 말 위에 앉아 북을 두드리는 임무를 주었고 남아 있는 노인과 부녀자들은 말 다섯 필을 한 사람씩 몰게 하고 그 다섯 필은 모두 말안장을 놓게 한 후 인형을 고정하게 했다. 그리고 천호장만 남은 젊은 군사들은 맨 앞에 섰다. 1,000명의 젊은 군사들은 각 부족단위로 몽골 깃발을 휘날리게 했고 그 뒤로 노인과 부녀자는 말안장에 고정시킨 인형에 몽골 갑옷을 입혀서 맨 앞에선 1,000명의 젊은 군사가 든 깃발 뒤에서 한 명당 300호 장씩 배열하게 했다. 그렇게 하니 몽골진영에는 정말로 전투에 참여할 인원은 맨 앞줄 깃발을 펄럭이는 1,000명에 불과했으나 초원에 펼쳐진 전투대형은 30만 명이었다. 이 대형은 몽골 접경이 아니라 몽골 내 깊숙한 곳에 진을 치고 있었다.

주르킨 부족이 칠일이 넘게 걸려서 테무진 진영을 발견하자 모두 눈이 휘둥그레졌다. "분명 타타르에 아직 남아 있을 것인데. 어느새 여기까지 왔단 말인가?" 주르킨 부족장 사차 베키가 급히 전령을 불렀다. "어찌 된 일인가?" 전령이 말했다. "어제까지 분명히 여기까지 도착하려면 밤낮으로 사흘이 걸린다. 들었습니다." 몽골진영에서도 주르킨 3만 명이 몰려오는 것을 보고 일제히 숨을 죽이고 있었다. 주르킨 병사가 200여 보 더 전진할 때 우런이 소리 나는 화살을 쏘아 신호를 보내자 맨 뒷줄에서 말을 탄 채 아이들은 북을 힘껏 두드리기 시작했다. 그 북소리는 천지가 진동하는 듯 들렸다.

주르킨 군사보다 몽골진영의 군사는 10배가 많은 30만 명이 바로 돌격하는 신호로 오해하고 주르킨 군사는 즉시 퇴각을 하여 달아나기 시작했다. 주르킨 군사가 정신없이 달아날 때 우런은 20기의 깃발만 남기고 나머지는 일사분란하게 거두어들이고 그 한 깃발 뒤에 50명의 몽골 군사만 따라붙게 했다. 결국 1,000호 장만 주르킨 군사를 뒤쫓게 한 것이다.

이틀을 정신없이 달아나자 1,000명의 추격병 외에는 아무도 따라오는 테무진 군사가 없자 이상하게 여긴 주르킨 부족장 사차 베키는 후퇴 정지 명령을 내렸다.

주르킨 부족은 진영을 새로 가다듬고 진을 구축하고 하루를 더 기다려 보았으나 30만 몽골 군사가 보이지 않자 그제야 속았구나 생각하고 가짜 30만 몽골 진영으로 이틀을 달려가니 이미 총 5일이 걸린 셈이다. 이미 테무진 원정 군사는 주르킨 부족의 양쪽에서 매복해 있었고 경기마병과 중기마병이 퇴로를 끊어 놓았다.

이제는 오히려 주르킨 부족이 호랑이 굴에 스스로 굴러들어와 퇴로마저 막혀 포위가 된 꼴이 되었다.

테무진은 부하 장수들에게 소리쳤다. "주르킨 부족장을 생포하라." 이미 호랑이 굴에 들어온 주르킨 부족은 지레 겁을 먹고 무기를 버리고 대다수가 투항했다. 주르킨 족의 귀족들도 한번 제재로 손도 못 쓰고 모두 포로로 잡혀 왔다.

하지만 사차와 타이추는 저만치 달아나자 테무진은 정예병을 시켜 그들을 잡아오게 했다. 얼마 지나지 않아 사차와 타이추가 테무진 앞에 끌려 왔다. 테무진은 그들을 향해 호통치며 말했다. "너희는 나와 같은 혈족이면서 우리가 불행했을 때 우리를 버리고 자무카 진영으로 갔다. 자무카가 어려워지고 우리가 더 강해지자 자무카를 버리고 다시 내게로 와서 나에게 충성과 복종을 서약했다." 테무진은 이들이 자신을 칸으로 추대할 때를 떠올렸다. '테무진 칸이여! 전쟁을 할 때 우리가 그대의 명령을 듣지 않는다면 우리를 비복들로부터 여자와 아내로부터 떼어내어 우리의 검으로 머리를 땅바닥에 내던져라. 평화로울 때 우리가 그대의 마음을 어지럽힌다면 우리를 모든 가신으로부터, 아내와 자식으로부터 떼어내어 죽음의 들판에 버리고 가라!' 이렇게 떠올린 후 테무진이 주르킨 귀족들을 향해 말했다. "너희들이 나를 칸으로 추대했다. 나는 그때 칸이 되고 싶은 마음이 없었다. 그러나 나를 추대하며 맹세했다. 전쟁 시 선봉에 서고 명령 불 복시 자신의 머리를 땅에 떨어트려 달라고 하지 않았느냐." 타이추가 테무진의 말을 듣고 "우리가 그렇게 말한 것은 사실이다. 하지만 우리 유목 사회는 힘이 센 쪽에 붙어야 살아남지 않느냐!" 테무진은 그의 말을 받아서 "그것은 그렇다 치자 우리가 타타르에 원정 갔을 때 왜 침범을 하였느냐?" 테무진이 묻자 사차 베키가 말했다. "명예롭지 못했다. 우리가 맹세했던 대로 우리의 머리를 땅에 떨어트려라." 이렇게 말하자 테무진은 귀족들을 바라보며 말했다. "내가 지원을 요청할 때 너희들은 출정을 거부하여 명령을 어기고 오히려 우리 진영의 빈틈을 타서 뒤에서 우리 부족을 침범했다. 너희를 내버려 두면 우리 통일 몽골을 이끌어갈 수가 없고 금나라, 원수를 갚을 수도 없다. 따라서 너희를 사형에 처하고 너희 씨족을 말살하노라." 테무진은 부하 장수를 시켜 사차와 타이추를 처형하고 그다음에 무칼리를 끌고 와서 "칸님께 무릎을 꿇으라." 하자 무칼리는 테무진을 향하여 "저자가 장군이면 나도 장군이다. 같은 장군끼리 왜 내가 무릎을 꿇느냐 무릎을 꿇리려거든 직급이 낮은 자를 꿇게 하라." 테무진의 군사가 칼집으로 무칼리의 옆구리를 찌르며 "같은 장수라도 너는 패장이니 무릎을 꿇어야 마땅하지 않느냐!" 하자 무칼리는 "대장부가 목숨 따위가 두려워 무릎을 꿇느냐! 나를 꿇리지 말고 선 채로 목을 땅에 떨어트려라!" 이 말을 들은 테무진은 부하장수들을 향하여 "대장부라면 저 정도는 되어야 한다, 자기 목숨 따위나 구걸하면 어찌 충신이라 하겠는가! 저자를 살려 주거라. 나는 저자를 나의 가족과 동등한 대우를 할 것이다. 이 자리에서 명령한다. 저자를 내 가족 대하듯 똑같이 그렇게 대하라." 이렇게 말하자 무칼리는 살아남을 수 있었으나 나머지 귀족은 다 처형 되었고 살아남은 나머지 부녀자들과 아이들은 노비로 완전히 테무진 진영에 예속시켰다.

이때 옹칸은 테무진의 구원을 받지 못하고 나이만에게 패배하여 카라키타이로 달아나 그곳 여러 족장에게 도움을 요청했는데 1년이라는 시간이 걸려도 아무런 소득이 없었다.

우런의 계책에 따라 옹칸이 자리를 비운 1년 동안 테무진은 나이만의 공격으로 케레이트 진영을 수습하여 보호자 역할을 하였다.

우런은 테무진에게 또 다른 계책을 세웠다. "사람의 마음을 사는 것은 피를 흘리지 않아도 원하는 것을 얻을 수 있습니다. 메르키트에게 돈을 주어 거짓 공격을 감행하면 우리가 메르키트의 공격도 막아 주는 것처럼 보여야 합니다. 그러면 케레이트 진영은 주군에 대해 감복할 것입니다."

이렇게 하여 메르키트의 2만 기마병이 케레이트 진영으로 공격해 오고 있었다. 그때 테무진 경기마병 4만 명이 대오를 유지하고 북을 치며 소리를 지르자 지레 겁을 먹은 메르키트 병사들이 달아났다. 이렇게 거짓으로 전투를 한 것을 실제 전투로 여기고 이것을 본 옹칸의 동생이자 2인자인 자카 감보는 테무진의 조치에 감복했다. 그리하여 그는 자연스럽게 테무진의 추종자가 되었다.

1년이 넘게 아무 성과도 거두지 못하고 옹칸이 돌아온다는 소문이 퍼지자 우런은 테무진에게 말했다. "옹칸을 극진히 대해주어야 합니다. 옹칸이 세력을 회복할 수 있도록 도와야 합니다. 케레이트를 아직 접수할 시기가 아닙니다. 만약 지금 케레이트를 접수하면 사방이 적으로 변할 것입니다. 주위의 세력에 공동으로 대처해 나가야만 합니다. 옹칸이 돌아오면 부자연맹을 더욱 확고히 하여야 합니다. 옹칸의 2인자 자카 감보도 주군의 사람이 되었습니다. 그러하니 나중에 자연히 케레이트가 주군의 것이 되도록 몸을 낮추어야 합니다. 그러니 우선 옹칸이 당도하기 전에 영접을 나가야 합니다."

테무진은 우런의 말이 옳다 여기고 케롤렌 강변에서 옹칸을 따뜻하게 맞이하였는데 옹칸의 몰골은 말이 아니었다.

1196년 테무진은 옹칸의 본거지인 툴라 강변의 카라툰에서 옹칸과 회합을 갖고 부자 결맹을 다시 맺는 서약을 했다.

'많은 적을 공격할 때 함께 하나가 되어 공격하자! 도망 잘하는 짐승을 공격할 때도 하나가 되어 함께 사냥하자.'

카라툰 맹약이라고 불리는 이 서약은 군사우호 조약과 같았다.

이 서약 이후 테무진과 옹칸은 공동유목 생활을 했는데 1년 가까이 이 생활이 지속되자 물자가 부족하여 부족한 물자만큼 충당하기 위해서는 약탈로 해결해야 했다. 그래서 1196년 가을에 테무진은 메르키트 변방을 공격하여 물자를 약탈하여 그 약탈한 물자를 옹칸에게 전달했다.

반면 옹칸은 세력을 회복하여 메르키트를 습격하여 족장 톡토아 베키의 두 아들을 사로잡아 귀환했고 약탈한 전리품은 혼자 독식했다.

1198년 나이만의 군주 이난츠칸이 사망하자 그의 영토는 두 아들 간의 권력 다툼으로 동서로 분열되었다. 본(本)나이만은 장남 타양칸이 평지를 자지하고 서(西)나이만은 부이룩 칸이 산간을 통치했다.

1199년 옹칸은 테무진과 자무카 등 동맹세력을 모두 규합해서 나이만 공격에 나섰다. 공격 대상은 알타이 산지 근처 산악지대에 근거를 둔 서(西)나이만이었다. 갑작스런 대군의 기습에 서나이만의 부이룩 칸은 대항도 못하고 알타이산을 넘어 도망쳤다. 부이룩 칸이 도주하는 경로를 계속 추격해 가자 이미 겨울로 접어들고 있어서 알타이 산맥을 넘어 회군하는 도중 서나이만의 용장 쿡세우 사브락이 저지하고 나설 때 이미 날이 저물어 가고 있어서 전투가 불가능하여 양측은 날이 밝으면 교전을 벌일 요량으로 숙영에 들어갔다.

이때 자무카는 이간책을 써서 테무진과 옹칸의 부자의 맹약을 깨려고 옹칸의 숙소로 찾아갔다. "나의 형제 테무진은 전부터 나이만과 사신 왕래가 있었습니다. 옹칸이시여! 지금 그는 여기에 오지 않았습니다. 내가 항상 한 곳에만 머무는 백령작(텃새)이라면 테무진은 이리저리 날아다니는 고천작(철새)입니다. 그는 지금 나이만에게로 날아가 버렸습니다." 옹칸은 자무카의 말에 넘어가 옹칸의 부대를 야밤에 이동시켜버렸다.

우런은 옹칸의 부대 이동을 테무진에게 전하고 나서 본인이 직접 느슨한 경계를 틈타 테무진의 사신으로 쿡세우 사브락을 만났다. "장군, 난 테무진의 사신이온데 이미 옹칸은 야밤에 부대를 이동했고 날이 밝아 전투가 시작되어도 우리는 도망치듯 할 것입니다. 만약 전투가 벌어지면 서로가 이기는 듯 지는 듯하여 서로의 피해를 줄여 주시기를 저의 주군께서 당부하셨습니다."

날이 밝아오자 옹칸의 진영이 비어 있는 것을 테무진은 이미 알고 있었으나 부하장수들과 군사들이 수군거리자 테무진은 큰소리로 외쳤다. "이들이 우리를 제삿밥으로 만들려고 했다. 옹칸이 우리들만 재앙을 당하라고 불 속으로 밀어 넣고 자기들은 아무런 피해도 입지 않은 채 피해 버렸다."

서나이만 군은 지난밤 우런과의 약속대로 테무진 군은 쳐다보지도 않고 옹칸의 뒤를 추격했다. 옹칸의 부대는 서나이만 군에게 대패하여 재산을 모두 빼앗기고 가축도 모두 약탈당했다. 옹칸이 테무진에게 구원을 청하자 테무진은 아끼는 수장 보르추를 비롯한 4명의 천호장 휘하장수들에게 군사를 주어 돕도록 했다. 서나이만의 군사에게 옹칸의 아들 생쿰이 사로잡히기 직전에 우런과 쿡세우 사브락이 어젯밤에 약속한 것처럼 테무진 군사가 달려오자 서로 교전 없이 서나이만 군이 물러났다.

이것을 본 옹칸은 기쁨을 감추지 못하고 테무진에게 감사를 표했다. "나의 예수게이 형제는 떠나버린 나의 백성을 한 번 구해 주었다. 그런데 이번에는 예수게이의 아들 테무진이 다시 떠나버린 나의 백성을 구해 주었다. 그리고 나의 아들까지 구해 주었다. 내가 이 세상을 떠나 산에 묻힌다면 누가 모든 나라를 다스릴 것인가? 이제 테무진 아들을 생쿰의 형으로 삼아 두 아들을 갖게 되었으니 이젠 쉬어도 여한이 없다." 이렇게 옹칸이 말하자 바로 테무진은 어떠한 이간책에도 넘어가지 말자는 서약을 요구했다. '우리 둘은 이빨 있는 뱀의 부추김을 받아도 그 부추김에 넘어가지 말자! 이빨로 입으로 서로 말하고 확인한 다음 믿도록 하자.' 이 서약으로 테무진은 옹칸과 더불어 자무카를 공격할 수 있는 기틀을 마련했다.

1200년 여름. 비보르지긴계 씨족들이 위기감을 느끼고 훌룬호 주변의 다섯 개 씨족은 알쿠이 볼락이라는 곳에 모였다. 그들은 여기에서 백마를 도살해 결맹의 상징물로 삼은 뒤 이들의 연맹군 5만의 군사가 테무진과 옹칸을 공격하기로 결의했다.

이 전투에는 무칼리의 기갑부대가 처음으로 선보이게 되었다. 기갑부대의 창설은 우런이 만들었다. 이 전투에 앞서 무칼리는 기갑부대를 처음 창설할 때를 떠올렸다.

'무칼리가 주르킨 부족에 속하여 테무진 부대와 싸워 패하여 온 무칼리를 테무진이 직접 우런 선생에게 소개할 때. "선생, 여기 무칼리를 내 가족으로 만들려고 이름을 '주치'라 지어 주었더니 사양하더이다. 무칼리가 말하기를 '나는 고려인이다. 비록 전투에서는 패했으나 고려인의 피는 그대로이다 그러니 이름도 그대로 목화려(木華黎)로 남겨두라.' 해서 목화려 발음을 몽골말로 무칼리로 부르게 되었다." 이 말을 듣고 우런 선생은 고심 끝에 같은 민족인 무칼리가 다른 장수와 달리 글을 쓸 수 있고 손자병법은 물론 유교경전까지 익혀 문무를 겸한 유능한 장수라서 그의 몸을 다치지 않게 할 목적으로 기갑부대를 창설했다. 이 기갑부대의 사령관은 무칼리로 해줄 것을 테무친에게 우런 선생이 직접 간청하였다. 테무진에게 건의를 올릴 때 우런 선생이 설계한 도면을 들고 직접 보여 주면서 설명했다.

"지금 타고 다니는 나무 마차 수레에 철로 덮은 다음 전면과 측면에 곡선 칼을 배치한 것이다. 앞쪽의 칼날의 간격은 반 자이며 이 전차를 끄는 말은 2마리가 1조로 이루어져 있다. 말에게도 눈을 제외한 갑옷을 입히는데 통으로 된 갑옷이 아니라 비늘형 갑옷을 입혀 움직임이 자유롭게 했다. 쇠 마차 안에서는 볼 수 있고 밖에서는 볼 수 없게 화살을 쏘아도 안으로 들어가지 않게 작은 구멍을 뚫어 놓았다. 말 앞에는 반달형 칼날이 4개를 달아 놓아서 말이 앞으로 달려가며 적군을 치어도 반달형 칼날이라 옆으로 쓰러지게 되어있다. 마차 양옆으로도 반 자 간격으로 곡선 칼날을 날카롭게 네 개씩 달아서 전진하면 적군이 닿기만 하여도 추풍낙엽이 될 것이다. 지붕에는 한 자 길이의 쇠침을 촘촘히 박아서 마차 위로 뛰어내려 마차를 공격하지 못하게 고안된 전차이다." 이 설계 도면을 테무진에게 보여 준 후 "이 기갑 부대의 사령관을 꼭 무칼리로 임명해 주십시오."

무칼리의 기갑부대 전차그림

이 설계도를 본 테무진은 칭찬이 끊이지 않았다. "우런 선생, 참으로
대단하오. 이와 같은 전차를 언제 선보이겠소?"

테무진의 물음에 우런은 말하기를 "무칼리를 새로 창설하는 기갑부
대 사령관으로 임명되면 바로 전차를 만들 것입니다."

테무진은 우런의 말이 떨어지자 "지금 바로 무칼리를 기갑부대 사령
관으로 임명한다. 비록 전차가 한 대도 없어도 일단 천호장을 줄 테니
기갑부대 사령관으로서 소임을 맡아 보시오." 무칼리는 "아직 한 번도
안 해본 일이지만 우런 선생이 옆에서 도와주면 일은 잘 처리 될 것입
니다." 그렇게 말한 후 무칼리는 우런의 도움을 받아 쇠를 다루는 장인
100명을 선발했고 무칼리의 직속부하 1,000명은 나무수레를 만들고

100명의 대장장이에게 나누어 일을 도와 천대의 전차가 꾸려졌다.

이 기갑 부대가 꾸려지자 넓은 초원 위에서 사열했는데 이 전차를 앞장세우면 무적의 부대가 될 것이라 누구나 그렇게 장담했다.

비보르지긴계 씨족 여러 부족의 연합군 5만 명이 대오를 갖추자 비록 수적으로는 열세인 기갑부대의 총사령관인 무칼리가 1,000대의 철갑을 앞세우고 테무진의 몽골부대 앞에서 천천히 일렬로 비보르지긴 연합군을 향하여 움직이기 시작했다. 연합군도 처음 보는 전차를 향하여 천천히 전진했다. 양측은 조금씩 조금씩 앞으로 전진했고 양측 거리는 200보가 되었을 때 전차의 본 모습이 드러나자 두려워하기 시작하자 무칼리의 명령으로 일제히 속도를 더했다.

연합군의 대오는 순식간에 추풍낙엽이 되어 쓰러진 후 테무진의 경기마병이 뒤를 공격하자 테무진의 군사는 거의 피해를 보지 않았다. 비보르지긴 연합군 패잔병들은 북동쪽 훌룬호 쪽으로 달아나자 우런은 테무진에게 말했다.

"이 기갑부대의 단점은 단기간 넓은 초원에서 유용합니다. 마차가 철갑으로 덮여 무겁기 때문에 더 이상 추격하면 말이 지쳐 1,000대의 기갑부대는 오히려 포위망에 걸려들 수 있습니다. 첫 전투에 대오를 무너트리는 데는 최고로 유효하나 장거리 전투에는 경기마병이 유리합니다. 이 전투에서 적군 5만 중 이미 4만 5,000을 섬멸했으니 저들을 더 이상 쫓으면 안 됩니다. 이 뿐만 아니라 자무카는 훌룬호 동쪽 에르군네강 유역에 진을 치고 있는데 타타르와 연합해서 공격해 올 경우 아군의 피해가 너무 큽니다. 몽골초원을 대통합하려면 필연적으로 타타르를 사전에 말살해야 합니다. 그렇게 하면 자무카도 연합세력을 상실하게 되어 힘을 발휘하지 못할 것입니다." 테무진은 우런의 간청대로 겨우 살아남은 5,000명의 패잔병들을 쫓지 않고 말머리를 남쪽으로 돌렸다.

이 전투는 무칼리가 철갑으로 만든 기갑부대(機甲部隊)로 대승을 거두었다고 해서 그는 철차장수(鐵車將帥)라는 새로운 별명을 얻게 된다.

1201년 봄. 지금까지 남아있는 모든 타타르에 대한 공격이 시작될 때 차가운 봄비가 밤낮으로 내리는 가운데 감행된 이 전투는 타타르의 강력한 저항에 어려움을 겪어야 할 것이 분명했다. 그래서 전투 전에 우런은 테무진에게 강력한 주문을 요청하여 병사들 앞에서 맹세하게 했다.

테무진은 전투에 앞서 병사들 앞에 큰소리로 외쳤다. "전투 중에 전리품 때문에 지체하는 일이 없도록 하자. 적을 완전히 무력화시키고 나면 그 전리품은 우리의 것이니 그때 지위고하 막론하고 공평하게 나누자. 우리가 이 전투에서 꼭 이겨야 타타르에게 아버지가 죽임을 당해도 아들이 전리품을 받을 것이고, 타타르에게 남편이 죽임을 당해도 아내가 전리품을 받을 것이다. 우리가 패한다면 아들에게 아내에게 누가 전리품을 주겠느냐."

테무진의 이 말은 우런이 요청한 대로 몽골군에게 전달되어 몽골군은 전리품에는 신경 쓰지 않고 전투에만 신경 쓰도록 한 조치로 몽골군의 사기는 하늘을 찌를 듯했다.

이 전투도 초원 평지로 유도했고 무칼리가 철갑으로 만든 기갑부대(機甲部隊)도 맨 앞에서 타타르의 대오를 흩트려 놓았으나 타타르군도 마지막 전투라 생각하고 용맹스럽게 싸웠다. 결국 테무진 군대는 이 전투에서 많은 병사는 잃었지만 승리하여 지위고하를 막론하고 전리품은 균등하게 배분했다.

이 전쟁의 승리로 타타르인들에 대한 처벌을 논의했다. 논의한 결과는 선대부터 얽힌 원한을 갚아줄 수 있도록 철저히 보복하는데 만장일치로 모였다.

"옛날부터 타타르인들은 우리 할아버지와 아버지들을 시해한 자들이다. 원수를 갚고 복수를 하기 위해 수레바퀴와 키를 대보고 수레바퀴보다 키가 큰 것들은 모두 도륙하고 나머지는 우리의 노예로 삼자."

타타르인들을 일 열로 세우고 수레바퀴를 굴려 머리가 그 위로 올라오는 모든 이를 처형했다. 처형으로 인해 그 피는 강을 만들어 바다를 이루었고 그 잔인함과 냉혹함은 후일 초원 건너편까지 퍼졌다.

죽이지 않은 아이들은 노예로 삼지 않고 후엘룬의 양자로 들여 후엘룬이 맡아 키웠다.

지금까지 테무진의 공식적인 부인은 부르테 한 사람이었으나 타타르와 싸워 이긴 전리품으로 타타르의 귀족인 예수겐과 그녀의 언니 예수이를 아내로 맞았다.

타타르족의 붕괴로 자무카와 반테무진 세력들은 위기감이 더욱 높아지자 에르군네강이 켄강과 합쳐지는 삼각주의 넓은 초지로 몰려들어 그곳에서 쿠릴타이를 열고 그들은 자무카를 유서 깊고 명예로운 구르칸[15]으로 옹립하며 서약했다.

'우리의 서약을 누설하는 자는 마치 폭풍에 강둑이 무너지듯이 쳐주를 받게 될 것이다. 우리의 동맹을 깨뜨리는 자는 나뭇가지가 번개에 잘려나가듯 죽음을 면치 못할 것이다.'

15) 주: 구르는 사해를 의미하는데 사해는 전체를 다스리는 왕이라는 뜻이다.

이 서약의 신성한 의미를 보여주기 위해 수말과 암말을 한 마리씩 하늘에 제물을 바쳤다. 자무카가 이 오래된 칭호를 선택한 것은 단지 그것이 오래되었기 때문만은 아니었다. 구르칸이라는 칭호를 얻었던 마지막 칸은 케레이트 부족을 다스렸던 옹칸의 숙부였다. 옹칸은 그에게 반역하여 그와 그의 형제들을 죽였는데 테무진의 아버지 예수게이는 그 반역에 동반자 역할을 했다. 이런 관계로 자무카가 구르칸이라는 칭호를 선택한 것은 옹칸의 권력과 테무진의 권력을 옛 구르칸에게 돌려준다는 명분으로도 충분하다는 의도였다. 만약 자무카가 승리한다면 몽골의 중앙 초원지대를 완전히 장악하는 최고 통치자가 될 수 있었다. 자무카에게는 타이치우드족 같은 몽골에서 중요한 귀족 씨족도 자기편으로 포진하고 있었다. 이런 힘을 바탕으로 서약을 마치고 압도적인 힘을 바탕으로 테무진과 옹칸 진영에 대한 공격을 결의하였고 이 서약을 지켜보던 코롤라스족의 한 사람이 이 소식을 테무진에게 알렸다. 테무진은 옹칸에게 전령을 보내어 자무카의 연합군이 옹칸도 친다는 내용을 전하면서 함께 힘을 모아 치자고 했다. 전령이 옹칸에게 떠나자 우런은 테무진에게 "자무카의 연합군이 머물고 있던 카일라르강 지류인 테니 코르칸에서 전투를 하면 유리할 것이다."라고 말하였다.

테무진은 우런에게 "선생, 코르칸에서 전투를 하면 어째서 유리하단 말이오?" 우런은 천기를 읽을 수 있었다. 테무진에게 말했다.

"코르칸에서 양진영이 대오를 갖출 때 자무카는 이번이 마지막 전투라 여기고 모든 방법을 동원할 것입니다. 자무카의 모든 병사에게 자다석[16]을 두드려 하늘에 빌 것입니다. 이 전투는 이것을 이용한 전투

16) 주: 자다석은 소나 말 등에서 사람의 사리처럼 생긴 것인데 이것을 두드리면 비가 내린

입니다. 먼저 코르칸에 도착하여 불리하더라도 강을 등지고 진을 쳐야 합니다. 자무카군은 늦게 도착하고도 유리한 고지를 택할 수 있어 그들은 비웃을 것입니다. 배수진은 병법조차 금하라 하였으나 한신이 배수의 진으로 이긴 사례가 있지만 이번 전투의 배수진은 천기를 이용하는 것이지요." 병법에서 배수진 이야기가 나오자 테무진은 귀를 쫑긋 세우며 "배수진은 어떤 진법이며, 한신은 누구요?" 테무진이 이렇게 묻는 것이 오히려 당연했다. 이 몽골 부족들은 역사책도 없고 주위에 책을 읽을 수 있는 사람들이 거의 없었으며 그저 구전으로나 주위의 현자나 식자들이 전해주는 이야기를 듣는 것이 전부였다. 우런은 테무진에게 배수진을 얘기한다. "배수진(背水陣)은 물을 등지고 진을 친다는 뜻입니다… 이 배수진은 한신에 이어 역사에 기록될 것입니다. 이번만은 반드시 강을 등지고 낮은 곳에 대오를 갖추면 자무카군은 산언덕 높은 곳에 대오를 갖출 것입니다. 그리고 유리한 고지에서 샤먼 의식을 치를 것입니다. 물론 이때 칸님께서도 '이 전투를 이기게 해 달라.'고 하늘에 기도를 올리겠지요. 이때 배수진을 왜 치라는지 알게 될 것입니다. 칸님께서는 이 광경을 보고 옹칸과 함께 전투를 벌이면 승리할 것입니다."

테무진은 우런의 이 말을 듣고 코르칸으로 먼저 달려가서 카일라르 강으로 흐르는 강을 등지고 대오를 갖추었다.

얼마 지나지 않자 자무카는 뒤쫓아 와서 테무진의 군대가 대오를 갖춘 지형을 보고 "하! 하! 하!" 너털웃음을 짓고 "어리석은 놈 위에서 내려다보고 하는 전투가 유리하다는 것을 모르는 어리석은 놈, 우리가

다고 몽골 유목민사회에 널리 퍼져 있다.

쏘는 화살이 두 배는 더 멀리 날아갈 것이다. 먼저 도착하고도 이곳을 차지 못하는 멍청한 놈." 자무카는 뒤처져 따라오는 동맹군이 다 도착하자 대오를 갖춘 후 이미 준비해온 자다석을 두드리기 위하여 준비했다. 자다석이 없는 병사는 부싯돌을 두드리라고 명령했다. 몽골 초원의 병사는 아군이든 적군이든 늘 부싯돌을 들고 다녔다.

자무카는 사전에 텝 텡그리에게 부탁하여 전쟁의식을 부탁하였다. 오래전에 테무진에게 도움을 주었던 유명한 텡그리 들을 이번에는 자무카가 매수하여 코르치, 텝 텡그리, 뭉릭에게 큰돈을 주어 같이 동행했다. 자무카는 이 유명한 텡그리를 같이 동행함으로 군사들의 사기를 돋우기 위함이기도 했다. 훗날 테무진에게 칭기스칸의 칭호를 붙여준 텝 텡그리가 이 전투에 앞서 자다석을 꺼내어 하늘에 빌자 자무카의 연합군 모든 병사는 부싯돌을 양손에 잡고 하늘을 향해 두드리기 시작했다.

텝 텡그리가 자다석을 두드리며 외쳤다. "하늘이시여! 천둥과 번개를 동반한 큰 비가 내리게 하여 테무친과 옹칸의 부대를 덮쳐 주소서." 이렇게 먼저 하늘에 외치자 모든 병사는 부싯돌을 자다석 삼아 하늘을 향해 두드려 불꽃을 튀기며 외쳤다. "후레! 후레! 후레![17]" 천지가 울릴 듯 소리를 질렀다.

텝 텡그리는 모든 병사들이 외치는 후레! 후레! 후레!의 후렴구가 끝나자 또 하늘을 향해 외쳤다. "하늘이시여! 큰 비를 내리시어 테무친과 옹칸의 부대를 쓸어 주소서." 텝 텡그리가 선창하자 모든 병사는 부싯돌을 하늘을 향해 두드리며 "후레! 후레! 후레!"를 그 뒤에도 텝 텡그리

17) 주: '후레'는 기독교의 아멘과 같은 의미이다.

의 선창에 맞추어 계속 의식이 진행 되었다.

모든 병사가 하늘을 향해 힘껏 두드리는 부싯돌이 불꽃이 튀면서 계속해서 열기를 내 품자 큰 폭풍우가 높은 계곡을 따라 몰려오기 시작했다. 그러자 자무카의 군사들은 웅성웅성했다. "이 폭풍우가 테무진 쪽으로 몰려가야 하는데 어찌된 일이냐?"하며 텝 텡그리 쪽으로 얼굴을 돌려 바라보자 자무카도 한마디 했다. "텝 텡그리님이 '큰 비가 내리게 하여 테무친과 옹칸의 부대를 덮쳐 주소서'라고 내가 옆에서 분명 들었는데 어찌하여 폭풍우가 우리 쪽으로 몰려오는 것이오?" 텝 텡그리의 말은 간단했다. "하늘이 이번 전투는 테무진에게 손을 들어주는 것 같소." 텝 텡그리의 이 말은 자무카만 들은 것이 아니라 옆에 있던 병사들도 들었다. 천둥과 번개를 동반한 큰 폭풍우가 자무카 진영에 들이치자 자무카의 연합군 병사들은 우왕좌왕하며 달아나기 시작했다.

자무카의 연합군이 달아나자 이 모습을 본 옹칸은 테무진에게 "나는 자무카를 쫓을 테니, 테무진은 타르구타이를 쫓으라." 그렇게 하여 옹칸은 자무카가 이끄는 군을 추격하여 가다가 서로의 피를 보지 않는 쪽이 낫다고 여기고 더 이상 추격하지 않았다.

하지만 테무진은 타이치우드의 수령 타르구타이가 달아나는 오논 강변 쪽으로 추격했다. 오논 강변의 지형은 테무진이 성장하면서 익힌 땅이므로 누구보다도 잘 알고 있었다. 그리고 그들의 전투 방법은 쫓기든 쫓든 같은 방법을 구사했다. 공격하는 쪽은 말을 타고 적을 향해 달리면서 활을 쏘기 때문에 유리하기는 했다. 하지만 쫓기면서도 등받이 나무 말안장에 기대어 뒤쪽으로도 화살을 쏠 수도 있었고 서양말과는 달리 유연하게 방향을 틀어 추격하는 기병을 쏠 수도 있다. 이렇게 추격이 이어지다가 타이치우드 군은 오논 강기슭 넓은 초원에 서로 간의 대오를 갖추었다.

타이치우드족의 수령 타르구타이는 자기 군사들에게 소리쳤다. "우리가 이 전투에서 패할 경우 곧 우리 씨족은 멸망할 것이다. 그러하니 죽음을 각오하고 싸우자." 이렇게 하여 타이치우드족은 목숨을 걸고 격렬하게 저항했다.

이 타이치우드 군사 중에 무신정변 때 고려에서 귀향한 활 잘 쏘는 타르쿠타이 쿠리투스의 부하인 지르코아다이(김준의)가 이 전투에서 양측의 치열한 공방이 계속되고 있는 틈바구니에 끼어 있었다.

어둠이 깔리기 시작하자 지르코아다이(김준의)가 테무진을 향하여 쏜 화살이 테무진의 목덜미를 맞추어 피가 뚝뚝 떨어졌다. 어둠이 깔리면서 양측 군대는 하루 종일 싸웠던 바로 그 들판에서 서로 거리가 멀지도 않은 거리에서 휴전을 하고 숙영에 들어갔다.

테무진은 전투 중에는 정신없이 싸우다가 해가 지고 양군이 서로 후퇴한 후 숙영막사에 들어가자마자 쓰러져 의식을 잃었다.

이런 상처는 감염위험이 컸으며 화살에 독이 묻었을 가능성도 있다고 생각한 충성스러운 부하 젤메는 목덜미를 빨아내었다. 자정이 지나자 테무진은 의식을 되찾고 젤메 주방장에게 "발효된 암말 젖인 아이자크를 마시게 해 달라." 했지만 젤메에게는 약간의 물밖에 없었다. 젤메는 발가벗고 타이치우드 진영으로 가서 적들의 막사를 이리저리 찾다가 아이자크를 찾았다. 젤메는 적의 야영지로 갈 때 이런 생각으로 갔다. 몽골족은 사람들 앞에서 벌거벗는 것은 타락의 표시이다. 타이치우드 병사가 나를 보았을 때 아마 변을 보러 나온 자기네 병사로 여길 것이다. 예의상 동료에게 수치심을 주지 않으려고 눈을 돌릴 것이다.' 이렇게 생각하고 아이자크를 구해와 테무진에게 주고 테무진이 잠든 사이 밤 내내 테무진의 곁을 지키며 상처에서 피를 빨았다. 테무진의 숙영지에서 군사들이 피를 보면 사기가 떨어질 것 같아 젤메는 피를 빨아 삼켰다. 젤메는 배가 불러 입 밖에 피가 줄줄 흘러내릴 때가 되어서야 다른 병사가 보지 않는 곳에서 뱉기 시작했다.

다음 날 전투에서 젤메가 수하 부하에게 비밀히 명령했다.

"칸님을 향해 활을 쏜 타이치우드 병사를 꼭 생포해 오도록 하라!" 명했다.

치열한 전쟁은 결국 테무진의 승리로 끝났지만 테무진 또한 군사를 많이 잃자 테무진은 외쳤다. "타이치우드 뼈를 가진 사람은 친척의 친척까지 모두 재로 날려 버려라." 이렇게 하여 전쟁에 패한 타이치우드족이 처형될 때 생포로 잡혀온 지르코아다이(김준의)는 고려인이라 말하자 얼굴은 변해도 목소리가 낯설지 않았다.

우런은 그를 알아보고 깜짝 놀랐다. 김준의와 함께한 시간들… 진도에서의 탈출과 변장술과 국경을 넘을 때까지의 과정이 주마등처럼 지나갔다.

김준의 또한 효령태자를 보고 깜짝 놀랐다. 그리고 고려 언어로 김준의에게 "효령태자라는 것을 비밀로 하라. 만약 내가 효령태자라는 것을 알면 나를 죽일 것이다. 나는 새로운 이름으로 살고 있다. 나의 이름은 우런이다. 너의 이름은 무엇이냐?" 묻자 김준의는 "타이치우드 부족에 들어가자 지르코아다이라는 이름으로 살고 있습니다." 우런이 지르코아다이에게 당부했다. "이미 이렇게 된 것 나하고 함께 하자. 내가 주군께 부탁하여 살려 달라 할 것이다." 그렇게 김준의에게 말하고 우런은 그를 살려 줄 것을 테무진에게 간청하자. 테무진은 이렇게 말했다. "화살로 목덜미를 맞춘 자를 생포하라고 시킨 장군은 젤메요. 젤메의 의사에 따르겠소." 우런은 젤메 장군에게 부탁했다. "저자는 타이치우드 족이 아니라 고려인이요. 여기 어떤 궁수보다 활 솜씨가 뛰어나니 살려주면 충성을 다할 것이요 나도 그렇게 지르코아다이를 설득하겠소." 젤메는 "지르코아다이를 생포하여 칸님의 아픔을 달래기 위함보다 내가 저 고려인 때문에 발가벗은 수치를 겪어야만 했소."

젤메의 벌거벗은 소리를 듣고 주위 사람들이 묻자 어젯밤의 이야기를 젤메가 자초지종을 말하자 전쟁의 공포 속에서도 한바탕 웃음소리가 퍼진 후 젤메가 다시 말을 이었다. "타이치우드족이 아니라 우런 선생과 같은 고려족이니 살려 주기로 하기 전에 이 자리에서 칸님께 충성을 맹세하면 살려 주겠소. 그러하니 살고 죽는 것은 당신의 몫이요."

우런은 김준의에게 주군께 충성스런 부하가 되기를 설득하였다. "자네는 테무진에게 이렇게 말하게 '지금 저를 죽이시면 제 몸에서 흘러나오는 피는 쓰러져 누울 자리만 적십니다. 하지만 저를 당신의 용사로 받아 주시면 제 몸을 통하여 흘러나오는 피는 금나라까지 적실 것입니다.' 그러면 분명 살려줄 것이요." 우런은 김준의가 테무진의 철천지원수 금나라를 상대로 복수해준다는 뜻으로 말했다. 우런의 말에 김준의는 고개를 끄덕였다. 그리고 테무진을 향하여 결연하게 말했다. "칸이시여! 지금 저를 죽이시면 제 몸에서 흘러나오는 피는 한 움큼의 흙만 적실 것입니다. 저를 용사로 받아 주소서! 그러면 제 몸을 통하여 흘리는 피는 세계의 대지를 적실 것입니다." 그렇게 말하고 주군에 대한 첫 예의로 지르코아다이는 테무진 앞에 무릎을 꿇었다. 이렇게 함으로 테무진은 지르코아다이가 무릎을 꿇자 일으켜 세우며 말했다. "지르코아다이! 자네의 이름은 나같이 머리 나쁜 사람이 부르기에는 너무 어렵네, 지금부터는 제베[18]라 부르겠네."

지금 테무진으로부터 하사받은 제베는 고려에서의 이름 김준의, 타이치우드에서의 이름은 지르코아다이, 몽골에서의 이름은 '제베'가 되었고 이 사건 이후부터는 '제베'라는 이름을 가지고 새 삶을 살아갔다. 이후 제베는 우런의 도움으로 테무진이 가장 신임하는 심복 중의 한 사람이 되어 몽골 통일과 세계 정복 전쟁 과정에서 제베가 되기 전 테무진에게 말했던 '저를 용사로 받아 주소서! 그러면 제 몸을 통하여 흘리는 피는 세계의 대지를 적실 것입니다.' 이 말이 이루어져 테무진보다 한발 앞서 유럽 전역의 적들로 하여금 전율을 느끼게 하는 무서운 장수로 이름을 떨치게 된다.

1202년 봄. 테무진 군은 실루겔지트 강 지역에 들어와 있던 알치 타타르와 차강 타타르에 대한 공격을 감행했다. 이미 달란 네무르게 전투에서 대부분의 주력부대를 잃고 지리멸렬 상태로 있었던 타타르족은 쉽게 무너졌다. 이 전투에서 몽골 타타르족은 영원히 역사 속으로 사라졌다.

1202년 가을. 북서쪽 바이칼호 지역의 메르키트족은 더 큰 위기감을 느끼고 메르키트의 군주 톡토아 베키가 주도적으로 나서서 나이만의 부이룩칸을 비롯한 몽골족 내 일부 씨족 등은 반테무진 연합전선

18) 주: '제베'의 뜻은 화살촉이라는 뜻이다. 화살을 잘 쏜다는 의미이다.

을 구축하고 테무진과 옹칸 세력에 대한 대규모 공세에 나섰다.

우런은 테무진에게 계책을 가르쳐 주었다. "쿠이텐에 진을 치고 적이 들어오도록 유인해야만 승리를 거둘 수 있습니다. 우리 군이 피해를 적게 보려면 생쿰을 선봉으로 보낸 후 적군이 몰려오면 쿠이텐 쪽으로 철수하라고 명령하십시오."

우런의 계책을 듣고 생쿰을 선봉으로 세운 뒤 테무진과 옹칸의 연합군은 쿠이텐으로 이동해 진을 치고 적의 공격을 기다리고 있었다. 적군이 몰려오자 선봉대로 나가 있던 옹칸의 아들 생쿰은 계획대로 쿠이텐으로 철수하여 적을 유인했다.

드디어 양측의 대군은 진영을 갖추고 대치 상태에 들어갔다. 얼마 후 적의 진영에 비바람이 휘몰아치자 큰 혼란에 빠진 적은 전의를 상실하고 달아나자 그것을 본 자무카도 에르군네강 쪽으로 달아나자 옹칸이 자무카가 달아나는 방향으로 뒤쫓아 가서 오히려 자무카의 손을 잡고 되돌아 왔다.

이 일 이후 테무진은 옹칸을 불만스러워했다.

우런은 테무진에게 이런 방책을 내세웠다. "큰아들 조치에게는 옹칸의 딸을 짝지어 주고 생쿰의 아들에게는 주군의 아들을 짝지어 주어 결혼 동맹을 맺는 것입니다." 테무진도 이 방책이 좋다고 여겨 생쿰에게 말했다. 이 방책을 안 자무카는 생쿰에게 가서 이간책을 썼다. "테무진은 옹칸에게 입으로는 아버지와 아들이라고 한다. 그러나 본심은 그것이 아니다. 지금 먼저 공격하지 않으면 앞으로 무슨 일이 생길지 모른다. 지금 테무진을 공격한다면 나도 옆에서 가담할 것이다." 이제의에 생쿰은 피를 묻히지 않고 테무진을 속여 사로잡을 계획을 세웠다. 그래서 생쿰은 테무진에게 약혼 음식을 같이 먹자는 초대를 통해 그를 제거할 계획을 세웠다.

우런은 이상히 여기고 테무진에게 군대를 거느리고 갈 것을 권했다. 하지만 테무진은 10명의 수하만 데리고 간다 하자 우런은 다시 한 번 테무진에게 권했다. "주군께서 10명의 수하만 데리고 가신다면 가시는 첫날밤은 꼭 뭉릭의 집에서 묵어야 합니다." 테무진은 그렇게 약속하고 10명의 수하만 데리고 길을 떠났다. 하지만 우런은 테무진보다 먼저 뭉릭에게 사람을 보내 생쿰의 수상함을 전해 주었다. 이 사실을 모른 테무진은 저녁에 뭉릭의 집에 도착하자 뭉릭은 테무진에게 이렇게 말했다. "생쿰이 갑자기 혼인을 허락하는 것과 혼인 음식을 함께 먹자고 초대하는 것이 무언가 석연찮습니다." 하자 테무진도 이상히 여겨 사절만 생쿰에게로 보내고 자신은 되돌아갔다.

테무진은 보이지 않고 사절만 온 것을 본 생쿰은 자무카에게 "우리의 음모가 발각된 것 같소. 그러니 다음 날 아침 일찍 테무진을 기습 공격하여 사로잡읍시다." 자무카도 "그렇게 하는 것이 좋겠소." 이들이 말하는 소리를 말을 돌보는 유목민 바다이와 키실릭이 듣고 한밤중에 말을 달려 테무진에게 전했다.

기습을 당하기 직전에 소식을 접한 테무진은 최대한 가볍게 짐을 꾸린 뒤 칼라칼지트까지 도주했다. 테무진은 곤경에 처할 때마다 지원세력이 나타났는데 이번에도 망구트족과 우르우트족이 테무진을 돕기 위해 달려왔다.

두 씨족을 이끌고 온 코일다르 세첸과 주르체데이는 서로 선봉대에 서겠다고 했다. "내가 앞서서 싸우겠으니 내가 죽으면 내 자식들을 칸께서 돌봐 주십시오." 테무진 군은 수적인 열세에도 치열한 전투가 진행되었고 코일다르 세첸이 적의 칼에 찔려 말에서 떨어지자 전세는 기울어졌으나 다행히 백발백중 명사수 제베가 쏜 화살이 생쿰의 볼에 맞추자 말에서 떨어지면서 생쿰의 병사들이 생쿰의 주위로 모여들자 테무진은 부상당한 코일다르 세첸을 구출해 밤새도록 도주하였는데 날이 밝아오자 남은 병사를 세어보니 2,600여 명에 불과했다.

옹칸은 볼에 화살을 맞은 아들의 복수를 해야 한다고 했으나 주위의 수하 장수들은 "테무진과 함께 싸운 몽골족은 어디로 가겠습니까? 말이라고는 타고 있는 것뿐이고, 쉴 곳이라고는 따로 없는 눈비도 나무 아래서 피해야 할 처지에 있는 자들입니다. 그들이 이리로 오지 않으면 우리가 나중에 말똥을 주워오듯 잡아서 오도록 하겠습니다." 이렇게 하여 수하 장수들은 추격을 느슨하게 했다.

하지만 옹칸은 계속 추격해오자 테무진은 며칠간 먹을 것도 없이 달아났고 같이 달아나던 2,600명도 뿔뿔이 흩어졌다. 우런은 산기슭에 옹칸이 볼 수 있도록 깃발을 꽂아 놓고 달아났다. 뒤쫓던 옹칸은 그 깃발을 보고 '나를 이곳까지 유인했구나.' 생각하고 추격을 멈추고 되돌아갔다. 테무진도 더 이상 달아나지 못하고 지쳐 쓰러졌다. 정신을 차리고 주위를 둘러보니 진흙탕 물이 흘러드는 발주나 호숫가였고 사람들은 자신과 동생 카사르 몽골씨족은 2명만 보였고 이슬람인 3명, 고려인 제베, 우런 2명과 한때 적군이었던 메르키트, 키타이, 케레이트 출신도 포함되었으며 기독교인, 불교인, 등 총 19명이었다.

테무진이 발주나로 도망치는 과정에서 테무진을 버리고 옹칸이나 자무카 진영으로 간 친척들도 있었다. 특히 테무진의 숙부도 옹칸의 진영으로 들어갔다.

모두 며칠간 굶주린 상태에서 잠시 몸을 쉬고 있는데 갑자기 야생마가 나타나자 제베가 활을 쏘아 말의 숨통을 끊었다. 주위의 사람 일부는 얼른 가죽을 벗긴 뒤 고기를 자르고 말가죽으로 큰 가죽 통을 만들어 그 안에 자른 고기를 감싼 후 발주나 호수의 진흙을 표면에 발라 말렸고 또 몇 명은 흙바닥을 파낸 후 돌을 바닥에 깔았으며 남은 사람은 마른 말똥과 마른 가축 똥과 나무를 바닥에 깐 돌 위에 불을 피워 한참 후 돌은 붉게 달아올랐고 숯이 된 후 말가죽에 진흙을 바른 고기를 넣고 묻은 뒤 얼마간 시간이 지나자 19명은 삶은 말고기로 며칠간 굶은 허기를 채울 수 있었다.

그들은 말고기를 먹으며 "신이 개입하여 야생마를 보냈다. 신이 우리가 굶어 죽기 직전에 우리들에게 죽음을 면하라고 야생마를 보낸 것이다." 이구동성으로 말했다.

"우리를 살리려고 하늘이 우리에게 말을 내려보낸 것이다. 이것은 하늘의 뜻이다."

서로 위로할 겨를도 없이 격려하기도 힘든 처지에서 지치고 굶주린 상황에서 말이 나타난 것은 하늘이 보여 준 징표라 여겼다. 말은 몽골 고원에서 가장 중요하고 명예로운 가축으로서 어떠한 일이든 그 일의 의미를 엄숙하게 드높여주는 역할도 하고 신의 개입이나 지원을 상징하기도 했다.

이때 나타난 말은 테무진의 운명을 상징하기도 했다. 주요한 전투나 쿠릴타이를 앞두고 말을 제물로 바친 후 사람들에게 그 고기를 음복으로 나누어 주고 마실 마유를 주었다.

하지만 지금 여기 발주나에는 말고기를 먹은 후 마유가 없어 호수의 흙탕물이 마유를 대신할 수밖에 없었다.

테무진은 발주나 호수에서 19인의 추종자들과 함께 결의를 다지며 손을 벌려 하늘을 향해 기원했다.

"나로 하여금 모든 어려움을 극복하고 대업을 이룩하도록 도와주소서! 나와 생사고락을 함께하는 이 모든 사람들을 기억하소서! 만일 내가 이 말을 어기면 이 흙탕물처럼 되도록 하소서!" 테무진이 발주나 호수에서 이렇게 맹약을 하자 그의 추종자들은 흙탕물을 함께 마시며 "끝까지 테무진에게 충성을 하겠다."고 맹세했다.

옹칸이 돌아가자 테무진은 전열을 갖출 시간을 벌었다. 행방불명이 되었던 오고타이와 보르추와 무칼리도 돌아왔고 흩어졌던 병사들도 다시 모이자 테무진은 눈물을 글썽이며 "영원한 하늘이여 기억하라!"고 외쳤다.

그곳에 진을 치고 상당 기간을 보냈다. 이곳에 머무는 동안 거란족 출신의 야율아해와 야율독화가 테무진의 휘하에 들어왔고 이슬람 상인 자파르와 아산도 테무진과 손을 잡았다. 생쿰의 기습을 받고 도주 길에 나섰던 이 기간 동안 가장 어려운 시련기였지만 오랫동안 인간관계의 바탕으로 맺어진 누쿠르[19] 덕분에 다시 일어설 수 있어서 전열을 가다듬었다. 테무진이 발주나에서 세력이 회복되어갈 무렵, 자무카의 일당이 옹칸을 제거하려는 음모가 발각되어 케레이트 부족의 일부 세력은 테무진 진영으로 투항했다.

1203년 테무진은 옹칸의 아들 생쿰에 대한 보복으로 옹칸에 대한

---

19) 주: '누쿠르'는 군신 간에 충성으로 맺어진 맹약이다.

공격에 나섰다. 공격에 앞서 우런은 테무진에게 계책을 설명했다. "전면전으로 나서면 적군뿐만 아니라 아군도 피해가 크므로 상대가 방심하면 그 틈을 타서 공격하는 것이 효과가 큽니다. 첫 공격은 우선 적의 동정을 충분히 살핀 뒤 적이 무방비 상태에 있을 때 감행해야 전쟁의 주도권을 잡을 수 있습니다."

테무진은 케롤렌 강변의 아르칼 게우기에 진을 치고 옹칸 진영의 움직임을 첩보병을 통하여 면밀히 탐색하였다.

첩보병이 테무진에게 연락을 해 왔다. 옹칸의 군대가 아무런 방비도 하지 않은 채 전군이 대규모 연회를 열고 있습니다. 우런은 이 작전을 '번개진격'이라고 작전명을 붙이고 말을 바꾸어 가며 번개처럼 진격하여 우런의 계책대로 오늘 밤이 그 날임을 비밀히 알리고 밤중에 길을 서둘러 옹칸의 진영을 급습하여 옹칸의 진영을 혼란에 빠트렸다.

옹칸은 어제의 일을 떠올렸다. 전령이 옹칸에게 말하기를 '테무진이 여기까지 오려면 3일은 족히 걸립니다.' 그러나 지금 테무진 군을 코앞에 두고 한탄했다. "전령의 말을 찰떡같이 믿고 전군에게 연회를 베풀었거늘 이제 와서 보니 전령이 매수되었구나! 전령의 말을 믿은 내가 잘못이구나!" 테무진의 군사는 일제히 약속이나 한 것처럼 흩어져 옹칸 진영의 막사를 덮쳤다. 이미 연회를 통하여 술에 찌든 병사들은 속수무책으로 죽어 나갔다. 결국 테무진이 옹칸 진영을 쑥대밭으로 만들자 옹칸은 허겁지겁 아들 생쿰과 한밤중에 도주 길에 올라 나이만 지역으로 도망쳤다.

옹칸은 고비사막 남쪽 네킨 우순이라는 곳까지는 갔으나 나이만 병사는 옹칸을 알아보지 못했다. 혼자 온 이 노인이 그 유명한 옹칸이라고 생각하지 못하고 죽여 버렸다.

이 소식을 접한 나이만 왕비는 자기 백성이 옹칸을 죽인 것을 속죄하기 위하여 그의 머리를 가져오게 한 후 게르의 문 맞은편 구석의 명예로운 자리에 거룩한 모천을 깔고 그 위에 올려 옹칸의 영혼을 마치 살아 있는 사람 대하듯 음악가에게 마두금을 켜게 하고 며느리에게는 노래와 춤을 추게 하여 귀빈이 와 있는 듯 옹칸의 머리를 향해 대우해 주었다.

생쿰은 테베트까지 도망갔으나 카슈가르라는 곳 사막에서 목이 말라 죽음을 당했다. 그리하여 케레이트도 역사 속으로 영원히 사라졌다.

이제 남은 적수는 고원 서쪽의 나이만과 자무카뿐이었다. 테무진 진영과 나이만 진영의 충돌은 필연적인 수순이었다. 테무진의 몽골군은 할하 강변의 넓은 우르노르 지역으로 이동해서 천막을 손질하고 말을 살찌우면서 군대 조직을 재편성하였다. 우런은 이때 천호제 조직을 창설했다.

기존의 조직을 재편성하여 형제애로 이루어진 조직이었다. 이 조직은 가장 기본 단위가 이르반(십호)이라고 부르는 10명의 기본 단위로 군이 편성되었다. 새로 편제된 이 10명은 형제나 친구로 구성되어서 어느 때보다 결속력이 강했다.

이 조직의 장점은 함께 막사에서 자고 함께 행동하여 분대원의 한 명이 포로가 되어도 남겨 두고 떠날 수 없는 구조로 되어있었다.

이르반(십호)이 열 모이면 자군(백호)이라고 부르며 자군이 열 모이면 밍간(천호)라고 부르며 밍간이 열 모이면 투멘(만호)이었는데 이 시기에 칭기스칸은 밍간(천호) 95개로 약 8만의 몽골 전사를 소유했다.

1204년 초여름 붉은 해가 중천에 뜨는 날. 칭기스칸은 군기에 제주를 뿌리고 난 뒤 나이만을 향한 원정길에 올랐다.

우르노르를 출발해 서쪽으로 5,000리 이상을 이동한 테무진 군대는 그해 여름 체체를렉 북동쪽 카키드마우드산 아래 펼쳐져 있는 시라 케에르 대평원에 도착했다.

먼 길을 이동해 오는 동안 말과 병사들이 많이 지친 상태라 우런은 테무진에게 심리전의 계책을 선보였다.

"우선 적을 방심하게 만들기 위하여 선두 척후병을 가장 야윈 말에 태워 나이만의 진영 쪽으로 내보낸 뒤에 일부러 말을 빼앗기도록 하십시오. 그러면 말을 빼앗은 나이만 병사가 몽골 군마가 야위었다고 상부에 보고를 하면 나이만은 일단 몽골군은 크게 염려할 것이 없다고 안심할 것입니다. 그런 다음 한밤중에 병사 한 명이 다섯 군데씩 횃불을 피워 병사가 5배로 많게 보이는 전략을 구사하면 쉽게 적을 제압할 수 있습니다."

우런의 이 계책이 수락되어 계획대로 진행되었다. 어두운 밤이 되자 병사 한 명당 다섯 개의 횃불이 피워지자 드넓은 초원은 테무진의 병사들로 가득 메워졌다.

나이만군은 몽골의 군사가 별보다 많은 군사로 착각하여 지레 겁을 먹고 밤 중에 달아나기 시작했다.

말이 야위었다는 보고를 받고 안심하고 있었던 나이만의 주군 타양칸은 이내 겁을 먹고 계속 후퇴를 지시했다. "알타이 산맥 남쪽까지 후퇴한 후 군대를 재정비한 후에 몽골군과 대적하자"고 주장했다. 나이만군의 장수들도 마음 약한 군주를 한탄하며 일부 장수들은 휘하의 부하를 이끌고 전장을 이탈하는 사태까지 일어났다.

이뿐만 아니라 나이만군과 합류했던 자무카도 이미 전쟁터를 빠져나가고 없었다. 자무카가 빠져나가자 반테무진 연합군도 대거 빠져나가 타양칸 군대는 더욱 어려운 지경에 빠졌다. 나이만군이 계속 후퇴하자 우런은 이 전투의 계략을 세웠다.

"이 전투는 2가지 전법을 구사할 것입니다. 1차로, 이 전투명은 '회전초 대형'이라 붙이고 치고 빠지고 치고 빠지는 작전으로 동이 트기 전에 가장 효과적으로 적을 격파하는 전법으로 10명 단위로 사방에서 소리 없이 공격하고 바로 사라졌다가 불시에 소규모로 나타났다가 다시 공격한 후 사라지면 적이 반격할 겨를도 없이 사라지기 때문에 어리둥절할 것입니다. 이렇게 산발적으로 계속 공격한 후 2차로, 공격 대형을 바꾸어 '움직이는 덤불작전' 전법을 구사하면 적을 완전히 소탕할 수 있습니다."

테무진은 참모들이 모인 가운데 "우런 선생! 움직이는 덤불작전은 어떻게 펼칩니까?"

"그것은 병사들이 가로로 일직선 긴 줄을 이루어 전진하면서 조금도 쉬지 않고 계속 화살을 쏘아 적이 앞조차 보지 못하도록 하는 것인데 맨 앞줄이 화살을 쏘면 뒤로 바로 물러나 맨 뒤로 가서 화살을 당길 준비를 하고 그 다음 줄이 화살을 쏘면 맨 뒤로 가서 화살을 당길 준비를 하고 계속해서 이렇게 쏘면 10번이 돌아오기 전에 나이만 군은 모두 달아나기 시작할 것입니다. 달아날 때 차키르의 나쿠절벽 방향으로 몰고 가야 합니다. 나쿠절벽 앞까지 몰아간 후 더 이상 몰아붙이지 말고 포위만 한 채, 밤이 되더라도 포위만 하고 있으면 됩니다. 쥐도 코너에 몰렸을 때 더 몰아붙이면 고양이라도 무는 법입니다. 포위만 하고 이렇게 밤새도록 가만히 놓아두어도 그들 스스로 죽어 몽골병사의 피해를 줄일 수 있지요."

우런의 이 묘책이 최상책이라 여겨 받아들여졌다. 이 덤불작전은 테무진이 직접 선봉에 서고 동생 카사르가 본대를 지휘했다.

칭기스칸은 선봉에서 나쿠절벽 방향을 비워둔 ⊏ 대형으로 덤불작전을 써가며 나이만 군을 몰고 갔다. 나쿠절벽에 다다를 때는 밤이 되었다.

대오를 갖추고 군사충돌 없이 야영에 들어갔다. 나이만 군은 도망갈 유일한 탈출구인 절벽을 오르다가 미끄러져 시체 위에 시체가 계속해서 쌓여 갔다. 날이 밝아오자 칭기스칸은 나쿠절벽 밑을 바라보고 이렇게 말했다. "썩은 통나무들처럼 많이 쌓였구나!"

결국 이 전투에서 타양칸은 부상을 당해 쓰러져 죽었고 그의 부하도 무수히 죽어 갔다.

타양칸의 아들 쿠출룩은 몇 명의 부하만 거느리고 달아나자 칭기스칸은 제베에게 군사 2만을 주어 쿠출룩을 추격하도록 명령했다. 쿠출룩은 제베에게 쫓기어 남진하여 위구르 지역으로 피신하였으나 계속되는 제베의 추격으로 남쪽으로 이동하여 추이강을 건너 서요로 건너가 서요의 수도 발라사군으로 가서 망명을 요청하자 허락을 받고 그곳에서 살았다.

나이만 진영에 남아있던 자무카군은 곧바로 몽골군에게 귀순했다.

이제 남은 것은 상대는 자무카뿐이었다.

1204년 겨울. 테무진 군대는 톡토아 베키의 군대를 공격해 격파한

다음, 도망가는 잔당을 철저히 붕괴시키자 메르키트의 일부 씨족들은 테무진에게 투항했고 톡토아 베키와 그 아들은 겨우 목숨만 건진 채 서나이만의 부이룩칸에게로 도망쳤다. 그리고 자무카도 수하 다섯만 거느리고 몽골의 북서쪽에 있는 탄누산맥에 숨어 살았다.

자무카의 부하들도 이제 더 이상 희망이 없다는 것을 알고 자신들의 살길을 모색하기 시작했다. '자무카를 잡아 테무진에게 바치면 자신들의 삶은 보장 될 것'으로 생각하고 실행에 옮겼다. 자무카의 부하들은 야생산양을 잡아 구워 먹으며 허기를 달래고 있는 자무카를 뒤에서 덮쳐 손을 묶은 채 테무진에게 끌고 갔다.

테무진은 오히려 그들에게 호통쳤다. "자신의 칸에게 손을 댄 사람을 어떻게 살려 두겠는가? 그러한 사람이 누구의 동무가 되겠는가? 제 칸에게 손을 댄 사람들은 그들의 자손까지 베게 하라."고 명령하고 자무카가 보는 앞에서 그들의 목을 베어 버렸다. 그들은 자신의 살길을 낸 것이 오히려 죽을 꾀를 낸 결과가 되었다.

테무진은 자무카에게 "이제는 손을 잡고 함께 가자"고 권했다. 그리고 또 말했다. "이제 둘이 합쳐졌다. 동무하자! 이제는 하나로 함께 지내면서 자신이 잊은 것을 서로 일깨워 주며 함께 지내자!"

테무진의 말에 자무카도 화답했다. "천하가 이제 그대를 위해 준비돼 있는데 동무해서 무슨 도움이 되겠는가! 오히려 그대 옷깃의 이, 그대 옷깃 아래의 가시가 될 것이다. 의형제여! 형제가 허락해 나를 빨리 떠나게 하면 형제의 마음이 편안해질 것이다. 나를 죽일 때 피가 나오지 않게 죽이면 나의 유골이라도 높은 곳에서 그대의 후손의 후손에 이르기까지 은총을 주고 축복해 줄 것이다." 이렇게 하여 테무진은 "자무카의 소원대로 피가 나오지 않게 죽이게 하고 그의 뼈가 보이도록 버리지 말고 잘 거두라."고 명령했다.

1206년 봄. 오논 강 하류에 테무진의 추종자들이 모여들었다. 이 강변에서 하나로 통합된 것을 기념하고 새로운 체제의 탄생을 알리는 몽골 최고 의결 기관인 쿠릴타이가 열린 것이다. 이 자리에 참석하기 위해 몽골 왕실의 친인척과 전국의 부족장과 장수들이 참석했다.

주위에는 수만 마리의 가축이 풀을 뜯으며 축제에 참가한 사람들에게 젖과 고기를 제공했다. 테무진의 야영지로부터 사방 몇 킬로미터씩 게르가 줄을 이었다.

쿠릴타이가 열리는 광장 한가운데에는 말총으로 만든 술데인 꼬리 9개가 달린 흰 깃발이 나부끼고 있었다. 이 9개의 꼬리는 몽골족의 9분파의 수호 영혼을 상징하는 것이다.

이 쿠릴타이에서 당대 최고의 텝 텡그리는 천신(天神)이 전달하는 메시지를 여기에 모인 모든 사람에게 외쳤다.

"하늘에는 유일하고 영원한 푸른 하늘이 있다. 땅에는 유일한 군주인 테무진이 있다. 영원한 푸른 하늘인 나는 대지 위의 모든 것을 테무진에게 주노니 지금부터 그의 이름을 칭기스칸[20]이라 하노라."

이렇게 텝 텡그리가 천신이라고 부르는 영원한 푸른 하늘의 말을 전달한 후 다시 말을 이어 나갔다.

"이것은 영원한 푸른 하늘이 나를 통하여 너희에게 내린 계시다. 너희는 모두 이 영원한 푸른 하늘의 말을 믿고 칭기스칸이 되는 테무진

---

20) 주 : '칭기스칸'의 의미는 투르크어에서 따온 말로 '바다를 지배하는 군주', '전 세상을 지배하는 사해의 군주'라는 뜻이다.

에게 복종하라. 이 세상 모든 지방의 모든 사람들에게 이 영원한 푸른 하늘의 명을 알려라. 내 말을 듣고도 따르지 않는 자는 눈이 있어도 볼 수가 없고 귀가 있어도 들을 수 없고 손이 있어도 만질 수 없고 다리가 있어도 걸을 수 없게 될 것이다. 이것은 영원한 푸른 하늘의 명령이다."

텝 텡그리로부터 '칭기스칸'이라는 칭호를 부여받고 천명까지 알리자 이 행사에서 칭기스칸의 추종자들은 양탄자에 앉은 칭기스칸을 머리 위로 들어 왕좌까지 실어 나르자 텝 텡그리가 외쳤다. "새로운 대칸 앞에서 아홉 번 무릎을 꿇어 복종을 약속하자." 이렇게 영원한 하늘의 메시아인 텝 텡그리가 외치자 일제히 일어나 칭기스칸에게 9번 무릎을 꿇었다.

그리고 샤먼의 종교적 행사도 겸했다. 텡그리는 북을 치며 주문을 외며 하늘과 땅에 아이자크를 뿌리고 두 손을 하늘을 향해 올리자 모인 모든 사람들도 하늘을 향해 손을 올리고 "후레, 후레, 후레"로 외쳤다.

이 순간 테무진은 칭기스칸이 되자 자리에서 일어나 쿠릴타이에 모인 백성들에게 큰소리로 외쳤다.

"이제, 우리는 내전을 끝내고 초원의 부족은 어느 부족할 것 없이 하나가 되었다. 이 모든 것은 여기에 모인 여러분의 덕분에 통일된 대몽골을 건설할 수 있었기에 나 칭기스칸은 우리나라의 이름을 '예케몽골 울루스'로 선포하노라."

이로써 몽골 땅에 한 부분이라도 차지하여 살고 있는 모든 씨족들은 모두가 몽골이 되었다. 이렇게 되자 칭기스칸은 우런을 통하여 국가의 틀을 마련하고자 보르추, 무칼리, 쿠빌라이, 젤메, 제베, 수베타이 등

95명의 천호장을 우선 임명하고 어느 부족 출신이든 어떤 지위에 있든 중요하게 여기지 않고 오로지 공로와 능력만 있으면 천호장이 되었다. 이때부터 칭기스칸 일족은 황금씨족이 되었고 나머지 귀족들은 점점 쇠퇴해 갔다.

황금씨족은 아니지만 칭기스칸이 아들처럼 아낀 고려인 장수는 제베와 무칼리였다. 제베는 화살처럼 빠르고 격렬한 싸움꾼이었으며 모험심이 뛰어났다. 전투에 나선 군사들에게 결단력 있는 용기와 모범을 보여주어 총애를 받았고, 무칼리는 문무를 겸한 장수로 철갑을 두른 기마처럼 느리지만 빈틈 없이 작전을 구사하였기 때문에 시간이 오래 걸리는 다양한 임무를 맡길 수 있는 장군으로 칭기스칸이 황금씨족처럼 대우해 주었다.

칭기스칸이 즉위 후 보르추, 젤메에게는 우선 1만호를 주었다. 칭기스칸의 가족처럼 여겼던 고려인 무칼리와 제베에게도 1만호를 주었다. 그렇게 한 후 가족에게도 각각 유목민과 목초지를 나누어 주었다. 세 동생에게는 동쪽의 흥안령 방면을 세 아들에게는 서쪽의 알타이 방면을 주었다. 동생들 중에 막내 동생 테무게에게 유목민 5,000, 다른 동생 카치운의 아들들에게 3,000, 또 동생 카사르의 아들들에게 1,000, 세 아들에게는 4,000씩 똑같이 나누어 주었고 칭기스칸의 어머니 후엘룬의 가족에게 3,000이 돌아갔다.

1206년 여름. 몽골통일 후 우런은 칭기스칸에게 권했다. "서나이만은 아직 건재한데 그 나라를 점령하여 복속시키지 않으면 눈과 손톱 밑의 가시처럼 두고두고 후환거리가 될 것입니다. 군사 2만 5,000명만 제베에게 주어 그 임무를 맡기신다면 반드시 승리하고 돌아올 것입니다."

144

칭기스칸은 우런에게 의문을 제기했다. "서나이만 군사는 아직 10만 이 넘는데 어찌 2만 5,000으로 이길 수 있단 말이오."

"제베가 맡는다면 통일 후 첫 승전보를 울릴 것입니다. 제베에게 모 든 묘책을 이미 하달했습니다." 그렇게 하여 칭기스칸의 승인이 떨어지 자 우런은 제베를 불렀다.

"장군! 장군의 군사는 서나이만의 5분의 1밖에 되지 않소. 적군보다 작은 병사로 첫 전투에서 기선을 제압하면 나머지는 수월하오. 그러니 전면전은 절대로 붙지 마시오. 전면전은 아군의 피해만 크게 늘고 결 국 장군의 목숨마저 위태롭게 할 것이요. 첫 공격 목표는 울랄해(兀 剌海)성으로 암호는 이것이요.

甘 冫 口 匕 灬

울랄해 성에 도착하기 전에 비밀이 누설되면 모든 계획이 숲으로 돌 아가오. 이 또한 울랄해 성에 도착하여 울랄해 성안의 하늘을 쳐다보 면 이 암호를 알 게 될 것이오.

1주일이 넘어도 이 암호를 풀지 못하면 의무대에 편성된 중국인 군 의관(軍醫官)이 파자학을 배웠다 하니 밤이 아닌 낮에 그 의사를 데리 고 울랄해 도성 안 하늘을 관찰하라 하고

甘 冫 口 匕 灬의 암호를 보여 주시오. 그러면 바로 알 것이오. 위 의 암호가 풀리게 된 후 내가 준비한 수레의 짐을 내리면 아래의 답 이 또 풀릴 것이요. 수레의 짐을 다 내리면 겹쳐놓은 나무판 안에 사 용 방법을 써 놓았으니 수레 밑바닥 널빤지를 떼어 보면 서신을 세

개 넣어 두었는데 봉투에 — 二 三을 써 놓았으니 순서대로 그것을 펼쳐보고 써 놓은 대로 시행 하시오. 이미 이 묘책을 위하여 준비해 둔 것이 있으니 그것을 이미 수레에 싣고 누구도 열지 못하도록 밀봉해 놓았소.

口 卜 人

그리고 올랄해 성을 함락한 후 다음 묘책을 동봉했으니 펼쳐 보시오. 절대로 먼저 보지 말고 올랄해 성을 함락한 후 보아야하오." 우런과 같은 고려인 제베 장군은 묘책을 다 들은 후 자신의 말 쪽으로 가서 나무 말안장을 내리더니 우런의 비밀 암호를 나무 말안장 안쪽에 새겨 넣었다.

卄 거 口 ヒ ⺌ 口 卜 人 이렇게 새겨 넣고 제베 장군이 25,000명의 몽골부대를 직접 이끌고 출정을 하여 여러 날이 지난 후 올랄해 성 가까이에 도착하였을 때는 이미 저녁이 되었다. 저녁에 도착하여 올랄해 성안 하늘을 쳐다보니 전운이 감도는 정적만 느낄 수 있었다.

올랄해 성 밖 2킬로미터 후방에 진지를 구축하고 하루가 지난 후 제베 장군은 우런의 卄 거 口 ヒ ⺌ 묘책을 떠올리며 올랄해 성안 하늘을 쳐다보아도 아무것도 건질 수 없었다. 제베 장군이 1주일을 넘게 밝은 대낮에 올랄해 성안을 쳐다보아도 그 답을 알 수가 없었다. 다음 날 아침을 먹은 후 할 수 없이 몽골군에 편입된 파자학을 공부한 중국인 군의관을 데리고 올랄해 성안 하늘을 쳐다보게 했다.

중국인 군의관은 성안을 유심히 살피기 시작했다.

눈에 보이는 것은 제비 떼들이 성 밖으로 날아 나와 입에 무엇인가 연신 성안으로 물어 나르는 것만 보였다. 그때 우런이 써준 암호를 펼쳐 보였다. 중국인 군의관이 그 암호를 자세히 살펴보더니 卄 ㄱ 口 ヒ 灬 은 燕[21]이다.

이 암호를 풀고 몽골 진영으로 말을 타고 달려와 봉인된 수레를 열고 수레에 실린 짐을 내리고 수레 밑바닥 널빤지를 떼어보니 一 二 三이라고 쓰인 세 개의 서신이 나왔다. 그중 一을 개봉해 보았다.

'제베 장군, 이 서신을 본다는 것은 암호를 풀었다는 것이요. 올랄해 성 성주에게 사절을 보내어 이렇게 전하시오. 우리가 귀국을 점령하러 온 것이 아니요. 우리의 칸님께서 귀국의 제비가 정력에 좋다 하여 특별히 나에게 그 소임을 맡겨 귀국의 성안에 새끼 제비는 그대로 두고 날아다니는 모든 제비를 잡아오라고 명하였소. 모든 제비를 잡아오면 바로 철수할 것이요. 제비를 잡을 때는 달빛이 전혀 없는 캄캄한 밤중에 같은 날 잡아 오시오. 그래야만 우리가 그 성안에 날아다니는 제비가 없는 것을 보고 바로 떠날 수 있어서 철수의 기회도 앞당기지 않겠소. 그러니 한 날 동시에 잡아오시오. 그렇게 되면 귀국도 불안해하지 않아 좋고 우리도 고향으로 빨리 되돌아가니 서로가 좋지 않겠소.'

우런의 묘책대로 사절을 보내어 이렇게 전하자 올랄해 성 주민들은 이구동성으로 말했다. "정말 우리나라 제비가 정력에 좋을까? 남자들이란 정력에 좋다 하면 구더기도 잡아먹는다니까! 칭기스칸은 첩이 많으니 충분히 그러고도 남을 위인이지. 그러니 저들의 요청을 들어줍시다." 많은 주민이 성주를 찾아가 몽골군의 요구를 들어주기로 하자 "오

21) 주: 燕(제비 연)은 파자학에서 卄ㄱ口ヒ灬이다.

늘은 그믐이니 며칠 후 달빛 한 점 없는 캄캄한 밤에 성에 있는 모든 불을 끄고 같은 날 다 잡읍시다." 며칠이 지나자 캄캄한 밤에 새끼 제비는 제비 둥지에 그대로 두고 날아다니는 모든 제비를 잡아 제베 장군에게 가져오자 장군은 고맙다는 인사를 한 후 "우리는 이 제비를 가지고 떠날 것이요."

제비가 도착하자 두 번째 암호는 口 ㅏ 人을 제베 장군이 보고 "이 암호는 足(족)이군." 혼자 중얼거렸다. 중국인 군의관의 도움 없이 바로 풀었다. 二라고 쓰인 두 번째 편지를 펼쳐보니

'제비 발에 봉인된 수레 안에 실린 불가죽통을 묶고 몸통과 연결된 심지에 불을 붙이면 제비가 성안의 자기 집으로 날아갈 것이오. 반드시 정오에 제비를 일제히 날려 보내시오. 그래야만 불이 붙어도 처음은 밝은 태양 때문에 잘 보이지 않아 완전히 불이 붙은 후 불이 난 것을 알아도 이미 때는 늦은 것이오. 집집마다 다 불이 붙으면 바로 주민들이 성 밖으로 달아날 것이오.'

우런의 두 번째 서신에 쓰인 대로 정오에 제비 다리에 묶인 불가죽통[22]에 불을 붙여 날려 보내자 얼마 후 성안은 불바다가 되어 점령하였다.

올랄해 성이 점령되자 봉투에 三자라고 쓰여진 우런의 편지를 펼쳐 보았다.

"제베 장군! 올랄해 성을 함락하여 승리를 감축하오. 장군! 장군의 군사는 서나이만의 5분의 1밖에 되지 않소. 그러니 올랄해 성을 점령해도 점면천은 절대로 아니 되오. 올랄해 성을 함락한 후 정예병

---

22) 주: 불가죽통은 길이 3치이며 굵기는 손가락 반. 짐승의 방광 가죽에 기름 묻은 솜을 넣은 후 점화 심지를 연결하여 목표지점까지 거리가 멀면 심지를 길게 해서 불을 붙이면 불씨가 모기향처럼 타고 들어가 목적지에 도착하여 솜에 묻은 기름에 불이 붙는다.

5,000명만 보내고 나머지는 훌랄해 성에 머무르되 제베 장군이 인솔하는 전 군사가 훌랄해 성에 머무르는 척하여야 하오. 그 5,000명도 밤으로만 이동해야 하오. 군사 이동도 낮에는 절대로 하지 말고 밤으로만 하오. 그래서 병력을 최소화한 것이오. 전투 식량은 육포만 챙겨 가야 하오. 적진 깊숙이 들어가서 첩보병을 활용하여 부이룩칸이 노출되었을 때 한순간에 제거해야 아군의 피해가 적소."

제베 장군은 우런의 편지를 본 후 본인처럼 활을 잘 쏘는 정예병 5,000명만 선발했다. 제베가 점령한 훌랄해 성 진영에도 서나이만의 세작이 있을지 모르므로 모든 상황은 비밀로 진행되었고 캄캄한 밤이 되어서야 서나이만의 부이룩칸을 제거하기 위하여 출정 준비를 마쳤다. 마침 첩보병이 기회가 왔다며 제베 장군에게 소식을 전해 왔다.

부이룩칸이 사냥을 나간다는 소식을 접하고 사냥지역에 활을 잘 쏘는 제베의 정예병 5,000명이 이미 매복을 하고 있었다.

부이룩칸이 한창 사냥에 정신이 팔려있을 때 제베의 정예병이 기습하여 부이룩칸을 잡아 제베가 그를 처형하자 서나이만 군사는 사분오열 달아나는 것을 최고의 궁수들이 화살로 낙엽을 떨어뜨리듯 떨어트렸다. 그리하여 서나이만도 역사 속으로 완전히 사라졌다.

몽골 제국이 통일한 후 우런은 행정조직에도 기틀을 만들었으며 대부분의 분야에서 개혁적인 방법을 도입했다. 전쟁이 없던 이때 고려에서 자기 아버지가 즐기던 것을 곁에서 늘 지켜보았기 때문에 수박희[23]의 룰과 재미를 잘 알고 있었다. 이 군사놀이를 몽골 군사들에게 가르

---

23) 주: 수박희(手搏戲)란 맨손으로 상대방을 쓰러뜨리는 군사들의 육박전 실전 놀이이다. 고려 군사들의 놀이 문화가 몽골로 전파되어 이것이 오늘날 몽골씨름으로 전해졌다.

쳐 주어 육박전 놀이 문화로 정착했다.

역참제도를 더욱 활성화하여 100리마다 역참을 두어 그 역참에는 지구력이 강한 말만 선별하여 400마리씩 보유하게 했다. 이 또한 우런이 만든 제도이다. 이 제도를 통하여 천리 밖의 군사들도 10일이면 서로 소통할 수 있게 되어 군사 이동도 서로 뭉쳤다가 흩어졌는데 전략적으로 적군을 교란시켰다.

이 모든 것은 역참이라는 제도가 있어서 가능했다.

1207년. 통일 이후 내부 행정조직은 대신들이 맡고 대외 정벌은 장군들이 진행해 나갔다. 그래서 아직 남아 있는 나머지 부족들을 복속시키는 작업을 시작했는데 그 일은 큰아들 조치가 맡았다. 조치는 먼저 바이칼 근처에 살던 키르기즈족을 복속시켰다.

1208년 조치의 원정이 계속되는 과정에서 우런은 앞서 사람을 보내어 '오인 이르겐' 이라는 숲속에 처음 자신이 정착하여 은둔한 부족들에게 "무조건 귀순하여야 피를 보지 않는다."라고 전달해 두었다. 이 전달을 받은 오이라이트족은 먼저 몽골진영 안으로 투항해 들어가자 바르군, 우르수드, 캉가스, 투바스, 부리야트 등 몽골 외곽의 숲에 살던 부족민들 모두 잇따라 조치를 만난 뒤 피 한 방울 흘리지 않고 몽골진영 안으로 귀순하였다.

'오인 이르겐'[24]이라는 숲속에 사는 부족들을 조치가 피 한 방울 흘리지 않고 복속시킴으로 칭기스칸은 큰아들에게 칭찬을 아끼지 않았다.

하지만 시베리아 부족 가운데 여성이 부족장으로 있는 부족은 숲에서 나는 생산품 등 곡물과 젊은 여자를 보내지 않게 되자 진상 조사

24] 주: 오인 이르겐(oin irgen) 삼림민(森林民) 숲속에 사는 백성이라는 뜻이다.

를 위해 몽골 사절단이 가보니 그곳의 우두머리는 보토쿠이 타르쿤이었다. 그녀는 조공으로 처녀 30명을 내놓기는커녕 몽골 사절을 포로로 잡아 죽였다. 사절이 돌아오지 않자 칭기스칸은 다시 사절을 보냈는데 보토쿠이 타르쿤은 그마저도 포로로 잡아 죽이지 않고 가두었다. 칭기스칸은 사태 파악을 해오라고 신임 장군에게 군사 5,000을 주어 보냈다. 이 지역은 좁은 숲으로 이어졌는데 보토쿠이 타르쿤의 군대는 그들이 도착하기 오래전부터 이미 소식을 듣고 노련한 숲의 사냥꾼답게 덫을 놓았다. 보토쿠이 타르쿤은 병력을 보내 몽골군의 퇴로를 막고 자신은 앞에서 매복했다가 양쪽에서 공격했다. 함정에 빠진 몽골군은 전멸당하고 장군까지 죽었다. 이 소식을 접한 칭기스칸은 "여자에게 당하냐?"며 분노하고 제베에게 군사 2만을 주며 "꼭 이기고 돌아오라."고 특별 지시했다.

우런은 제베 장군이 떠나가기 전에 계책을 가르쳐 주었다.

"우선 천여 명의 몽골 부대가 변경의 길을 감시하는 척 미끼로 여왕의 영토를 통과할 때 시선이 이쪽으로 집중되면 나머지 19,000 병사는 몰래 다른 방향으로 길을 뚫어 여왕의 본거지를 급습하면 됩니다." 제베 장군은 우런의 계책대로 실행하여 여왕의 본거지를 급습할 때에는 연기 굴뚝을 타고 내려온 것처럼 신속하게 점령했다. 여왕을 사로잡은 제베는 칭기스칸의 명을 기다렸다. 칭기스칸은 명령으로 여왕의 부족은 하인과 부인으로 나누어 가졌으며 여왕은 두 번째 사절과 결혼을 시키자 서로가 좋았다. 두 번째 사절은 또 한 명의 첩을 얻어서 좋았고 여왕은 그 사절을 죽이지 않고 포로로 잡아 둔 것은 그를 이미 남편감으로 찍어 둔 것이어서 좋았다.

1209년 초. 위구르인들이 칭기스칸에게 사신을 보내 그들의 주군이 되어줄 것을 요청했다. 이것은 몽골고원 바깥쪽에 있는 세력 중에서 칭기스칸의 지배권을 인정한 첫 사례였다. 이 선택은 칭기스칸의 보호 아래 금나라로부터 횡포를 막고자 내린 위구르의 결단이었다.

이렇게 몽골 밖에서도 손을 내미는 이 모습을 본 우런은 칭기스칸에게 강력하게 건의를 한다. "칸님은 처음에 몽골만 통일되면 죽어도 원이 없다 여기시고 가족들을 변방으로 보내어 방어만을 목적으로 하였습니다. 위구르는 주변 정세를 너무나 잘 꿰뚫고 있습니다. 위구르가 금나라의 손을 벗어나 우리에게 내민 것은 장차 금나라보다 더 강력해질 것을 알기 때문입니다."

우런의 이 말에 칭기스칸은 외부로 눈을 돌리기 시작했고, 우런의 말처럼 위구르의 판단이 옳다고 여겨 칭기스칸의 첫 번째 공격 목표를 금나라로 정하고 원정을 위한 명분을 찾았다.

몽골 울루스의 두 번째 칸인 암바가이칸을 사로잡은 후 목판에 못을 박아 잔인하게 처형한 나라가 바로 금나라였다. 암바가이칸은 죽기 전에 자신의 원수를 갚아 달라는 유언을 남겼다.

'너희들의 다섯 손가락에서 손톱이 빠져 달아나도록, 너희들의 열 손가락이 닳아 없어지도록 나의 원수를 갚아라.'

암바가이칸의 이 유언만으로도 명분이 충분했다.

위구르의 손을 내민 행동은 금나라는 기울어가는 그믐달의 처지와 몽골의 초승달의 처지를 우런은 알아차렸다. 뿐만 아니라 금나라 사신으로 몽골에 왔다가 칭기스칸의 풍모에 감명받아 신하가 될 것을 자청한 거란족 출신의 야율아해를 비롯해 중국 본토에서 투항한 자들은 '금나라는 기울어가는 나라다.'라고 했다. 하지만 칭기스칸이 어떻게 금나라를 정벌할 것인가 고민에 빠져 있을 때 우런은 그 해결책을 말했다.

"칸이시여! 금나라를 공격하기 위해 2가지 방법이 있는데 하나는 고비사막을 넘는 길이옵고 또 하나는 서하 제국을 통과하여 동쪽으로 공격하는 것입니다."

칭기스칸은 우런에게 물었다. "이 두길 중 어느 쪽을 선택해야 하오?"

"첫 번째 길은 짧지만 거친 사막을 가로질러 가야 하므로 도착 전에 많은 병사를 잃을 것이고 도착을 하더라도 제대로 전쟁을 하기 전에 참패할 것이며, 참패하지 않더라도 군 보급 문제로 오래 버티지 못할 것입니다. 두 번째 방법은 우회하는 것인데 서하를 먼저 수중에 넣어야만 길을 확보할 수 있습니다."

우런의 이 말을 들은 칭기스칸은 속으로 생각했다. '실크로드의 요충지에 자리한 서하를 차지하면 많은 물자를 약탈하여 전리품으로 백성에게 많이 나누어 줄 수 있겠구나.'라는 생각에 "두 번째 방법으로 지금 바로 진군합시다."

"지금 바로 진군하시면 이 또한 참패할 것입니다. 몽골은 오래도록 초원전투에 익숙해졌으나 요새전투에는 서툴기만 하여 많은 병사를 잃을 것입니다. 그리하여 바로 진군하면 군사를 사지로 몰아넣는 것입니다. 2달여간 말에게는 살을 찌우고 병사들에게는 요새전투 훈련과 첫호제 전투 훈련을 실전처럼 철저히 준비하여 익혀야 합니다." 이렇게 하여 칭기스칸은 우런의 계획을 따라 차근차근 준비하였다.

1209년 5월. 모든 준비를 마치고 우런은 본토를 지키고 칭기스칸은 서하에 대한 공격을 시작했다. 하지만 서하는 강력한 군사력과 견고한 성을 바탕으로 4개월을 공략해도 쉽게 무너지지 않자 몽골 본토에 남아 있던 우런이 묘책을 가지고 전투 현장에 도착했다.

"칸이시여! 한 달 안에 서하의 군주가 성 밖으로 나와서 무릎을 꿇게 하는 방법이 있습니다. 이 계책은 아주 간단합니다." 칭기스칸은 오랜 전투를 끌고 병사들도 많이 지친 상태라 서둘러 물었다. "선생, 그 묘책이라는 것이 무엇인지 바로 말해 주시오."

"그 묘책은 우리가 첫날에 나이만군 전투에서 나이만 주군 타양칸을 지레 겁먹게 하여 안절부절 못하게 하는 묘책과 같은 것입니다. 성 안에서 고초당하는 서하의 백성을 서하의 군주가 직접 보게 하는 것입니다. 그것은 먼 거리에서 짚으로 서하 백성의 사람형상을 만들어 큰 가마솥에 넣어 매일 백 명씩 삶는 모습을 성 위에서 보이도록 하면 백성을 아끼는 서하의 군주 이안전(李安全)은 한 달 안에 성 밖으로 나올 것입니다. 특히 삶기 전에 옆에 있는 우리 군사가 비명만 질러 주면 됩니다."

우런의 이 책략에 칭기스칸은 탄복하고 바로 우런에게 금 백 냥을 하사한 후 식별이 불가능한 거리에서 짚으로 인형을 만든 후 서하 사람의 옷을 입히고 인형을 줄로 사람의 몸을 묶듯이 묶어 가마솥에 불을 지펴 삶기 전에 괴로워하는 괴성을 성안까지 들리게 했다. 이 모습을 본 군주 이안전은 금나라에 구원을 요청했으나 금나라 또한 기울어 가는 사정으로 구원병을 보낼 처지는 못 된다는 전갈을 받았고, 한 달이 되어도 서하 백성을 삶아 죽이는 처벌이 계속되자 서하 군주 이안전은 "나 때문에 더 이상 백성을 죽일 수 없다. 차라리 항복하는 것이 낫다." 여기고 우런의 말처럼 한 달이 되기 전에 이안전은 백기를 들고 성 밖으로 나와 무릎을 꿇고 말았다.

항복의 결과로 자신의 딸과 상당한 양의 조공을 칭기스칸에게 받쳤다. 이렇게 하여 금나라로 통하는 길이 열렸다.

서하[25]는 동서 교역의 요충지이자 실크로드의 동쪽 출발지이기도 했다. 그래서 이곳을 지나는 상인들로부터 10분의 1의 통관세를 받으며 경제적 부를 누렸다. 그 경제적 부가 축적되어 행정, 문화 수준도 함께 성장했다.

서하의 길이 열리자 칭기스칸은 금나라에 바치던 조공을 거부하며 금나라인 남쪽을 향하여 침을 뱉으며 한마디 했다. "완안영제(完顏永濟) 같은 어리석은 자에게 옥좌가 가당키나 한가? 그러한 자에게 나 자신을 낮춘다는 말인가?" 칭기스칸이 이렇게 말한 것은 금나라를 침략한다는 표현이었다.

1211년 3월. 케롤렌강 강변에서 쿠릴타이가 열렸다.

결정할 안건이 무엇인지 사전에 모두 알았기 때문에 사람들은 참석을 거부하여 반대의사를 표명할 수 있었다.

만일 쿠릴타이 불참자가 너무 많으면 칭기스칸으로서는 전쟁을 추진할 수가 없었다. 칭기스칸은 오랫동안 공개적인 토론을 하게 했으며 결국 동맹체 모두가 전쟁에 참여하게 되었다. 뿐만 아니라 동맹으로 위구르와 탕구트의 대표자들도 참석시켜 그들과의 관계를 강화하고 과거 금나라가 자행한 행패의 복수 의지를 다졌다. 칭기스칸은 자신의 백성들과 동맹국들이 자신을 확실히 지지할 것이라는 자신감이 생기자 쿠

25) 주: 서하는 티베트계 탕구트족이 세운 나라이다.

릴타이에서 빠져나와 산으로 가서 혼자 기도를 올렸다.

그리고 쿠릴타이 회의장으로 되돌아왔을 때 만장일치로 통과하자 칭기스칸은 외쳤다. "금에 대한 전쟁선포가 결정되었다!" 이 선언에 병사들은 환호했다.

1211년 5월. 출정에 앞서 칭기스칸은 산에 올라 절하고 하늘을 향해 소리쳤다. "오, 영원한 푸른 하늘이시여! 저는 금나라에게 수치스러운 죽임을 당한 선조들의 피를 갚기 위해 칼을 잡습니다. 제가 하는 일이 옳다고 여기신다면 도움의 팔을 내게 벌려 주십시오."

이렇게 하늘을 향해 부르짖은 후 몽골 군대는 먼지 구름을 일으키며 서하를 거쳐 동쪽으로 진격하기 시작했다. 금나라 왕은 칭기스칸을 조롱했다. "우리의 제국은 바다와 같다. 너희 몽골군은 한 줌의 모래에 불과하다. 어떻게 우리가 너희를 두려워하겠는가?" 하지만 한 줌의 모래가 아니라 바위가 되어 굴러가고 있었다.

이번 전투에서 몽골군과 금나라의 전투력을 비교해보면 몽골군은 모두 95,000명의 기병으로 이루어졌으나 금나라는 12만 5천 기병과 48만 5천의 보병으로 이루어졌다. 금나라가 수적으로는 6배 이상으로 우세해 보이지만 몽골군보다 기동력은 떨어졌다.

우런은 기병들이 소지하는 무게를 최소화 하기 위하여 각 개인이 소지할 품목까지 군 규율로 정했다.

복장은 발목까지 내려오는 전통적인 양털 겉옷, 그리고 그 밑에 바지를 입고, 귀 덮개가 달린 모피 모자를 쓰고 밑창이 두꺼운 승마용 장화를 신게 했다.

소지품은 무게를 가볍게 하기 위하여 나무로 만든 말안장, 불을 피울 수 있는 부싯돌, 물과 젖을 담을 수 있는 가죽 그릇, 화살촉을 가는 줄, 짐승이나 포로를 묶는 밧줄, 옷을 수선하는 바늘, 전시용 곡도, 활과 화살과 화살통, 전리품을 담을 수 있는 가죽 부대, 그리고 10호 단위마다 작은 천막을 하나씩 가지고 다니게 했다.

기병과 함께 다니는 예비의 많은 말과 가축은 병참 보급부대가 따로 없이 가축은 젖을 짜서 음료로 대신했고 필요시 도축하여 식량으로 사용했다. 때로는 사냥과 약탈로 배를 채웠다. 빠르게 장거리 이동시에는 불을 피우거나 음식을 조리하느라 행군을 멈추는 일 없이 열흘 동안 말안장에서 이동할 수 있었는데 각 병사는 5키로의 마른 젖 덩어리를 가지고 다니게 했다. 이것은 매 식사 때마다 일부를 500그램의 물이 담긴 가죽 용기에 풀어서 식사를 해결했다. 또 가늘게 자른 육포와 마른 응유(凝乳)를 가지고 다니며 말에 탄 채로 식사를 해결하기도 했다. 이렇게 몽골병사는 고기며 우유며 요구르트 같은 유제품으로 이루어진 식사를 꾸준히 이용했다.

전통적인 군대는 군량보급 부대를 따로 구성하여 부대이동시 긴 열을 이루어 똑같은 길을, 식량을 잔뜩 운반하는 병사들이 그 뒤를 따랐다. 하지만 몽골군은 만호 단위로 이동시 만호의 사령관은 직접 지휘하는 천호 부대의 중심에서 움직였고 나머지 아홉 개 천호부대는 필요에 따라 사방에 배치하여 이동했다. 의무대는 천호마다 자체의 의무대를 거느렸는데 보통 중국 군의관들로 구성되어 병들거나 부상당한 병사를 돌보게 했다. 이렇게 구성된 몽골군의 선봉에 선 칭기스칸은 내몽골로 들어가는 대청산을 넘어 무주를 탈취했다. 이어 내몽골 고원에서 중원으로 들어가는 고개인 야호령을 넘어 별다른 저항 없이 금나라 수도 중도 쪽으로 근접해 가고 있었다. 여러 지역을 지나는 동안 스스로 몽골군에게 투항하는 자들까지 많이 생겼다.

1211년 8월. 만리장성 앞. 변방의 요새 오사보가 버티고 서 있자 칭기스칸이 정면으로 붙었으나 1차 전투는 실패로 끝났다. 그러자 우런은 칭기스칸에게 권했다. "오사보를 제베가 무너뜨리게 하여 주십시오." 칭시스칸은 우런의 말을 받아들여 선제공격권을 제베에게 넘겨주었다. 우런은 제베를 불러 계책을 세웠다. "장군! 정면 돌파는 어렵소. 칸님도 정면 돌파를 시도하였으나 대항이 거세서 실패하였소. 그러하니 후방을 공략하시오. 마치 정면으로 공격하는 것처럼 대거(大擧) 군사만 배치할 것이며 싸우는 척만 하면 병력이 앞쪽으로 집중될 때 이 틈을 타서 후방을 치시오." 우런의 계략에 말려들자 그 틈을 노린 제베는 결국 오사보를 함락시킨 후 계속 진격했다.

1211년 10월. 우런은 칭기스칸에게 새로운 계책을 말했다.

"구도인 후흐호트 서쪽 초원에 금황제의 목마장을 습격하여 그 말들을 취하신다면 군마 보급의 뿌리가 뽑혀 전의를 상실할 것입니다." 칭기스칸은 우런의 계책이 옳다 여겨 다른 공격은 뒤로하고 구도인 후흐호트 서쪽 초원에 있는 금황제의 목마장을 습격하여 40만 마리의 군마를 노획했다.

금황제의 말을 획득한 후 몽골 군대는 전진을 계속하여 금나라 수도 중도로 행했다.

공성전에 익숙하지 못한 몽골군이 견고한 성안에서 버티는 금나라 군대를 제압하는 데는 많은 시간과 희생이 필요했다.

무칼리는 칭기스칸의 동생 카사르와 함께 몽골군을 이끌고 요하 강변 키타이의 고향으로 가자 키타이족의 열렬한 지지를 받으며 이전 카타르 왕조인 엘리 왕조의 후손을 찾아냈다. 그가 야율이다. 거란족의 왕족 출신인 야율유가(耶律留哥)가 10만 명의 병사를 모아서 도원수라 칭하고 요동에서 독립을 선언했다. 그는 곧바로 칭기스칸과 동맹을 선언하고 몽골의 천호체제에 흡수해 들어갔다.

무칼리는 다음 공격에서 요양(遼陽)을 포위고 전투를 벌였으나 완강했다. 이때 우런으로부터 무칼리에게 서신이 도착했다.

"무칼리 장군, 포위를 풀고 철수하는 척하시오, 마치 크게 겁먹고 서둘러 달아나는 것처럼 장비와 물자를 최대한 많이 버려두고 도망치는 것처럼 보이시오. 그러면 요양의 성주가 성 밖으로 병사들을 보내 그 전리품을 우마차가 끄는 수레에 실어 성문으로 들어갈 때 갑자기 몽골군이 들이닥치면 수레와 소와 말이 뒤엉켜 요양의 병사는 오도 가도 못하고 고립되며, 성문은 열려 있어 그 기회를 놓치지 말고 적을 덮치면 열린 문을 통하여 몽골군은 작은 피해만으로 도시를 장악할 수 있을 것이요"

무칼리는 같은 고려인 우런의 계책대로 실행하여 요양도 비호처럼 점령했다.

1212년. 우런은 칭기스칸에게 이런 계책을 세워 주었다.

"지금까지의 전형적인 방식은 피난민을 뒤에 달고 다녔는데 이번 공격은 선봉대 앞에 피난민을 앞세워 도심으로 몰고 가는 방법을 택해야 아군의 피해를 최소화할 수 있습니다. 공격목표를 잡고 3개의 군단으로 나누어 주변의 모든 농가의 농민들에게 피난 보따리를 꾸려 도심 성으로 사냥물이 하듯 몰고 가면 그 성은 문을 열고 자기 백성을 받아 줄 것입니다. 그러면 식량이 금방 바닥이 날 것이니 이런 방책으로 성을 취하면 됩니다."

우런의 계책에 따라 새로운 진영으로 군단을 갖춘 칭기스칸은 3개의 군단으로 나누어 금나라 수도를 향하여 공략할 때, 주요 도시로 가는 길에 농가에 들러 몽골군은 소리 지르기를 "성으로 피난 가지 않으면 모두 도륙한다." 하니 모든 피난민이 성 방향으로 이동하자 그 대열은 간선도로가 막힐 정도로 많이 몰려갔다.

지금까지와는 달리 피난민을 앞세워 보내고 금나라 백성이 성으로 들어갈 때까지 오히려 보호해주었다.

성에 들어간 금나라 백성들은 식량이 떨어지자 백성을 보호하지도 먹이지도 못하자 결국 사람까지 잡아먹는 일이 발생해 폭동이 일어났다.

사태를 수습하기 위하여 성안으로 피난 온 농민 3만 명을 죽이는 일이 생기자 성안은 원성만 높아졌고 식량이 완전히 바닥나자 결국 피한 방울 흘리지 않고 성을 함락했다.

칭기스칸은 몽골군을 이끌고 대정으로 향해 그 도시를 포위하고 여러 달이 걸려도 성을 함락하지 못하자 우런은 대정을 취할 계책을 칭기스칸에게 서신으로 전달했다.

"몽골군이 대정을 포위공격을 한 지 여러 달이 지나도 함락되지 않고 있으면 대정에서 지원군을 요청할 것입니다. 그때 금나라 지원병을 포위하여 잡고 그 일부를 옷을 벗겨 몽골 병사에게 입혀 가짜 금나라 지원군이 공문서를 들고 적의 도시 대정으로 가게 해서 '몽골군은 포위를 풀고 물러났다. 우리 지원군이 그들을 무찔러 멀리 도망을 쳤고 잔병들을 도륙하기 위해 추격 중이다.' 변장한 몽골인은 도시 안으로 들어가자마자 '막 몽골군을 무찌르고 오는 길이다.'라고 지역 관리들을 속이면 됩니다."

이 계책대로 금나라 지원병을 포위하여 잡고 옷을 갈아입힌 뒤 가짜 금나라 지원군이 성에 들어서서 소리 지르기를 "지금 몽골군을 무찔렀다. 몽골군이 후퇴했고 지금 우리 군이 잔병을 추격하고 있다." 말하니 지역 관리들이 보고 몽골의 진영에 아무것도 보이지 않자 '몽골군이 패하여 철수했다'고 생각하고 몇 주 후에 무장해제가 끝나자 변장한 몽골군이 후방에 숨은 몽골군에게 전갈을 보내 번개처럼 달려와서 대정을 손쉽게 함락했다.

1213년. 8월. 금나라는 몽골과 결전을 진행하고 있는 순간에도 금나라 조정에서는 궁정반란이 일어났다.

북방 변경의 지휘를 맡고 있던 홀사호 장군이 전쟁터에서 수도인 중도로 돌아와 위소왕을 죽이고 금나라 장종의 배다른 아우 완안순을 황제로 옹립했다. 그가 바로 선종이다.

몽골군은 중도 근처의 주요 도시를 파상 공격하여 칭기스칸의 직속 부대는 금나라 수도 중도 입구에서 다시 거용관에 이르렀다.

우런은 천혜의 요새 거용관을 둘러보고 칭기스칸에게 계책을 내놓았다.

"몽골군은 아직 공성전에 익숙지 않아 정면 돌파는 많은 희생이 따릅니다. 그러니 먼저 거용관 내부의 움직임과 통로를 관찰한 후 때를 기다렸다가 그때가 되면 야음을 틈타 기습공격을 하면 가능한데, 이슬람 상인 자파르를 이용하신다면 쉽게 성을 취할 수 있을 것입니다. 금나라 병사들이 졸음이 쏟아질 때 말발굽에는 솜버선을 신기고 입에는 재갈을 물려 조용히 자파르를 따라가 성안으로 진입하면 깊은 잠에 파진 금나라 병사들은 손도 한번 못 쓸 것입니다."

이렇게 하여 밝은 대낮에 이슬람 상인 자파르가 대상으로 가장하고 성안을 탐지하고 성안으로 들어오는 비밀 통로를 안 후 깊은 밤이 되자 이미 준비했던 대로 실행했다.

거용관은 힘없이 몽골군의 손에 떨어지자 곧이어 몽골군은 금나라 수도 중도를 포위했다.

중도를 포위한 후 우런은 몽골군 병사에게 말하기를 "가장 나이가 들어 보이는 금나라 노인 열 명만 잡아오라."고 했다. 얼마 후 피난민 중에 백발이 성성한 열 명을 모셔왔는데 그중에 늙어도 곱게 늙은 노인장만 남겨 두고 나머지는 돌려보냈다. 우런은 관상을 볼 줄 알아 이 노인이 귀하게 자랐다는 것을 단번에 알고 이 노인만 남기고 나머지 노인들은 보낸 것이다. 우런은 이 노인에게 정중하게 인사하고 자기소개를 했다. "저는 우런입니다. 단지 중도의 유래를 알고 싶어 귀인께서 잘 알고 있으리라 여기고 이렇게 모시고 왔으니 안심하십시오."

노인도 그제야 안심이 되었던지 자기소개를 했다. "사람들은 나를 '장수지'라고 부릅니다. 중도에 관해서는 누구보다도 잘 알고 있지요." 우런이 여러 노인 중에 이 노인을 선택한 것이 적중했다. "귀인께서 중도에 대해 아시는 대로 말씀해 주신다면 귀인의 가족은 모두 무탈하게 해 드리지요."

우런이 이렇게 말한 후 노인을 대접하기 위하여 차와 먹을 것을 가져오라고 시켰다. 장수지라는 백발의 노인은 중도에 관해 먼 과거를 회상

162

하기 시작했다.

"나는 1150년 2월에 하얼빈의 아성 회녕부에서 중도로 옮겨 왔지요. 내가 중도로 오기 전 회녕부는 참으로 웅장하고 화려했으며 어떤 외세의 침입도 막아낼 견고한 성이었더랍니다." 우런은 장수지 노인에게 "견고한 성을 버리고 왜 중도로 옮기셨나요?" 묻자 노인은 한숨을 쉬며 "금나라의 4대 해릉왕 완안량 때문이지요. 한번은 해릉왕이 우울해 있자 신하가 물었어요. '황제께서 어인 일로 그리도 우울해 합니까?' 묻자 '짐이, 황궁 안에 200주의 연꽃을 심고자 하는데 모두 죽고 말았다네, 그래서 그렇다네.' 신하가 말하기를 '황제께서 중원지역의 아름다운 연꽃을 좋아하나, 동북의 상경성에서 자라지 않는 것은 종자 문제가 아니라 지리적으로 추위 때문에 생육이 불가능하옵니다.' 해릉왕 완안량이 '그러면 어쩌면 좋은가?' 묻자 신하의 대답은 '연경지구에는 폐하께서 좋아하는 연꽃이 자랄 뿐만 아니라 최상의 길지(吉地)이기도 하지요.' 해릉왕은 길지(吉地)라는 말을 듣고 고개를 끄덕이며 연경으로 천도를 준비했지요. 신하들은 '견고한 회녕부 성을 버리면 안 됩니다.' 하였으나 해릉왕 완안량은 '이 금나라 수도 상경에 대한 미련을 버리라!' 말한 후 연경천도를 결정했지요." 노인은 그때 일을 회상하며 한숨을 내쉬었다. "해릉왕은 신도읍을 건설하기 위해 그 당시 좌승상 장호에게 그 중임을 맡겼는데 좌승상 장호가 나의 백부였지요. 나는 백부와 같이 여기를 와서 다른 사람들보다 3년 빨리 중도연경에 왔답니다. 신 도읍은 1153년 3월에 완성하였는데 공사기간은 3년이 걸렸으니까요. 해릉왕 완안량은 자기가 좋아하는 연꽃을 빨리 보기 위해 공사가 완성되기 전 1152년 2월에 만조의 문무백관을 통솔하고 연경으로 남하했지요. 그 과정이 1년 1개월이 걸렸답니다. 해릉왕은 이 기회에 상경의 기득권세력을 소탕하기로 마음먹고 회녕부에 경제적인 토지기반을 둔 수구세력을 제거하고 구관료들을 숙청한 후 상경에 불을 질러 궁전을 태웠는데 왕·귀족들이 다시는 상경에 미련을 두지 못하게 하기 위함이었지요. 1153년 3월 22일 해릉왕 완안량은 새로 건설한 신 도읍에 도착하여 신왕궁의 용상에 앉자 매우 기뻐하였지요. '여기로 옮기니 참으로 좋구나! 전 지역을 얻고자 하니 다년간 준비를 해주기 바라오.' 이 말은 남송을 정벌하겠다는 뜻이었지요. 해릉왕은 결국 1161년 9월 대군을 이끌고 남송을 정벌하러 나섰는데 남송정벌의 부당함을 명분으로 삼아 금나라 귀족들과 일부 장수들이 합세하여 반란을 일으켜 해릉왕과 대치 중에 1161년 11월 21일 해릉왕은 반란군의 화살에 맞아 죽었다 하나 자신이 거느리는 부하 장수의 칼에 베임을 당해 죽었다는 말도 있지요. 그 일 이후부터 금나라는 쇠락하기 시작해서 지금 중도가 몽골군에 포위되기까지 이르렀답니다."

노인이 장시간에 걸쳐 얘기하자 우런은 노인에게 물었다. "귀인께서 말씀 중에 여기를 예전에 연경이라 말하였는데 저희들은 여기가 중도로 알고 있습니다. 하여, 중도연경이라고 딱 네 자만 저에게 써 줄 수 있는지요?" 노인은 흔쾌히 "그렇게 하지요." 대답하자 우런은 붓과 한지를 꺼내어 노인 장수지에게 건네주자 그는 붓을 받아 들고 한지 위에 힘을 주어 "中都燕京(중도연경)."이라 쓴 후 우런에게 건넸다.

우런은 노인과의 약속대로 노인의 가족에게 먹을 양식까지 보태주고 안전한 곳으로 피신시켜 주었다.

우런은 중도 성을 여러 차례 둘러보고 묘책을 떠올리고 노인 장수지가 한지 위에 써준 中都燕京(중도연경)을 들고 칭기스칸을 찾아갔다. "칸이시여! 금의 수도 중도를 쉽게 취할 수 있는 묘책이 있습니다." 칭기스칸은 서둘러 묘책을 물었다. "선생, 그 묘책이라는 것이 무엇이오?" 우런은 노인이 써준 中都燕京(중도연경)을 칭기스칸의 여러 참모들이 보는 가운데 펼쳐 보였다.

"묘책을 말하기 전에 이 묘책을 절대로 발설해서는 안 됩니다." 여기에 모인 모든 사람들이 그렇게 하기로 다짐하자 우런은 말을 이어간다. "中都燕京 이라는 글자 중에 3번째 자인 燕자가 묘책이요. 이미 제베 장군이 한번 써 먹었사오나 여기서도 유용하게 써먹을 것입니다." 여기에 모인 대부분의 참모들은 한문을 모를 뿐만 아니라 자기 나라글자도 쓸 줄 모른다. 심지어 칭기스칸도 자기 이름밖에 쓸 줄 몰랐다. 그래서 우런은 자세히 설명했다. "중도가 옛사람들은 연경(燕京)이라고 했답니다. 그래서 노인에게 연경을 써보라 했지요. 그래서 燕(제비 연) 글자를 보고 성을 둘러보니 제비들이 성안에 많이 날아드는지라. 묘책이 떠올랐답니다."

칭기스칸은 묘책이 더욱 궁금하여 "선생, 어서 말해보구려."

"기름 묻힌 솜을 제비의 발에 묶어 불을 붙인 후 날려 보내면 됩니다." 옆에 있던 참모가 "어서 제비를 잡읍시다." 우런은 "아무 제비나 잡는 것이 아닙니다. 성안의 제비를 잡아야 합니다." 칭기스칸의 참모는 "선생, 성안의 제비를 잡는 것이라면 우리가 성을 점령해야 가능하지요. 그것이 어떻게 묘책입니까?. 이것은 성을 점령한 이후에야 가능한 일이지요." 참모의 이 말에 우런은 웃음 띤 표정으로 대답했다. "그 제비는 우리가 잡는 것이 아닙니다. 중도 성안에 사는 주민들이 잡아오라고 시키면 됩니다." 또 다른 참모가 물었다. "어떻게 성안의 주민을 이용할 수 있지요?" 우런은 대답했다. "그러기 위해서는 칸님의 친서가 필요합니다." 칭기스칸은 옆에서 듣다가 "어떤 친서인지? 우런 선생이 원하는 대로 다 쓰게 하여 내 인장을 찍으리라." 하자 우런은 칭기스칸의 친서 내용을 말했다.

"나, 칭기스칸은 귀국에게 요청하니 귀성의 제비는 정력에 좋다고 예부터 그리 말하니 이 성의 이름 또한 燕京(연경)이라 불렀다지요. 나 또한 연경 성안에 날아다니는 모든 제비를 잡아다 주면 바로 철수할 것이요. 우리가 철수하면 귀국도 좋고 우리도 좋지 않소."

우런의 편지 내용을 읽자 참모들이 웃음을 참지 못하고 낄낄거리며 겨우 말을 꺼내며 "영원한 칸님이시여! 우런 선생이 원하는 대로 다 쓰신다 하였으니 이 서신에 인장을 찍어 줌이 가할 듯합니다." 하자 칭기스칸은 즉시 인장을 찍어 주자 우런은 친서를 들고 갈 사절에게 부탁했다. "성주에게 이렇게 말하시오. '제비를 잡을 때에는 한 달 중에 가장 캄캄한 날을 택하여 그날에 잡으면 한꺼번에 다 잡을 수 있으니 그것을 칸님께 바치면 바로 철수할 것이다.'고 하시오."

그렇게 하여 칭기스칸의 친서를 들고 중도성에 들어간 사절은 우런의 당부까지 성주에게 전하자 성 주민들은 칭기스칸의 친서에 관한 소문 듣고 '칭기스칸의 참모들은 웃음을 억지로 참았지만' 주민들은 하나같이 큰 소리로 웃어가며 "첩이 얼마나 많았기에, 우리 성안에 날아다니는 모든 제비들을 다 잡아간단 말인가?" 또 어떤 이는 "글쎄 말이야, 칭기스칸의 첩이 500명이 넘는다고 하던데 그 말이 맞긴 맞는가 봐 이 많은 제비가 필요하니 말이야." 또 어떤 이는 "성이 안전하려면 그래도 제비를 잡아주는 것이 낮지 않을까요?" 하자 대부분의 주민들은 "그럼, 성 주민이 죽어 나가는 것보다 훨씬 좋지."

그렇게 하여 가장 캄캄한 날 성안의 모든 제비들을 잡아 몽골 진영에 도착했다. 제비를 잡는 날까지 우런은 기름 묻힌 솜을 감싸고 심지를 연결한 '불가죽통'을 이미 준비해 놓았다.

성안의 제비가 도착하자 우런은 칭기스칸과 참모가 모인 가운데 다음 계책을 발표했다. "제비 발에 기름 묻힌 솜에 불을 붙여 날려 보낼 것입니다. 하지만 다 날려 보내지는 않을 것입니다. 일부만 보내고 나머지는 항복하지 않으면 제비의 다리에 불을 붙여 몽땅 날려 보낼 것입니다." 이렇게 말한 후 가장 밝은 대낮에 일백여 마리의 제비의 발에 손가락 반 굵기, 3치 크기의 불가죽통(기름솜을 넣은 방광가죽)에 연결된 심지에 불을 붙이고 동시에 날리자 그 제비들은 모두 중도 성안으로 날아들었다. 얼마 후 중도성 곳곳에서 연기가 피어오르고 있었다. 성안에는 밝은 대낮에 갑작스럽고 일시적인 화재로 대혼란에 빠졌다. 그나마 다행인 것은 이 불로 불이 옮겨붙은 집을 포함에 120여 채가 소실되었다. 밝은 대낮에 불이 붙고 제비가 다 타죽었기 때문에 제비로 인해 불이 난 것을 중도 성 주민은 아무도 몰랐다.

이때 우런은 칭기스칸에게 화친을 권했다.

칭기스칸은 우런의 화친을 따르지 않을 심상으로 "중도성 안이 곳곳에 불바다가 되었는데 선생의 묘책처럼 남은 제비를 이용하여 항복을 받아 내면 되지 않소. 곧 수도를 함락할 것인데 왜 화친을 해야 하는지?" 우런에게 묻자. 우런은 칭기스칸에게 화친을 해야만 하는 이유를 설명했다. "첫째 오랜 기간 동안 중도를 포위하고 있는 사이 군량미가 바닥이 났으며, 둘째 봄인 지금, 역병이 돌기 시작하는데 무더운 여름이 오면 역병으로 몽골 군사도 큰 타격을 입을 것입니다." 옆에서 우런의 말을 듣고 있던 참모들이 반대했다. "첫째 식량은 우리가 약탈하여 조달하면 되고, 둘째 역병은 우리 군사만 걸리는 것이 아니라 금나라도 마찬가지니 금나라 조정이 술렁이고 성내의 화재로 산만할 때 지금 바로 공격해야 합니다."

칭기스칸은 위의 두 주장 중 한참을 고민하다가 우런의 주장을 따르기로 하고 거용관을 손쉽게 함락시키는데 큰 공을 세운 이슬람 상인 자파르를 사신으로 보냈다.

자파르는 화친의 협상을 잘 성사시켜 돌아오는 길에 황금과 비단, 그리고 말 3,000필과 동남·동녀 500명과 칭기스칸에게 공주를 아내로 주었다.

칭기스칸은 그것으로 충분하다고 여기고 몽골부대를 이끌고 내 몽골을 거쳐 몽골 본토로 돌아왔다.

몽골군이 본토로 돌아가자 금나라 선종은 몽골군이 다시 돌아올지 모른다는 생각에 황태자를 중도에 남겨두고 본인은 개봉으로 천도를 하였다.

4장

권황제 무칼리의 활약

금나라의 천도 소식이 몽골초원까지 퍼지자 칭기스칸은 화를 내며 금나라를 공격할 장수를 고르고 있었다. 이때 우런은 칭기스칸에게 "문무(文武)를 겸한 고려인 장수 무칼리에게 중도 공격의 중임을 맡기시면 소인이 금나라 장수를 회유하여 귀순토록 계책을 세우겠나이다." 칭기스칸은 우런의 뜻에 따르기로 했고 바로 전쟁 준비에 착수했다.

전쟁 준비를 마치자 칭기스칸은 이번 중도 공격의 중임을 고려인 맹장 무칼리에게 맡겼다.

무칼리 부대가 출격하자 금나라 내부의 민심은 극도로 혼란에 빠졌고, 곳곳에서 반란이 일어났는데 그 반란군은 무칼리 부대에 투항하기도 했다. 투항한 사람 중에 의병대(義兵隊) 수령 이전(李全)이라는 금나라 사람이 있었는데 그는 쇠로 만든 창을 잘 써서 이철창(李鐵槍)이라는 별명으로 더 유명하다.

중국의 전통적인 관례에서 보면 전쟁의 승리는 하늘이 사랑하는 부대에게 돌아간다고 여겼다. 몽골 군대가 계속 승리를 거두어 점령하자 금나라의 농민이나 금나라 병사들은 "몽골군이 하늘의 명령에 따라 싸우는 것이다." 말했다.

이처럼 파죽지세로 무칼리 부대 앞에 사기가 꺾인 금나라 군대는 적수가 되지 못한다고 이미 우런의 편지가 금나라 장수와 성주에게 보내졌다.

무칼리가 성에 도착하기 전에 이미 그 서신을 읽은 47명의 장군과 32개의 성주가 투항하자 피 한 방울 흘리지 않고 무칼리 부대가 32개 성을 함락했다.

무칼리 부대가 중도를 조여 가자 중도는 절망에 빠져들었고 식량을 지원해 오던 금나라 군대마저 무칼리의 부대에 습격을 받아 지원이 끊기자 더 이상 희망이 없다고 판단한 중도의 유수 완안복흥은 극약을 먹고 스스로 목숨을 끊었다.

무칼리 부대가 중도를 함락한 후 칭기스칸은 무칼리로 하여금 권황제라 칭하고 금나라 북부를 다스리게 했다.

칭기스칸은 무칼리를 권황제(權皇帝)로 임명할 때 이렇게 말했다. "금나라 개봉에서는 선종이 황제로 다스리고 금나라 중도에서는 같은 황제의 격을 갖추어 권황제(權皇帝) 무칼리가 다스림에 있어서 그의 명령이 곧 내 명령이다. 그에게 절대 복종하라"며 권황제 무칼리에게 전권을 주었다.

그 당시 칭기스칸은 큰아들 조치에게는 4개의 천호를 준 것에 비해 권황제 무칼리에게는 조치의 11배 많은 44개의 천호를 주었다.

칭기스칸으로부터 44개의 천호를 받은 권황제 무칼리는 몽골 군사를 이끌고 금나라를 평정하기 전에 같은 고려인 우런을 만났다. 우런이 말하기를 "황하 이남에서 북으로 올라가면 방어가 소홀하니 남쪽으로 진격하여 금나라를 평정하시지요?" 하자 권황제 무칼리는 "황하 이남에서 강을 건너려면 배가 있어야 하는데 많은 배들을 조달하기 어렵고 초원의 병사들은 강물 또한 싫어하니 남쪽 방향은 불가한 듯합니다."

우런은 권황제 무칼리에게 "나는 천문을 볼 줄 아는데 이번 겨울은 날이 차서 황하강이 얼어 강을 쉽게 건널 수 있을 것이오." 권황제 무칼리는 우런이 천문을 볼 줄 안다 하여 남쪽으로 출병하기로 했다.

권황제 무칼리 부대는 섬주를 넘어 황하에 이르렀는데 우런의 말대로 다른 해와 달리 그 넓은 황하가 결빙되어 모든 군사가 얼음 위를 걸어도 두껍게 얼어 갈라지지 않고 안전하게 강을 건널 수 있었다. 강을 쉽게 건너 북으로 가는 도중 방어하는 금나라 군사가 없어서 권황제 무칼리가 향하는 곳마다 모두 함락되자 금나라 선종 완안순이 사신을 파견하여 화친을 요구했다.

권황제 무칼리는 사신에게 말했다. "비유컨대, 사냥터 가운데 노루와 사슴을 내가 이미 다 잡았는데 단지 토끼 한 마리만 남겨 두었거늘 내가 이미 잡은 노루와 사슴마저 내어놓으란 말인가? 만약 화친을 논하고 싶거든 하북과 산동의 함락되지 않은 여러 성들을 바쳐올 것이며, 금황제의 호칭을 버리고 나의 신하가 되면 완안순을 왕으로 삼을 것이다."라고 하자 화친은 이루어지지 않았다.

권황제 무칼리는 장경(張鯨)에게 군사 1만을 주어 남정을 공략케 했다. 하지만 장경이 두 마음을 품는 것을 권황제 무칼리가 눈치채고 소야선(蕭也先)에게 장경과 그 군사들을 감독하라 명했다.

평주에 이르러 장경이 병을 가장해 공략하지 않자 소야선이 장경을 죽였다. 장경의 아우 장치(張致)가 형이 해를 입은 데 분개하여 장사(張史)를 죽이고 재차 금주를 점거해 영왕(瀛王)이라 자칭하며 흥륭(興隆)으로 연호를 바꾸고 평주, 낙주, 서주, 의주(義州), 이주, 의주(懿州), 광녕 등의 고을을 약탈해 점령했다. 무칼리 권황제가 선봉에서 군사를 지휘하고 권수(權帥), 오아(吾兒), 불화(不花) 등의 휘하 장수를 거느리고 남은 금나라 영지를 토벌하려고 나섰다.

권황제 무칼리는 오야아(吾也兒)를 파견하여 산성을 공격케 했다. 장치의 군사는 정예병이었고 험한 산성에 주둔하여 권황제 무칼리의 군대를 막으려 하자 문무를 겸한 권황제는 스스로 묘책을 세워 탈취하고자 했다.

그 묘책은 권황제 무칼리가 오야아에게 말하기를 "너희들이 급히 산성을 공격한다면 적들은 반드시 병사를 보내어 구원을 요청할 것인데 그 구원병이 올 때 우리가 불시에 나타나 그 퇴로를 끊어버린다면 즉시 사로잡을 수 있을 것이다." 라고 말했다. 또 불화에게 명령하기를. "영덕현 서쪽 10리 지점에 주둔해 있으라. 그들이 나타날 것이니 잘 지켜보아라." 권황제 무칼리의 말대로 장치가 '산성이 포위당했다'는 소식을 듣자 구원병을 보냈다.

불화는 경기마병을 파견하여 퇴로를 차단하고 즉시 권황제 무칼리에게 달려가 보고하자 권황제 무칼리는 야밤중에 군사를 이끌고 급히 달려와 신수에 이르렀는데 새벽에 나란히 장치와 마주쳤다. 이미 퇴로를 차단한 불화의 병사들과 앞뒤로 협공하자 장치는 마침내 금주(錦州)로 달아나자 권황제 무칼리는 장치를 추격하여 금주를 포위했다.

장치가 포위망을 뚫어 보려고 누차 성 밖으로 나와 싸워보기도 하였으나 전세가 불리해지자 성문을 걸어 잠그고 지키기만 했다. 권황제 무칼리는 장치의 부하 고익(高益)을 이용하기로 하고 장치가 잠든 사이 고익이 당직 근무할 때 화살에 편지를 달아 날렸다.

"장치를 포박하여 성 밖으로 끌고 나오면 장치를 참한 후 그대를 이 성의 성주로 삼겠노라."

고익은 서신을 읽고 이렇게 생각했다. '그렇지 않아도 힘만 믿고 나를 괴롭혀 왔는데 술을 양껏 먹인 후 곯아떨어졌을 때 포박하여 성 밖으로 끌고 갈 것이다.' 생각하고 1개월이 지났을 즈음 고익에게 기회가 찾아오자 장치의 부하장수 고익은 그를 포박하여 성 밖으로 나와 항복하자 권황제 무칼리는 장치를 죽이고 고익에게 금주를 맡겼다.

장치에게 넘어갔던 주와 군이 다시 권황제에게 투항했고 권황제 무칼리가 가는 곳곳마다 점령하자 금으로부터 성읍을 취한 수가 총 860개였다.

권황제 무칼리는 중도의 남쪽으로부터 수성과 여주를 공격하여 모두 함락시켰다.

처음에 여주가 권황제 무칼리를 상대로 방어할 때 이 고을 사람 조진이 권황제 무칼리에게 울면서 말하기를 "어머님과 형님께서 성안에 계십니다. 빌건대 저의 한 몸으로 성안 사람들과 맞바꾸게 해 주십시오."라며 간절함이 지극하여 권황제 무칼리는 조진의 뜻을 허락하여 조진의 어머니와 형님을 안전하게 구할 묘책을 가르쳐 주었다.

"나의 계책은 이것이다. 몽골군이 여주성 금군 병사와 격돌할 때 힘에 부쳐 거짓 패하는 척하겠으니 우리가 멀리 달아난 틈을 타서 그대는 무기를 버리고 투항한 후 '마지못해 이렇게 적이 되어 싸운다. 모친과 형이 이 성안에 있다'라고 하고 재차 우리가 여주성을 공격할 때 나에게 소리 질러 욕을 하라 그렇게 하면 여주 성주도 너를 완전히 믿을 것이다." 이렇게 조진에게 말하고 다음 날 권황제 무칼리는 여주성을 공격하기에 앞서 3,000여 명의 경기마병만 이끌고 나머지는 후방에 남겨 두었다.

권황제 무칼리는 조진을 포함한 3,000명의 경기마병을 직접 이끌고 여주 성안의 수비병을 향해 일정 거리에서 엉덩이를 까고 흔들며 놀려대자 여주 성안의 1만 군사가 성문을 열고 달려 나오자 몽골군은 처음에는 일정 거리를 두고 달아나다가 나중에는 뿔뿔이 흩어져 달아나기 시작했고 몽골기병이 저만치 달아났을 때 조진은 낙오병으로 보인 후 무기를 버리며 소리쳤다. "살려주시오, 나는 그대들과 같은 편이요. 마지못해 적이 되었소. 성안에 모친과 형이 있소." 그리고 여주성 수비병과 같이 성안으로 들어갔다.

하루가 지나고 또 권황제 무칼리는 직접 군사 3,000만 거느리고 여주성문 앞에 도착하자 조진이 내려 보며 "무칼리, 이 멍청아! 니 놈이, 무엇이간데 우리를 이토록 고단하게 만드느냐. 어서 너희들 나라로 돌아가라." 권황제 무칼리도 조진을 향해 소리 질렀다. "내가, 네놈을 거두어 군의관으로 활약하라고 10호장까지 주어 귀히 여겼거늘, 이제 와서 배신을 한단 말인가! 천하에 고약한 놈아." 이렇게 서로 간 욕을 하고 권황제 무칼리는 3,000명의 경기마병을 데리고 사라졌다.

그다음 날도 권황제 무칼리는 3,000명의 경기마병을 직접 이끌고 여주성문 앞에 나타나자 기다렸다는 듯이 조진은 권황제 무칼리에게 심한 욕을 퍼부었다. 이렇게 되자 여주 성주는 조진이 자기 대신 권황제 무칼리에게 욕을 퍼부어 준 것에 고마움을 느끼고 그를 조금도 의심하지 않게 되었다.

칠흑같이 캄캄한 날을 택하여 모친과 형을 성 밖으로 빼돌리고 성문을 지키고 있던 수비병이 조는 사이 성문의 빗장도 풀어 젖히자마자 조진은 소리 나는 화살을 성 밖으로 쏘자 그 소리를 들은 몽골 군사는 몰래 성문 가까이 진입한 후 권황제의 몽골 군사들이 일시에 몰려들자 여주성도 함락시켰다. 권황제 무칼리는 여세를 몰아 산동을 공격하여 익도, 임치, 등주, 래주, 유주 등을 평정하고 떠났다.

1218년. 5월 금나라 장수 묘도윤은 자기의 휘하 부장인 가우(賈瑀)에게 살해당하자 장유(張柔)가 모도윤의 사병을 모집하여 가우를 토벌했다. 권황제 무칼리와 장유가 낭아령(狼牙嶺)에서 마주쳐 싸우다가 장유의 말이 몽골군의 칼에 맞고 고꾸라졌다. 이때 장유도 땅바닥에 떨어져 뒹굴다가 몽골군에게 사로잡혀 "권황제 무칼리에게 무릎을 꿇으라." 하여도 무릎을 꿇지 않고 선 채로 꼿꼿하게 있었다.

몽골군이 강제로 꿇어 앉히려 하자 장유가 권황제 무칼리에게 말하기를 "저쪽이 황제이면 나도 황제다. 대장부가 죽고자 하면 죽는다. 구차하게 살고 싶지 않으니 다른 자를 꿇어 앉히라." 장유가 이렇게 말하자 권황제 무칼리도 예전에 있었던 일을 회상했다. '나도 주르킨 부족에 예속되어 테무진과 전쟁을 하다가 패하자 지금 장유와 같은 행동을 했었다. 그렇게 하자 테무진은 오히려 나를 가족처럼 대해 줬다.' 권황제 무칼리는 저자도 나처럼 범상치 않다고 생각하고 "대장부라면 저 정도는 되어야 한다."라며 그를 장하게 여겨 풀어줄 뿐만 아니라 하북 도원수라는 벼슬까지 주었다.

권황제 무칼리는 새로 임명한 하북 도원수 장유와 함께 철옹성 같은 태원성을 포위하여 몇 겹으로 둘러 공격하여도 금나라 원수 오고론덕승이 힘써 방어하여 함락할 수 없자 권황제 무칼리는 태원성을 상세히 그려서 우런에게 보냈다. 얼마후 우런의 묘책이 당도했다.

"권황제 무칼리님 노고가 많습니다. 이 성이 견고하기는 하나 한 곳이 약한 곳이 있으니 그 약한 곳은 서북쪽 모퉁이입니다. 이곳에 집중적으로 투석기를 동원하여 공격하면 무너질 것입니다. 이곳이 무너지면 성내의 수비 병력도 이곳으로 몰려올 것입니다. 이때 장유를 시켜 하루에 몇 차례씩 무너진 쪽으로 공격하는 척하면 화살을 최대한 쏠 것입니다. 날마다 이렇게 하면 화살 수가 점점 줄어들 것입니다. 화살 수가 현처히 줄어들 때 권황제 무칼리님께서 반대쪽에 매복해 있다가 급히 성을 올라가면 작은 희생을 치르고 이 성을 함락할 것입니다."

이렇게 서신을 보내자 장유는 투석기를 동원하여 서북쪽 모퉁이를 집중적으로 주야로 퍼붓자 무너져 내렸다. 이때 권황제 무칼리의 묘책대로 무너진 틈으로 공격하려 하자 성안의 수비병들이 몰려와 화살을 비처럼 쏘았다. 이렇게 여러 차례 공격을 하는 척할 때마다 화살을 비처럼 쏘아 점점 소진하게 만들었다. 서로 간의 공방이 잠잠할 때 권황제 무칼리 병사는 금나라 수비병이 쏜 화살을 거두어들였고 금나라 수비병은 무너진 성벽 틈을 벽돌과 돌을 던져 임시로 매웠다. 그다음 날이 되자 투석기를 이용하여 임시로 매워진 성벽을 한 번에 날려버린 후 장유가 이끄는 몽골군이 성안으로 침입하는 척하자 어제처럼 화살이 비처럼 쏟아졌다.

또 성안으로 침입하는 척 몰려 들어가자 이번에는 화살 수가 반으로 줄어들었다. 여러 차례 이렇게 하자 점점 화살 수가 줄어드는 것을 알 수 있었다. 공방이 잠잠한 후 어제처럼 몽골군은 금나라 성안에서 쏜 화살을 모았고 금나라 수비병은 무너진 성벽을 통나무로 겹겹이 막았다. 그다음 날이 되자 몽골군은 투석기를 이용하여 임시로 막아 놓은 통나무 성벽을 날려 보낸 후 몽골군이 성안으로 진입하자 쏠 화살이 없어 몇 발만 날아온 후 금나라 수비병은 벽돌을 던지기 시작했다. 이때 몽골군에서 공격 북소리를 울리자 무너진 성벽 쪽으로 몽골군이 몰려 진입했다. 이때 성안의 금나라 수비병 반 이상이 서북쪽 모퉁이로 집중되자 숨어서 이 기회를 노렸던 반대쪽 몽골군 병사가 벌떼처럼 성벽을 올라가 수비병을 도륙하고 성안으로 치닫자 태원 성주 오고론덕승은 이 모습을 보고 몽골군보다 앞서 관청으로 달려가 어머니와 아내에게 "나는 이곳을 수년간 지켜왔건만 오늘에 이르러 성이 함락되었으니 이것으로 내 운명은 다했구려!"라고 말한 후 스스로 목을 매어 죽었다.

이 전투로 얻은 화살 수는 50만 개였다. 이윽고 권황제 무칼리는 평양성을 공격하기 위해 평양성을 포위했다. 평양성을 지키던 성주는 이혁이었다. 사방을 둘러보아도 완전히 포위된 것을 안 부하장수가 이혁에게 이렇게 말했다. "장군, 우리 수비병은 몽골군에 비해 반도 채 되지 않습니다. 장군께서는 말을 타고 포위망을 돌파하여 목숨만이라도 부지하소서." 하자 이혁은 탄식하며 "내가 이곳을 지키지 못했는데 무슨 면목으로 금황제를 뵙는단 말인가? 너희들이나 목숨을 부지하라." 말한 다음 자살을 하였다. 평양성은 성주마저 죽었고 병력도 적은데다 원조마저 몽골군의 포위로 단절되자 금나라 군사는 모두 투항했다.

여세를 몰아 권황제 무칼리는 분주를 공격했다. 절도사 완안와출호(完顔訛出虎)가 분주성(汾州城)을 맞고 있었는데 저항이 거셌다. 성 양쪽으로 강물이 나뉘어 흘러서 마치 해자처럼 성을 감싸 난공불락(難攻不

落) 이었다.

이렇게 되자 더는 지체 할 수 없어 권황제 무칼리는 지형을 자세히 그려서 우런에게 서신을 보냈다. 머지않아 답장과 함께 성을 함락할 방법을 보내 왔다.

불 연 그림

"권황제 무칼리님! 불철주야 전장을 누비느라 고생이 참으로 많습니다. 소인이 견본으로 연을 보냅니다.

그곳에서 큰 연을 만들어 그 안에 기름 묻은 솜을 넣고 두 가닥 줄이 있는데, 그 중 한 줄은 기름 묻은 솜에 불을 붙일 기름먹은 심지입니다. 바람 방향이 성안으로 불 때 불을 붙여 성안으로 날려 보내면 철옹성도 열흘안에 투항할 것입니다."

권황제 무칼리는 우런이 보낸 연의 견본을 보니 다른 연과 달리 줄이 두 가닥이었다. 한 가닥은 보통 사용하는 것처럼 연의 중심을 잡아주는 것이고 다른 한 가닥은 연안에 기름먹은 솜의 심지 역할을 하는 줄이다. 그래서 이 연을 날릴 때에는 2인 1조가 필요하다. 한 사람은 연을 날리고 다른 한 사람은 연줄이 꼬이지 않게 기름 솜에 연결된 심지 줄을 느슨하게 잡아주다가 연이 원하는 만큼 팽팽하게 올라갔을 때 불을 붙이는 역할을 했다.

우런의 서신을 받은 후 열흘이 지나자 적당하게 부는 바람의 방향이 분주성으로 향했다. 세지도 않고 약하지도 않은 연 날리기에 가장 적당하게 바람이 불자 2천 개의 연을 만들어 한 번에 100개씩을 한 조로 하였다. 2천 개를 만들어 20조로 나열했다. 200명으로 구성된 제1조가 불붙일 연을 들고 앞으로 나섰다. 100명은 연을 날렸고 나머지 100명은 연 꼬리 부위에서 내려오는 기름먹은 심지 줄을 느슨하게 잡고 연줄이 서로 꼬이지 않게 잡았다. 제1조의 연이 분주성을 향하여 하늘 위로 팽팽하게 날아오르자 100명은 기름먹은 줄에 불을 붙이자 불이 타올라가더니 연 내부에 기름먹은 솜에 불이 붙자 연줄이 끊어지면서 성안으로 불붙은 연이 날아들어 성안은 불이 붙기 시작했다. 제2조도 그렇게 성안으로 연에 불을 붙여 날려 보냈다. 20조까지 그렇게 연을 날려 보냈는데 성안의 식량창고도 불이 붙어 소실되었다. 분주성은 방어하는 데에는 철옹성이지만 포위되었을 때 지원 또한 어려웠다. 화살이나 다른 무기는 남아 있었으나 결국 식량이 떨어지자 항복하고 말았다.

그래서 분주성주 완안와출호는 권황제 무칼리에 의해 처형되었다. 그다음 권황제 무칼리는 노주성으로 침공했다. 원수우감군 납합포자도(納合蒲剌都)는 노주성(潞州城)의 성주였다. 몽골군과 교전 중에 성주가 전사하자 모두 투항하고 말았다. 그래서 권황제 무칼리는 쉽게 성을 함락했다.

권황제 무칼리가 장유에게 명령하였다. "군사 30,000명을 줄 테니 남하하여 나머지 성들을 함락하라." 하자 장유는 몽골 군사를 이끌고 남하하여 웅주와 역주, 보주, 안주, 등을 함락시키고 성주들을 모두 죽였다.

권황제 무칼리가 만성에 이르러 불화(不花)에게 경기마병 3,000명으로 도마관(倒馬關)으로 진격하라 명령하자 마침 금나라 장수 무선은 갈철창을 파견하여 태주를 공격케 했는데 불화와 갈철창과 한판 붙었다. 결국 갈철창이 패전하자 금나라 장수 무선이 진주, 정주, 심주, 기주의 병사 수만 명을 모아 권황제 무칼리를 공격해 왔다. 이때 장유의 군사는 장막 아래에 수백 명만 있게 했다. 장유는 무선의 군사가 몰려오는 것을 보고 위장 전술로 이용한 노약자나 부녀자에게 급히 성에 올라가라 명했다. 노약자나 부녀자가 급히 성 위로 올라가는 모습을 본 금군의 무선은 장유의 병사가 수백 명밖에 없다고 생각하여 장유를 공격했다. 사전에 권황제 무칼리는 첩보병을 통하여 무선이 이끄는 금군이 공격해 오는 것을 알고 장유에게 "수백 명만 노출 시키고 나머지는 매복해 있으라."고 시켰다. 무선군이 장유의 작은 병력의 수를 보고 급히 치달아 공격해 오자 장유의 3만 군사는 이미 매복해 놓았다. 그 가운데로 무선의 군사가 들어오자 무선의 군사는 완전히 포위되었다.

장유의 매복군은 기습적으로 무선군의 배후에 나타났다. 장유가 산에 긴 깃발을 많이 이어 놓고 말꼬리에 빗자루를 달아 먼지를 날리고 요란스럽게 북을 치며 진군하자 무선의 군사들은 크게 대오가 흐트러졌다. 이미 장유의 매복군은 화살을 날려 무선의 군사를 많이 죽인데다 겁에 질려 달아나는 금나라 병사들은 장유의 경기마병이 추격하여 사살하니 무선 병사의 시신이 수십 리에 널렸으며 승세를 타고 완주성 아래까지 공격하여 점령했다.

권황제 무칼리는 장유에게 계속 공격하라 명령했다. 장유는 여세를 몰아 무선의 장수 갈철창을 신탁에서 무찔렀다. 장유의 몽골병사가 연전연승하자 사기는 하늘을 찌를듯하여 남쪽으로 심택, 영진의 현을 함락했다. 이로 말미암아 심주와 기주 이북과 진주와 정주의 동쪽 30여 성도 항복을 받아 내자 금나라 황제는 극도의 위기감을 드러냈다.

권황제 무칼리의 명령으로 휘하 장수들이 금나라의 성들을 줄줄이 함락하자 선종 완안순은 오고론중단(烏古論仲端)을 사절로 보내 칭기스칸에게 화친을 청했다.

"금황제 선종은 몽골 황제 칭기스칸을 형(兄)으로 부르겠다." 했으나 칭기스칸이 허락하지 않았다.

사천예(史天倪)가 권황제 무칼리에게 간언을 드렸다. "지금 중원은 이미 권황제 무칼리님이 거의 평정했는데, 권황제님의 부대가 지나가는 곳마다 약탈을 하니 황제란 자고로 백성을 위로하고 폭정으로 일삼지 말아야 합니다. 권황제님께서 천하의 폭력을 제거하신다면 다른 군대가 어찌 본받지 않겠습니까?"라며 설득하자 권황제 무칼리도 "좋다"고 여겨 즉시 명령을 내려 약탈하는 것을 금지시켰다. 뿐만 아니라 포로로 잡힌 노인과 어린아이들도 돌려보내 주었다.

이 같은 선정을 베풀자 권황제 무칼리가 제남으로 들어가자 금나라의 엄실(嚴實)은 자기의 소속 2부 6주와 30만 호를 이끌고 권황제 무칼리의 진영 앞에 이르러 항복을 하니 권황제 무칼리는 엄실에게 행상서성사(行尙書省事)의 벼슬을 내렸다. 엄실의 장수 이신은 엄실이 권황제 무칼리에게 투항하자 엄실의 가족을 죽이고 조정에 2부 6주와 30만 호를 되찾아 올 것을 모의했다. 이것을 안 엄실은 이신을 공격해 죽였다.

권황제가 제남으로 들어가자 금나라는 군사 20만 명을 모아 황릉강(黃陵岡)에 주둔한 후 정예병 2만 명을 차출하여 제남으로 보내어 권황제 무칼리를 습격하였으나 권황제 무칼리는 이를 패배시켰다.

권황제 무칼리가 포로에게 "너희의 나머지 군사가 어디에 있는지 가르쳐주면 너를 죽이지 않겠다." 하자 포로는 "황릉강(黃陵岡)에 18만이 주둔하고 있다." 하자 그 말을 듣고 첩보병을 보내어 확인하라 했다. 첩보병은 황릉강에 몰래 들어가 살펴보니 금나라 군사들이 18만이 넘었다. 이 사실을 권황제 무칼리에게 보고했다. 권황제 무칼리가 이 보고를 받고 5만의 기병을 이끌고 황릉강(黃陵岡)으로 향하자 그 소문이 금나라 군에까지 전파되었다.

이 소식을 접한 금나라 18만 군사는 즉시 진영을 풀어 황하 남쪽의 언덕에 다시 진영을 구축하였다. 우런은 권황제 무칼리에게 전투에 앞서 잊어서는 안 되는 몇 가지를 가르쳐 주었다. 그중 한 가지가 이것이다. **'권황제 무칼리의 군사보다 적군의 수가 3배가 넘어가면 서로 마주쳐 엉켜 싸우면 아군의 피해가 크므로 그와 같은 전투는 피하라.'**는 당부를 떠올렸다.

권황제 무칼리는 금나라 군사가 황하 남쪽 언덕에 진을 친 것을 알고 그 넓은 언덕을 유리하게 이용하기로 하고 5만 군사에게 태원성 전투에서 확보한 50만 발의 화살을 몽골병사에게 골고루 나누어 주었다. 그리고 화살을 충분히 가져가게 했다. 권황제 무칼리의 5만 군이 금나라 진영 앞까지 왔을 때 이미 18만의 금나라 군사는 대오를 갖추고 있었다.

이것을 본 권황제 무칼리는 경기마병들에게 큰 소리로 말했다. "모든 기병은 말에서 내려라. 지금까지는 말에서 타고 활을 쏘았으나 이번만은 말에서 내려라. 말에 탄 채 활을 쏘면 조준이 흐트러지니 모두 말에서 내려 좀 더 정확하게 적군을 맞추도록 하라. 5천 호가 한 조가 되어 우런 선생이 군사훈련 때 가르쳐준 우리가 이미 익힌 덤불작전을 구사한다. 우리 화살은 적군의 화살보다 멀리 날아가니 아군의 북 신호에 따라 더 이상 진격하지 말고 화살을 쏘기 바란다."

권황제 무칼리의 명령이 내려졌고 5천 호 단위로 1조부터 10조까지 5만의 모든 기병은 말에서 내려 대오를 갖추었다. 각 조의 간격은 6보 간격이었다. 1분 안에 5만 발의 화살을 쏘아 적에게 공포를 주어 뿔뿔이 흩어지게 하는 작전이었다. 만약 적이 대오를 유지 하면 다시 1분 안에 5만 발의 화살을 비 오듯 날려 보낼 심상이었다. 권황제 무칼리는 아군의 피해는 없고 적군에게만 피해를 줄 수 있는 거리에 다다르자 길게 늘어선 대오에 첫 북소리가 전 몽골군사에게 울려 퍼지자 5천 발의 화살이 금나라 군사의 대오로 날아가서 비 오듯 쏟아졌다. 1조가 화살을 쏜 후 5,000명의 경기마병이 급히 맨 뒤로 가서 대오를 갖추기도 전에 이미 2조는 6보 전진하여 5,000발의 화살이 금나라 병사를 맞히고 있었다. 금나라 군대의 대오에서는 화살이 날아올 때마다 비명소리가 울렸고 채 1분이 되지 않아 대오가 흩트려져 일부는 달아나기 시작했다. 10조까지 5만 발의 화살을 쏜 후 권황제 무칼리는 이미 달아나는 금나라 병사를 확인하고도 말을 타고 추격하라는 명령을 내리지 않았다. 비록 느슨하지만 흐트러진 대오를 완전히 흩트리려고 이번에는 10보 더 전진시켜 활시위를 처음보다 더 세게 당기라 명한 후 북소리와 함께 금나라 병사를 향해 화살을 발사하여 1조부터 10조까지 순식간에 5만 발이 폭우처럼 퍼붓자 달아나려고 하는 병사들까지 화살에 맞아 쓰러졌다.

이렇게 되자 금나라 병사는 완전히 대오를 풀고 황하강 쪽으로 달아나기 시작했다. 이때 이미 정해 놓은 북소리를 울렸다. 전군이 말에 올라 추격하라는 북을 울리자 몽골 경기마병은 등을 보이며 달아나는 금나라 병사를 추격했다. 달아나는 금나라 보병과 말을 타고 추격하는 경기마병과의 싸움은 이미 승패는 가려져 있었다. 등을 보이고 달아나는 금나라 군사에게 몽골군은 피해 없이 활시위만 조준하여 당기면 되었다. 활에 맞지 않은 수많은 금나라 병사도 황하에 빠져 죽었다. 이 싸움은 권황제 무칼리의 대승이었다.

권황제 무칼리는 여세를 몰아 초구(楚丘)를 함락하고 단주(單州)를 공략한 후 파죽지세로 동평(東平)으로 달려가 남은 잔병을 포위했다.

권황제 무칼리는 동평성을 포위한 후 우런이 평소에 무칼리에게 가르쳐준 대로 우런의 병법을 구사했다. 권황제 무칼리는 엄실(嚴實)에게 명령을 내렸다. "전투에서 패하고 남은 잔병이 급히 동평성으로 도망쳐 들어 왔기 때문에 이 성의 식량 사정은 패잔병을 먹일 만큼 넉넉지 않을 것이다, 그러니 금군이 반드시 성을 버리고 항복할 것이다. 그때까지 성만 포위하고 기다려라. 그들이 항복해 오면 그대가 즉시 입성하여 동평 주민을 안정시켜라. 금군이 패배했다고 해서 군현 주민을 괴롭히지 말라. 그것은 나의 명령이다. 나는 중도로 돌아갈 것이다." 이렇게 엄실(嚴實)에게 명령을 내린 후 다시 석규(石珪)와 살아탑(撒兒塔)을 불러 명령했다. "저들이 항복해 오면 임실이 성주가 되고 석규, 그대는 천호를 거느리고 성내의 남쪽을 맡고 살라탑, 그대는 천호를 거느리고 성내의 북쪽을 맡아 지키라." 명령하고 권황제 무칼리는 중도로 돌아갔다.

권황제 무칼리가 돌아간 후에도 오랫동안 동평성을 포위하자 굶주림에 지친 성주 왕정옥(王庭玉)은 남쪽의 비주(邳州)로 달아났다. 권황제 무칼리의 부하 장수 사로홀독(唆魯忽禿)이 추격하여 7,000명의 금나라 군사를 참수했다. 동평성을 함락한 후 권황제 무칼리의 명을 받들어 엄실이 동평성의 성주가 되었고 살아탑은 동평의 북쪽 은주(恩州)와 박주(博州)를 다스리게 했고, 석규는 동평성 남쪽 조주(曹州)를 다스리게 했다.

권황제 무칼리는 친히 5만 군사를 이끌고 울주(葭州)에 들어가자 금나라 장수 왕공좌(王公佐)가 겁을 먹고 달아나자 권황제 무칼리는 석천응(石天應)을 성주로 임명하여 울주를 지키게 하였다. 그리고 바로 권황제 무칼리는 직접 5만 명의 군사를 이끌고 수덕성(綏德城) 입구에 도착했다.

수덕성 높이는 20m이며 너무나 견고했다. 성주는 양안아(楊安兒)였다. 그 또한 5만의 수비병을 보유하고 있었다. 양안아는 원래 홍오군(紅襖軍)이었는데 금나라 조정이 그에게 벼슬로 회유하여 이 성의 성주가 되었다. 그의 직업은 말안장 장수로 힘이 역발장사다. 그에게 여동생이 있는데 양묘진(楊妙眞)이다. 그녀의 별명은 '사낭자(四娘子)'라고도 하고 긴 창을 금나라 내에서 가장 잘 다루어서 이화창(梨花槍)이라는 별명도 가지고 있다. 뿐만 아니라 그녀는 활쏘기로 제베와 겨루어도 손색이 없었고 은백색의 긴 창을 당대 최고의 수준으로 다루었다. 이 두 남매가 이 성을 같이 지키고 있었는데 이들은 불리하면 도망치는 성격의 소유자라고 세작을 통하여 정보를 입수했다.

권황제 무칼리는 세작을 통하여 성안의 사정에 대해 더 많이 알아냈다. 성내 식량 비축은 6개월 치는 늘 보유하고 있었고 또 성안에 밭이 있어서 그 밭에는 매년 밀 농사를 지었는데 그 수확량은 1년 치의 양이 넘었으므로 성을 포위하여도 1년은 버틸 수 있었기 때문에 또 수확하면 1년을 또 버틸 수 있었다. 그래서 이 성은 자급자족이 가능했다.

이 성을 함락하기엔 시간이 오래 걸릴 뿐만 아니라. 높은 성을 오르기 위해 반 이상의 희생이 따르고 양묘진이 유리한 20m 높은 곳에서 쏘는 화살에 몽골군은 많은 희생이 따른다는 것을 권황제 무칼리는 모를 리가 없었다. 그래서 전투 전에 수덕성을 그대로 그려서 지형의 특색과 성 내부 사정을 자세하게 설명하여 우런에게 서신을 보냈다. 머지않아 우런의 서신이 당도했다.

"권황제 무칼리님! 이번 전투의 이름은 '犭 ++ 田' '견초전 작전'[26]입니다. '견초전 작전'을 실행하기에 앞서 권황제 무칼리님이 수덕성을 그려 보낸 것을 자세히 보니 성 모서리가 약하게 보입니다. 투석기를 사용하여 네 곳의 모서리에 집중공략 하십시오. 모서리가 무너지면 수레로 그 틈을 막아 몽골 군사가 성내로 못 들어오게 막을 것입니다. 이때 투석기를 사용하여 또 부숴버리면 절대로 안 됩니다. 이것이 이번 '견초전 작전'을 가능케 하는 것입니다. 이 네 모서리가 다 무너지고 그 모서리의 틈에 수레들로 다 메워질 때쯤이면 칭기스칸의 친서가 도달할 것입니다."

우런의 서신대로 권황제 무칼리 부대는 성을 포위하고 양묘진이 쏘는 화살 거리 밖에서 투석기를 설치한 후 네 모퉁이를 집중공격 했다.

---

26) 주: 견초전 작전이란 猫(고양이 묘)의 파자로 犭(개 견) ++(풀 초) 田(밭 전)을 뜻한다.

투척기로 밤낮을 가리지 않고 일주일 동안 집중공략 하였으나 겨우 한 모퉁이를 완전히 무너트리자 우런이 보낸 서신처럼 임시방편으로 무너진 틈 사이를 성안의 수비병들이 벽돌 대신 급히 수레를 겹겹이 쌓아 올렸다. 그리고 수레로 무너진 성벽의 틈을 막은 곳을 제외하고 나머지 세 모퉁이를 집중공격 하여 3일 만에 또 한 곳이 무너졌다. 그곳에도 임시방편으로 수레를 겹겹이 쌓아 몽골군의 침입을 막았다. 이런 식으로 총 이십여 일이 지나자 벽돌로 쌓은 네 모서리의 성벽은 겹겹이 쌓인 수레로 대신했다.

이렇게 포위만 하고 더 이상 침투를 하지 않고 있을 무렵 칭기스칸의 친서가 도착했다. 그리고 또 다른 편지에는 우런의 묘책이 같이 동봉되어 왔다. 권황제 무칼리는 우런의 편지를 먼저 읽었다.

"권황제 무칼리님! 지금쯤 수덕성의 무너진 네 모퉁이가 수레로 채워져 있을 것입니다. 그 틈으로 몽골 병사들은 드나들 수 없으나 고양이는 그 사이를 드나들 수 있지요. '犭 ++ 田 견초전 작전'이라 한 것도 고양이를 이용하여 몽골군의 희생 없이 이 성을 함락할 수 있는 묘책이라서 붙인 것입니다."

권황제 무칼리는 이 정도 읽었을 때 이제야 견초전 작전에 대해 이해할 수 있었다. 그리고 우런이 써 보낸 서신을 계속 읽어 내려갔다.

"칭기스칸이 보낸 친서를 가지고 양안아에게 보내시면 그와 그 성의 주민들은 그 성안의 모든 고양이를 잡아다 줄 것입니다. 그래서 네 모퉁이의 앞에서 고양이 꼬리에 불을 붙이면 겹겹이 쌓아 놓은 틈을 빠져나가 성내에 자기가 살던 곳으로 달아날 것입니다. 밀 수확 철이 되어 사방으로 밀밭을 가로질러 갈 때 밀밭이 순식간에 다 타버릴 것이며 성안의 건물 또한 소실되면 성주 양안아와 그의 여동생은 달아날 것입니다. 성주가 달아나면 성안은 공황에 빠져 항복해 올 것입니다. 만약 이렇게 해도 항복하지 않으면 이때 투석기를 이용하여 수레로 겹겹이 쌓은 곳을 집중하여 공략하면 하루 만에 성을 함락할 수 있습니다."

권황제 무칼리가 우런의 편지를 다 읽은 후 성주 양안아에게 보낼 칭기스칸의 친서를 읽었다.

"성주 양안아는 듣거라. 짐은 그대에게 화친하고자 한다. 이 화친은 공물을 바치라는 것도 아니다. 그대의 성안에 있는 모든 고양이를 잡아다 주면 바로 철수할 것이다. 우리가 단지 포위만 하고 성벽만 무너 뜨리고 진격하지 않는 것은 그대의 성안에 사는 고양이만 취할 목적이기 때문이다. 만약 이 화친을 응하지 않으면 수레로 싸놓은 성벽은 우리의 투석기로 한 방에 날려 보내 성안의 모든 사람들을 도륙할 것이다. 고양이만 조공으로 받을 것이니 화친에 응하도록 하라."

권황제 무칼리의 사절은 칭기스칸의 직인이 찍힌 친서를 들고 성주 양안아에게 전했다. 양안아는 이 서신을 받아보고 읽은 후 사절에게 "고양이는 무엇에 쓰려고 하는가?" 사절은 권황제 무칼리가 양안아에게 말해주라고 한 대로 전했다. "우리의 칸님께서는 침략지에서 많은 여성들을 조공에 포함해서 받치자 그 수는 이미 500이 넘는지라 그 기력이 쇠하여 기력을 보하는데 이 성의 고양이가 으뜸이라는 것을 알고 특별히 군사 5만을 권황제 무칼리에게 주어 수덕성의 고양이를 조공으로 받치게 하라 명하셨습니다." 이 말을 듣고 양안아는 크게 웃더니 "칭기스칸의 첩이 500명이 넘는다는 말이오?" 양안아의 물음에 사절은 덩달아 "아마 셀 수 없이 많을 것입니다. 그래서 이 성의 모든 고양이가 필요한 것이 아닙니까."

"병사를 풀어 이 성의 고양이를 다 잡자면 시일이 좀 걸릴 것일세. 그래도 괜찮겠는가?" 양안아의 말에 권황제 무칼리의 사절은 "이 성의 고양이만 다 잡아 조공으로 바치면 칭기스칸께서는 무척 기뻐하여 양안아님께 전할 선물을 보내올 것입니다." 양안아는 선물까지 보내온다는 말에 속아 바로 약조를 했다. "내가 책임지고 이 성안의 고양이는 5만 군사를 풀어서라도 다 잡아 줌세."하고 열흘이 채 되지 않아 성안의 모든 고양이를 잡아 권황제 무칼리 앞에 조공으로 가져왔다. 우선 권황제 무칼리도 고마움의 표시로 은 100냥을 고양이 값으로 주었다. 그리고 얼마 후 모든 고양이를 가지고 수레로 쌓은 네 모퉁이로 가서 고양이의 꼬리에 기름을 바르고 불을 붙이자 고양이는 뜨거워서 겹겹이 쌓인 수레 틈 사이를 지나 자기가 살던 곳으로 지나가는 길마다 불이 붙기 시작했고 밀밭은 온통 불이 다 붙었다. 곳곳에서 집이 불타자 성안은 혼란에 빠졌고 성주는 여동생과 함께 성을 탈출하여 달아났다.

성주가 없는 성안은 더욱 혼란에 빠졌고 밀이 불에 다 타는 바람에 더 이상 버티지 못할 것이라는 판단에 수덕성의 주민들은 항복했고 수비병 5만 명은 무기를 버리고 투항했다. 가장 난공불락의 성을 우런의 묘책으로 고양이를 이용한 몽골군은 단 한 명의 피해도 없이 금나라 군사 5만 명을 포로로 잡는 대승을 거두었다.

이 성을 접수한 후 권황제 무칼리는 연안 공격에 앞서 첩보병을 보내 염탐을 하니 연안성(延安城)도 견고하다고 보고가 들어오자 우런에게 첩보병이 가르쳐준 대로 서신을 보냈다. 얼마 후 우런의 묘책이 당도했다.

"권황제 무칼리님, 권황제 무칼리님의 부하 장수 불화(不花)에게 정예기마병 3,000명을 주어 한밤중에 기습하여 금나라 군사와 마주쳐 싸우는 척하다가 깃발과 북을 버리고 달아나 연안성 동쪽의 골짜기 사이 양쪽에 몽골군을 매복시켜 두었다가 불화가 유인하면 적을 소탕하는 작전입니다."

권황제 무칼리는 우런의 묘책을 숙지하고 연안성 공격에 나섰다. 연안성에는 금나라의 원수 합달(合達)과 납합매주(納哈買住)가 지키고 있었다. 합달은 3만 명의 군사로 연안성 동쪽에 진영을 구축하고 있다는 것을 첩보병으로부터 입수했다.

권황제 무칼리는 연안성으로 가지 않고 밤으로만 이동하여 사전에 약속한 매복지에 숨어 있었다. 불화는 군사 3,000명을 이끌고 연안성 동쪽에 도달하여 3천 군사와 합달 3만 군사와 싸워 패하는 척 깃발과 북을 버리고 권황제 무칼리의 매복지 쪽으로 허겁지겁 달아나니 금군은 승리에 도취되어 성을 나와 불화군을 추격하다가 이미 약속한 매복지 안으로 유인되자 양쪽 매복지에서 화살을 비 오듯 쏘니 금나라 합달의 3만의 병사를 괴멸시켰으나 합달은 겨우 몸만 빠져나와 연안성 안으로 도망쳤다. 권황제 무칼리는 여세를 몰아 남쪽의 부주(鄜州)와 방주(坊州) 등의 고을을 공격하여 함락하자 합달은 겁을 먹고 연안성을 버리고 달아났다.

합달이 달아난 경로를 따라 권황제 무칼리는 수덕성에서 피 한 방울 흘리지 않고 투항한 금나라 포로를 몽골군 복장으로 갈아입히고 무기는 주지 않고 선봉대로 앞세웠다.

권황제 무칼리는 청룡보(靑龍堡) 방향으로 향하고 있었는데 평양공 호

천조(胡天作)가 십만의 몽골복장을 한 군사를 보고 지레 겁을 먹고 투항했고 그 투항한 금나라 군사들에게 수덕성의 포로와 같이 이들에게도 무기는 주지 않고 모두 몽골군 복장으로 갈아 입혀 선봉에 세웠다.

이렇게 계속 함락하여 가자 권황제 무칼리가 산서성 길현에 도착했을 때 길현성 성주 양정(楊貞)은 권황제 무칼리가 이끄는 대군을 보고 놀랐다.

양정은 성주민들이 모두 학살될 것을 두려워한 나머지 권황제 무칼리가 길현성을 공격하기 전에 성안의 모든 주민을 절벽으로 데리고 가서 그의 아내 노선(拏先)에게 이르기를 "몽골군에게 죽느니 이렇게 죽는 것이 났지 않은가? 살아도 노비로 끌려가 평생을 그렇게 살 텐데. 자네가 먼저 뛰어내리면 모두가 뒤따를 것일세."하고 아내 노선이 먼저 떨어지자 나머지도 모두 뛰어내려 죽었다.

양정이 죽자 권황제 무칼리는 요새로 들어가 병사를 남겨 지키도록 명하고 불화에게는 유기(游騎)를 부하 장수로 삼아 몽골군을 이끌고 진군을 명령하여 진주, 농주를 함락케 하였다. 권황제 무칼리는 직접 군사를 이끌고 맹주, 진양, 곽읍 등의 요새를 함락시켰다.

권황제 무칼리는 장안으로 달려가 올호내(兀胡乃)와 불화(不花)에게 지키게 하고 안적(安赤)을 파견해 군사를 이끌고 동관을 끊어버렸다. 권황제 무칼리가 봉상부(鳳翔府)를 공격하는데 주야로 40여 일간 고전했음에도 성을 함락하지 못하자 장차 하중으로부터 귀환하려 했다. 이 소식을 세작으로부터 전해 들은 금나라 원수 우도감 후소숙(侯小叔)이 하중을 습격하여 그 성을 지키던 석천응(石川應)을 죽이고 부교(浮橋)를 불태운 후 물러났다. 권황제 무칼리는 석천응의 아들 알가(斡可)에게 석천응의 군사를 대신 거느리게 했다. 이곳 하중은 처음에 금나라 황제가 완안아노대(完顔阿魯帶)에게 하중을 지키도록 명하였는데 완안아노대는 겁을 먹어 군율을 세우지 못하고 백성들의 고혈만 짜내고 있었다. 권황제 무칼리가 하중(河中)의 이웃 성 강주를 격파하자 완안아노대는 두려운 나머지 지레 겁을 먹고 금나라 황제에게 달려가 "폐하, 하중이 고립되어 성을 지킬 수 없습니다, 하중은 황제라도 지킬 수가 없습니다. 그러하니 하중을 즉시 포기하여 주십시오." 요청한 후 완안아노대가 하중을 포기하면서 "성안의 모든 집을 몽골에게 그대로 줄 수 없다." 하면서 민가와 관사를 모두 불태웠는데 이틀 동안 탄 후 모두 재가 되어 사라졌다.

이것을 안 금 황제가 유사(有司)에게 말하기를 "이 일을 어이할꼬! 하중은 중요한 요새로 나라를 유지하는 최후의 보루(堡壘)인데 부끄럽게 적들에게 함락됐으니 곧 대하의 험준함만 믿고 의지해 얻을 수 없게 되었다."

금나라 황제가 재차 하중의 건물들을 복구하도록 명령했으나 다시는 복구되지 못했다. 하중의 중요성을 금나라와 권황제 무칼리가 너무나 잘 알고 있어서 서로 간에 한번은 금나라가 차지하고 한번은 권황제 무칼리가 차지하기를 여러 번 되풀이 되었다. 권황제 무칼리는 이렇게 말했다. "죽여도 죽여도 끝이 없구나." 이 공격에서 권황제 무칼리가 밤낮으로 잠도 자지 못하고 신경을 쓰는 바람에 병을 얻어 하중에서 군사를 이끌고 귀환하였는데 해주(解州)에 이르러 병환이 더 위독해졌다.

권황제 무칼리는 죽음이 다가왔음을 알고 같이 출전했던 의형제 맹약을 맺은 대손(帶孫)에게 "나는 칭기스칸을 도와 대업을 이룩했고, 40

여 년간 전쟁에 힘 쏟아 많은 승리를 하여 여한이 없으나, 안타까운 것은 개봉을 함락시키지 못한 것뿐이다. 너희가 이를 위해 힘써줄 것이라 믿는다." 이 말을 마지막으로 고려인 권황제 무칼리는 1223년에 53세의 나이로 세상을 떠났다.

권황제 무칼리는 고려인 김수장의 사생아였지만 같은 민족인 잘라이르 부족장 목수역(木首域)이 지어준 목화려(木華黎)의 이름을 죽을 때까지 버리지 않았다. 칭기스칸은 타쉬켄트 지방에서 쉬고 있는데 권황제 무칼리의 죽음에 대한 급보가 전달되었다.

"뭐, 권황제 무칼리가 죽었다고?"

칭기스칸은 넋이 나간 표정으로 묻자 옆에 있던 참모가 "네, 폐하." 칭기스칸은 겨우 정신을 차리고 "나보다 8살 어린 나이에 죽다니 화살이나 칼에 맞았는가? 상세히 말해보게 어떻게 죽게 되었는지?"

"연전연승을 거둔 권황제 무칼리는 연안성(延安城)을 공격하기 위해 직접 군사를 이끌고 밤으로만 험한 산으로 이동하느라 많은 어려움을 겪었고 하중(河中)을 공격할 때 일진일퇴를 거듭하다가 병이 들어 귀환 중에 해주(解州)에 이르러 사망했다고 합니다."

참모가 전하는 말을 듣고 칭기스칸이 슬픈 표정으로 말했다. "과로사로 순국을 했구나! 무칼리의 도움으로 내란을 진압하고 그에게 금나라를 평정하라는 중임을 맡기고 호레즘을 정복할 수 있었던 것도 다 무칼리의 덕분이다. 더군다나 그가 데리고 있어야 할 뛰어난 장수 아들 보로까지 나에게 보내왔다. 그런 그가 나보다 먼저 죽다니 애석하기 그지없구나!"

눈물이 없던 칭기스칸도 두 눈에는 조용히 눈물을 흘리고 있었다.

그리고 참모에게 "보로를 빨리 불러오라."

칭기스칸의 부름에 보로가 달려오자 부친의 사망소식을 전해주고 말을 이었다. "보로 장군! 네 아버지, 권황제 무칼리는 훌륭한 장수요. 그가 있었기 때문에 몽골을 통일하고 정벌전쟁을 통하여 호레즘을 정복하고 대제국을 건설할 수 있었네. 그러나 지금 부친이 순국했으니 보로 장군이 아버지의 대를 이어 그 대임을 맡아 수행토록 하라." 그렇게 하여 보로는 금나라 정벌 총사령관으로 임명되어 1234년 금나라를 멸망시켰다.

5장

칭기스칸의 활약과 효령병법

1218년.

카라키타이(서요)는 나이만의 태양칸의 아들 쿠출룩이 다스리고 있었다. 쿠출룩은 칭기스칸에게 패하여 남쪽으로 달아나 카라키타이(西遼) 통치자의 딸과 결혼했고 곧이어 권력을 찬탈했다. 한번은 쿠출룩이 원정을 나가자 그의 백성이 성문을 걸어 잠그고 그가 성안으로 들어오는 것을 막자 쿠출룩은 보복으로 수도를 포위 공격하여 정복한 뒤 완전히 파괴해 버리자 발라사군의 무슬림은 자신들을 보호해주는 무슬림 통치자를 찾지 못해 칭기스칸에게 의지하여 억압적인 카라키타이 왕을 타도해 달라고 칭기스칸에게 요청하자 칭기스칸은 제베에게 군사 25,000명을 주어 10,000리나 떨어진 아시아를 가로질러 무슬림을 복원하라고 명령했다.

우런은 제베가 출정하기 전에 같은 고려인을 아끼는 마음에 당부했다. "장군, 무슬림의 요청으로 원정을 하기 때문에 약탈이나 파괴는 하지 말고 민간인들도 건들지 말았으면 하오." 이렇게 당부한 후 제베가 출정하여 국경 수비대의 반격이 있었으나 쉽게 무너뜨렸고 수도 발라사군으로 들어가 도성수비군도 쉽게 무너뜨렸다.

수도를 함락하였으나 쿠출룩은 몰래 성을 빠져나와 도망갔다. 제베는 쿠출룩을 쫓아가 더 이상 달아나지 못하는 절벽에서 잡아 그의 범죄에 걸맞게 참수형에 처했다.

몽골군은 쿠출룩을 처형한 후 위구르에 있는 카쉬가르로 사절을 보내 "종교적 박해는 끝났고 각 공동체에 종교의 자유가 회복되었다"고 말했다. 그러자 카쉬가르 사람들은 몽골군에게 "신의 자비이며 신의 은총이다."라고 외쳤다.

제베가 출정하는 곳마다 함락하자 칭기스칸은 중국 서쪽 끝에 있는 일리 지역과 카자흐스탄에 있는 이시쿨 호수 일대까지 합병했다. 이 시기 군사와 상업분야에 수많은 업적을 쌓은 칭기스칸은 몽골 고원에서의 어느 시기보다 완전한 평화가 찾아왔고 씨족 간의 소요가 잠잠하여 고요했으며, 안전과 평정을 가져왔으므로 최고 수준의 번영과 복지를 이룩하고 도로와 역참을 더욱 활성화 시켰다.

카라키타이를 합병하는 과정에서 칭기스칸은 '서쪽에 겨울이 와도 얼지 않는 강이 있는 호레즘이라는 나라가 있다.'는 것을 실크로드를 통하여 오가던 상인들로부터 들었다. 그곳에는 인류가 생산해낸 가장 높은 수준의 강철이 있어 무사의 칼은 날카롭고 단단하며, 면을 비롯한 아름답고 고운 직물이 많이 생산되며, 그곳 사람들은 유리를 만드는 신비한 과정도 알고 있다는 것을 말했고 그 신비한 물건들을 칭기스칸에게 보여주었다. 그것을 본 칭기스칸은 그 기술들을 공유하여 그들과 동반자 관계를 맺을 수 있기를 바랐다.

지금까지 칭기스칸은 위구르의 무슬림과 힌두 상인을 통하여 서방과 무역거래를 했는데 이 기회에 직접 교역을 하고자 칭기스칸은 3명의 사절을 선물과 함께 서신을 호레즘 왕에게 보냈다.

"나는 해 뜨는 곳의 군주이고, 그대는 해 지는 곳의 군주이다. 우리 서로 상호우호와 화목, 그리고 평화의 조약을 맺고 교역을 자유롭게 하도록 만든다면 모두의 행복과 필요를 충족시켜 주게 될 것이다. 나는 그대와 평화롭게 살고자 크나큰 바람을 가지고 있다. 나는 그대를 내 아들로 여기겠다. 그대는 내가 중국 북부를 정복하고 북쪽의 모든 부족을 복속시켰다는 사실을 알고 있다. 내 나라의 전사들은 바다의 모래알보다 많고 우리 지역은 은의 광산이기 때문에 내가 다른 영토를 부러워할 이유가 없음을 그대는 알고 있다. 우리는 각자의 백성들 사이에 교역을 장려하는데 똑같은 관심을 가지고 있다."

이 서신을 읽은 호레즘 왕인 무함마드는 주저하면서도 조약에 합의했다. 조약에 합의하고 난 후 3명의 사절을 되돌려 보낸 뒤 서신 내용 중 '나는 그대를 내 아들로 여기겠다.'는 내용에 분하여 잠을 설쳤다.

사절이 돌아온 후 조약에 합의한 내용을 칭기스칸에게 보여 주자 칭기스칸은 사절을 칭찬했고 바로 그날 호레즘과의 첫 무역 거래의 상단을 꾸리도록 명령했다. 450명의 상인과 낙타와 수레를 이끌 상인들을 모아 하얀 낙타, 모피 옷감, 중국 비단, 가공하지 않은 보석의 원석, 조공으로 받은 진기한 물건들을 가득 싣고 인도인을 대표단의 우두머리로 호레즘 왕에게 줄 칭기스칸의 서신까지 주어 호레즘으로 보냈다.

"우리 두 나라가 우호적으로 교역하면 우리 사이의 관계가 개선되어 악한 생각이라는 종기가 사라질 것이고 난동과 폭동이라는 고름이 제거될 것이다."

1218년. 인도인을 우두머리로 한 몽골의 대상단이 호레즘의 동쪽 관문인 오트라르성에 도착하자마자 이날축은 호레즘 왕에게 즉시 보고했다. 호레즘 왕은 전날에 칭기스칸이 보낸 편지를 생각하며 자신을 아들이라고 부른 부분에 대해 몹시 화가 나 있었다.

호레즘 왕인 무함마드는 이날축에게 명령했다.

"한 명만 남기고 모두 죽여라."

"한 명은 왜 살려 주십니까?"

"한 명은 이 사실을 칭기스칸에게 알려야 하지 않겠느냐?"

당시 이 성의 총독 이날축은 호레즘 왕의 어머니인 투르칸 카툰과는 사촌 간이었다. 인도인을 대표로 한 상단은 이때까지만 해도 새로운 교역 개척에 대한 꿈에 부풀어 있다가 갑자기 날벼락을 맞았다. 이날축은 호레즘 왕의 명령으로 칭기스칸의 대상단을 한 명만 남기고 모두 살해한 뒤 그들이 가지고 온 물건을 모두 빼앗아 버렸다. 칭기스칸은 이 이야기를 듣고 친서를 써서 다시 사절을 보냈다.

"내가 아끼는 대상단을 잔인하게 살해하고 내 물건을 약탈한 이날축을 그것에 걸맞게 처벌해 달라."

친서로 요청했다. 그러나 호레즘 왕은 자신이 아는 방법인 몽골인이 가장 수치로 여기는 방법으로 사절단의 대부분을 살해하고 남은 일부는 수염을 불태운 뒤 되돌려 보냈다. 호레즘 왕의 태도에 칭기스칸은 분노했다. 두 번씩이나 칭기스칸 자신의 우호적인 방법으로 서로 이익이 되고 평화적인 방법으로 교역을 요구하자 서로 합의했음에도 두 차례나 생각지도 못할 희생으로 인해 칭기스칸은 분노의 회오리바람이 불면서 인내와 자비의 눈에 불이 붙었다. 그 진노의 불이 사납게 타올라 그의 눈에서는 눈물이 말라 그 불을 끌 수 있는 것은 오직 피눈물 밖에 없었다. 칭기스칸은 분노를 참지 못하고 바로 부르칸 칼둔 산에 올라가 신에게 사흘 밤낮으로 기도를 드리고 영원한 푸른 하늘의 도움을 요청했다.

"저들이 전쟁을 선택했으니 소원대로 해 주소서. 그 결과는 오직 신만이 알 것이나, 하늘이시여! 고난을 일으킨 저들에게 복수할 수 있도록 힘을 주소서."

이렇게 사흘 밤낮으로 기도하고 내려와 제일 먼저 찾은 사람은 우런이었다.

"선생! 이 일에 대해 좋은 계책이 있는지요?"

호레즘에 평화적으로 간 사절이 449명이 희생되었고 또 다시 보낸 사절에게는 몽골인이 가장 수치로 여기는 수염까지 태우자 칭기스칸이 그 해결책을 물어 올 줄 알고 우런은 이미 대비해 두었다.

"칸이시여! 이미 수많은 대상들을 호레즘으로 들여보내 세작으로 활동하고 있습니다. 대상들은 호레즘의 상황을 정확하게 파악하여 호레즘 지역의 지리적 특성과 군대의 배치와 수, 주민들의 분위기와 궁정 내부와 관련된 소식을 계속해서 전해 오고 있습니다. 그리고 대상들에게 돈을 주어 호레즘 주민들에게 칭기스칸과 몽골군에 대한 소문을 퍼트려야 합니다."

칭기스칸은 우런에게 "어떤 소문을 퍼트리는지?" 묻자 우런은 이미 준비한 것을 펼쳐 보였다. 그 내용은 다음과 같았다.

"칭기스칸은 장차 세계를 지배할 영웅이다. 몽골 군대는 최강의 군대이며 이들과 싸워 이길 군대는 없다. 몽골 군대는 항복하면 관용을 베풀지만 저항하면 씨도 남기지 않는 잔인한 군대다. 칭기스칸은 종교와 인종을 가리지 않는 메시아다."

이렇게 칭기스칸과 우런의 대화가 오간 후 대상들의 입을 타고 흘러나온 이 소문은 호레즘의 전 지역에 번져 갔다. 뿐만 아니라 우런은 호레즘 궁 내부에 이간책도 썼다.

왕의 어머니 투루칸 카툰에게 사신을 보내 "협조할 경우 호레즘 땅을 넘겨주겠다."고 제의하기도 하고 그녀 휘하의 한 지휘관 이름으로 칭기스칸의 군대에 협조할 용의가 있다는 거짓편지를 만들어 호레즘 왕의 손에 들어가도록 만들기도 했다. 호레즘은 우런의 계략에 의해 전투에 나서기도 전에 내부에서부터 서서히 흔들리고 있었다.

이 소문을 듣고 무슬림의 종교 지도자 칼리파가 칭기스칸에게 호레즘 왕을 정벌해 달라고 요청해 왔다. 그 서신은 서면으로 온 것이 아니라 칼리파의 전령 머리에 문신으로 비밀히 새겼기 때문에 들키지 않고 호레즘을 빠져나와 칭기스칸에게 전달할 수 있었다.

1219년 여름. 전쟁에 나설 여건이 조성되자 몽골군은 이르티슈강 상류에 결집시킨 뒤 전쟁을 선포했다. 호레즘 전쟁의 승리를 다짐한 20만 대군이 서쪽으로 서서히 이동했다.

바람은 몽골군단의 깃발을 따라 서풍으로 나풀거리며 새롭게 자리잡을 소유자들에게 유혹의 손짓을 보내며 몽골초원보다 더 나은 목초지를 찾아보자고, 겨울에도 강물이 얼지 않고 초원의 풀이 시들지 않는 곳을 탐사해 보자고, 다른 세상으로의 운명을 개척해 보자고 몽골군단의 깃발이 군사들보다 앞서 펄럭이며 유혹했다.

이 행렬에는 우런은 동행하지 않았다. 칭기스칸은 우런에게 "천산의 겨울을 넘다가 선생을 잃을 순 없소. 특히 선생을 아끼는 마음에 이번만은 따라오지 마시오."라고 만류해서 몽골초원에 그대로 머물면서 진영을 지키게 되었다.

1219년 늦가을. 20만 명에 이르는 대규모 몽골군단이 천산 북쪽의 산기슭을 따라 서쪽으로 이동하고 있었다.

수백만 마리의 양떼와 수십만 마리의 소떼, 말떼도 이들 병사들과 움직이고 있었다. 천산 북쪽의 넓은 평원 준가르 분지로 향하는 길은 엄청난 수의 병사와 가축들로 가득 채워져 그들의 행렬은 끝이 보이지 않았다.

선두 행렬은 이미 알타이 산맥을 지나 무려 5,000리 이상 이동하여 준가르 분지에 다다랐다. 이들이 준가르 분지의 끝이자 천산 중턱에 있는 사이암 호수 근처에 도착했을 때 계절은 이미 겨울로 접어들고 있었다.

천산은 여름에도 눈과 얼음이 덮여 있는 험한 길을 겨울에 지나가야 하는 대장정은 그야말로 고통의 연속이었다.

해발 4,000m 이상 되는 산맥을 넘어 일리 지역으로 들어가면서 수많은 병사와 수많은 가축들이 죽어 나갔다.

처음 출발할 때 20만이 출발했는데 지금은 12만 5천이었다. 나중에 합류한 위구르와 다른 투르크족 동맹군, 중국의 의무대, 공병대를 합치면서 20여만이 되었다. 하지만 호레즘 군사는 정예병만 40만 명이 넘었다. 손자병법에 공격하려면 방어병력보다 수적으로 많아야 한다고 쓰여 있다. 그래서 우런은 수적인 열세를 심리전을 먼저 구사하여야만 전쟁에서 이길 수 있다고 생각하여 사전에 군사 100만이 넘는 효과를 일으키는 소문을 퍼트린 것이다. 호레즘에 사용한 이 심리전이 '효령병법'에 기록해 두었다.

1220년 2월. 칭기스칸의 몽골군단이 일리 계곡을 지나 발하슈 호수 근처의 평원 지대에 도착했을 때에는 막바지 겨울 추위가 기승을 부리고 있을 때 첫 공격 목표인 오트라르성이 멀리서 드러나자 몽골군단의 사기가 새롭게 솟구쳐 일어나고 있었다. 이때 우런이 보낸 서신이 칭기스칸에게 도착했다.

"칸이시여! 제베 장군에게 군사 25,000명을 주어 사막을 건너 부하라 방어선 뒤쪽 깊숙한 곳에서 침투하게 하시고 칸님께서는 정면으로 부하라를 공격한다면 호레즘 왕은 사막으로 몽골군단이 오리라는 것을 전혀 생각하지 못하고 모든 병력을 정면에 집중 배치 할 것입니다. 그러하오니 제베에게 그 임무를 맡겨 주십시오."

칭기스칸은 우런의 전략을 받아들여 제베 장군에게 군사 25,000명을 주어 호레즘 왕이 생각지도 못할 사막을 가로질러 부하라를 향하여 출발하게 했다.

오트라르성 공략은 처형당한 몽골사절의 한을 풀어주기 위해 칭기스칸이 직접 공격했다. 오트라르성은 여전히 이날축이 맡고 이었고 자체 수비병 8만에 호레즘 왕의 지원군 4만과 주민을 합하면 몽골군의 병력보다 수적으로 많았다. 이곳에서의 양측의 공방전은 4개월간 계속되자 칭기스칸은 이렇게 중얼거렸다. "우런 선생만 있었으면 벌써 이 성을 함락했을 텐데." 하고 우런에게 편지를 써서 오트라르성을 어떻게 함락할 수 있는지 물었다. 그리고 한 달 후 우런의 서신이 칭기스칸에게 도착했다.

"칸이시여! 소생이 참여 못하여 몸 둘 바를 모르옵니다. 이 서신을 받고 한 달 후면 성문이 열릴 것입니다. 오트라르성을 포위만 하고 화살은 성안으로 절대로 쏘아서는 안 됩니다. 그리고 칸이시여! 그 성은 차가타이와 오고타이에게 맡기시고 칸께옵서는 톨루이님과 다른 성을 치옵소서."

칭기스칸은 이 서신의 내용을 보고 기뻐했다. 그리고 우런의 말대로 차가타이와 오고타이에게 오트라르성 함락 임무를 맡기고 칭기스칸은 막내아들 톨루이와 함께 주력군을 이끌고 부하라 쪽으로 말머리를 돌렸다. 떠나면서 칭기스칸은 차가타이와 오고타이에게 다시 한 번 더 당부했다. "화살을 절대로 성안으로 쏘지 말라."

이후에도 오트라르성은 한 달간 더 공방전이 이어지다가 이날축은 화살이 떨어지자 흙벽돌을 던지며 끝까지 저항했으나 무기가 다 떨어지자 결국 우런의 말대로 한 달 후에 몽골군에 의해 성이 함락되자 이날축을 생포하여 칭기스칸이 있는 곳으로 끌고 갔다. 칭기스칸이 그를 보고 명령했다.

"이 자는 평화를 위해 보낸 우리 사절을 학살한 원수다. 여기 이놈은 은을 좋아한다. 은을 뜨겁게 녹여 이날축의 귀와 눈과 입과 코에 부어 사절의 원한을 풀어주어라."

전날에 몽골사신을 죽인 그에 걸맞은 죄를 물어 그의 눈과 귀와 입과 코에 펄펄 끓는 은을 부어 고통스럽게 죽였다.

오트라트성은 종이에 글을 지워버리듯 모든 집들을 땅에서 지워 버려 사람이 살던 곳은 설치류의 거처가 되어 무너진 건축물 틈 사이에서는 밤낮으로 쥐들의 이가는 소리로 가득 메웠다.

우런의 방책으로 오트라르성을 함락시킨 후 부하라 성의 입성 방책의 서신이 칭기스칸에게 도달되었다.

"칸이시여! 부하라를 공략하기 전에 부하라 근처 작은 읍 몇 개를 정복하여 그들에게 이렇게 말하십시오. '너희 호레즘 백성들아 들으라. 신이 나에게 동에서 서까지 지상의 제국을 주었음을 알라. 복종하는 자는 살려줄 것이요. 저항하는 자는 모두 도륙할 것이다. 우리는 신의 뜻으로 질서를 유지하기 위해 왔노라.' 이렇게 말한 후 그 주민들을 부하라로 달아나게 놓아두시면 부하라의 공포심은 지금까지의 공포와 그들이 부하라로 도망한 후 그들의 입으로 이렇게 말할 것입니다. '거리는 기병으로 가득 차고 그들이 일으키는 먼지로 사방이 밤처럼 컴컴하듯 한다.'고 하면 공포심은 배로 더해 스스로 성문을 열어줄 것입니다."

이때 이미 제베 장군은 저승군단을 이끌고 사막을 지나 부하라 방어선 뒤편 깊숙한 곳으로 파고들어 부하라에 갑자기 모습을 드러냈다. 정면 쪽에는 칭기스칸이 부하라에 도착하자 우런이 심리전을 펼쳐서 '저항하는 적은 씨도 남기지 않는다.'는 소문은 이미 부하라 성안까지 널리 퍼졌고 칭기스칸의 몽골군단이 부하라 성 가까이 오고 있다는 소식을 접한 2만 명의 호레즘 군사들은 주민들을 남겨 놓은 채 성을 빠져나가기에 바빴다. 군사들이 빠져나가자 성안에는 500명의 원로들만 남겨 놓고 달아났다. 원로원들은 칭기스칸 군대에게 항복하기로 결정하고 성문을 활짝 열었다. 칭기스칸이 부하라에 입성하여 이 도시에서 가장 큰 건물인 모스크까지 말을 타고 가서 칭기스칸은 이렇게 말했다. "이 집이 술탄의 집이냐?" 통역자가 "신의 집입니다." 칭기스칸은 주민들을 대상으로 연설했다. "몽골인에게 유일한 신은 지평선에서부터 지평선까지 사방을 가득 채운 영원한 푸른 하늘뿐이다. 신은 죄인이나 우리에 갇힌 짐승처럼 돌로 지은 집에 가두어 놓을 수도 없고 부하라 사람들의 주장과는 달리 신의 말을 책 속에 붙잡아 넣을 수도 없다." 이렇게 말하고 칭기스칸은 말에서 내려 커다란 모스크로 들어가 부하라에서 가장 부유한 280명을 불렀다.

부자가 모인 사람들 앞에서 몇 계단 올라가 연단에 서더니 통역을 통해서 술탄[27]을 포함한 그들의 죄와 비행을 엄하게 꾸짖었다. "이런 죄인들은 당신들 가운데 큰 사람들이다. 당신들이 큰 죄를 짓지 않았다면 신이 나를 통해 당신들에게 벌을 주었겠느냐. 나는 신의 채찍이다." 고 말하고 몽골 전사에게 부자 한 사람씩 맡기며 "전사들은 부자와 함께 가서 재물을 거두어라. 부자들은 들어라. 땅 위에 드러난 재물은 굳이 보여 줄 필요가 없다. 그 재물은 도움을 받지 않아도 찾을 수 있으니, 감추었거나 묻어둔 보물이 있는 곳만 우리 전사들에게 안내하라."

이렇게 부하라를 탈취하고 난 후 칭기스칸은 지체하지 않고 호레즘 왕이 있는 곳으로 추정되는 호레즘의 수도 사마르칸드로 떠났다. 칭기스칸은 사마르칸드에 도착하자 포위공격하기 위하여 진영을 재정비했다.

우런은 칭기스칸이 전쟁에 떠나기 전 매번 하는 말이 있었다.

"몽골인은 전쟁과 목축, 사냥밖에 할 줄 몰라서 장인이 너무나 부족합니다. 어떠한 기술, 한 가지라도 가지고 있으면 적군이라도 죽여서는 안 됩니다. 살려두면 언젠가는 요긴하게 써먹을 수 있습니다. 지식

---

27) 주: 술탄(Sultan)은 이슬람교의 종교적 최고 권위자인 칼리프가 수여한 정치적 지배자의 칭호이다.

은 나라를 넓혀가는 데 가장 큰 도움을 줍니다. 또한 학자들도 정중하게 모셔 와야 합니다. 그 학자들이 어떤 기술을 가지고 있을지 모릅니다. 그 학자의 기술을 이용하여 나라를 넓혀가는 데 쓰여야 하므로 죽여서는 절대 안 됩니다. 스스로 찾아오는 기술자에게는 큰 상을 주어야 그 소문을 듣고 새로운 기술자들이 몰려옵니다. 전투가 끝나고 포로들 가운데에서도 재능이 있는 포로는 재능을 살려 줘야 합니다. 심지어 상인, 낙타를 잘 모는 사람, 여러 언어를 할 줄 아는 사람들도 우대해야 합니다. 뿐만 아니라 대장장이, 토기공, 직조공, 유리공, 목수, 가구장이, 염색 전문가, 종이 만드는 사람, 재단사, 보석상, 악사, 이발사, 약제사, 요리사, 가수 등 거의 모든 분야에서 몽골제국을 운영하기에 기술자들이 부족합니다. 그래서 한 가지만이라도 기술이 있으면 죽이지 말고 우대해 주어야 합니다."

이렇게 하여 칭기스칸은 전군에 명령을 하달했다.

"거세게 저항하는 성이 있더라도 함락한 후 그 성에서 주민과 가축들을 성 밖으로 다 내보낸 후 성 밖에 일렬로 세워 적군의 사병들을 따로 집결시킨 후 기술을 가지고 있는 병사는 선별하여 살려주고 나머지 병사는 모조리 처형하라. 민간인들은 글을 읽고 쓸 줄 아는 사람은 선별하고 직업에 따라 나누라. 지적인 분야에 종사하는 사람은 사무원, 의사, 천문학, 재판관, 예언자, 교사, 랍비, 사제 등도 포함하라."

우런은 사마르칸드 수도에 사는 이 지역 백성들이 얼마나 가치 있는 사람들인지 잘 알고 있었다. 이 지역 사람들은 천문학, 수학, 기하학, 농학, 언어학에 이르기까지 거의 모든 분야에서 가장 높은 수준에 이르렀다. 이 지역 사람들의 문맹률도 세계에서 가장 낮았다. 사제들만 글을 읽을 수 있는 유럽과 정부 관료들만 글을 읽을 수 있는 중국을 비교해도 무슬림들은 어느 마을 사람들이나 코란을 읽고 무슬림의 법을 해석할 수 있었다.

이렇게 되자 가장 필요한 것은 종이였다. 지구상에 가장 유명한 종이는 고려에서 만든 종이였다. 그래서 고려 조정에 종이 10만 장을 요구했다.

칭기스칸은 우런의 이 당부에 몽골 쪽으로 넘어오는 모든 기술자들에게 상을 주었고, 전투가 끝날 때마다 포로 가운데 기술자들을 가려내어 몽골 백성으로 편입시켜 우대했다.

칭기스칸은 지금까지 몽골군에 편입한 기술자들이 축적한 압도적인 무기를 가지고 호레즘의 수도 사마르칸드를 파괴하는 데 집중하기로 했다. 돌과 불을 던지는 투척기, 평행추 투석기, 대석궁, 바퀴에 올려놓고 쏘는 엄청난 크기의 쇠뇌, 접이식 사다리가 있는 이동식 탑 등을 기술자들로부터 새로 고안해서 사마르칸드로 굴려서 갔다.

불이 붙는 액체의 단지, 폭발장치, 인화물질까지 가져갔다. 이뿐만 아니었다. 포로 중에는 땅굴을 잘 파는 포로들도 상당수 있어 이들로 하여금 땅굴 파는 부대를 편성했다. 그렇다고 아무 곳에도 속하지 않는 사람들은 적의 병사 외에는 죽이지 않았다. 그들은 따로 모아 다음 공격에 이용했다. 이들은 짐을 나르거나 요새를 공사하거나 인간 방패나 해자를 메우는 데에도 사용되었다.

사마르칸드에서의 전투는 몽골군단의 초원 전투의 전통적인 공격력과 기동력 그리고 몽골군에 편입된 많은 기술자들이 고안한 무기들의 총 집합체였다.

사마르칸드도 이 성을 방어하기 위하여 또 하나의 성벽을 쌓고 갑옷을 입힌 코끼리를 배치하는 등 방어 준비에 만전을 기했다. 사마르칸드를 지키기 위해 방어에 투입된 병사는 11만으로 6만은 투르크인 정예부대이고 5만은 타지크인들로 구성되었다. 칭기스칸은 이 성을 함락하자면 몇 달이 걸릴 것이라 생각했다. 때마침 우런의 서신이 도착했다.

"칸이시여! 첩보에 의하면 쳐들의 군사는 11만이 넘고 주민이 전투에 참가하면 30만이 넘을 것입니다. 사마르칸드 성을 함락하기 위해서는 몽골군의 수가 호레즘 군사의 수보다 비교가 되지 않을 만큼 많아 보이면 주민들은 지레 겁을 먹고 달아나거나 투항할 것입니다. 그들의 군사들도 겁에 질려 달아나게 만들기 위해서는 포로들도 몽골 군사로 위장하고 모든 기마병 한 명에 말 5마리씩 나무 안장을 올려 몽골군 복장을 입힌 뒤 허수아비를 앉히고 말고삐를 연결하여 끌게 하면 실제 병력보다 군사의 수가 6배는 더 되게 보이게 하여 새로 고안한 대형천차를 맨 앞쪽에서 굴려가면 쳐들은 지레 겁을 먹고 달아날 것입니다."

우런의 계책대로 전열을 다시 짜니 몽골군단의 수는 끝이 보이지 않았다. 사마르칸드 성 위에서 호레즘 주민들이 몽골군단이 끝없이 몰려오는 것을 보고 지레 겁을 먹었고 호레즘 병사들도 지레 겁을 먹었다.

눈에 아른거릴 곳까지 멀리 펼쳐져 있는 몽골군단의 병력의 수는 호레즘의 11만과 비교도 되지 않을 만큼 많아 보이자 겁에 질린 일부 종교 지도자들은 전쟁을 반대하면서 성안의 분위기는 어수선해졌다. 이때 몽골군을 공격하기 위해 호레즘 군사가 성 밖으로 나오자 제베와 몽골군의 궁수에 의해 호레즘 군이 몰살당하는 사태까지 벌어지자 사마르칸드의 성 내에서는 두려움이 더욱 크게 번져 가면서 순식간에 투항하는 것이 좋겠다는 분위기가 확산되었다.

사마르칸드 주민 대표가 칭기스칸을 찾아가서 "주민들과 종교지도자들을 살려주면 성을 넘겨주기로 결정했다." 말하자 칭기스칸은 그렇게 하기로 약속했다.

몽골군단이 사마르칸드를 수중에 넣는 데 걸린 시간은 겨우 5일에 불과했다. 칭기스칸은 약속대로 주민과 종교지도자들을 성 밖으로 내보낸 후 호레즘 왕을 찾기 위해 수도를 철저히 유린했다. 하지만 호레즘 왕은 성이 함락되기 전에 이미 성을 빠져나가 도주 길에 올랐다.

이 무렵 후방에서 호레즘 왕의 아들 잘랄 웃딘도 뒤처진 몽골 병사 400명을 생포로 잡아 자기도 몽골군에게 공포를 심어주기 위해 많은 시민이 볼 수 있도록 이스파한으로 몽골포로를 끌고 가서 말 뒤에 묶고 거리를 질질 끌고 다니며 몽골 군사들도 이렇게 된다는 것을 시민들에게 보여준 후 결국 온몸에 피투성이가 된 몽골 병사를 개에게 던져주었다.

또 이 무렵 이슬람의 종교지도자 칼리파도 자체 군사를 결성하여 십자군 원정에 나선 십자군을 자기 성지에서 잡아 칭기스칸에게 선물하자. 칭기스칸은 "우리 몽골은 기병이 필요하지 보병은 필요 없다." 옆에 있던 우런은 칭기스칸에게 그들이 알아들을 수 없는 몽골 말로 "칼리파의 성의를 받아들여야 합니다. 십자군 병사를 선물 받아 그들을 이용하여야 합니다." 우런의 요청에 칭기스칸은 십자군 병사를 선물로 받기로 했다. 그리고 우런은 그 십자군 병사들을 호레즘 군이 투항하지 않고 저항하는 부대에 편입시켜 전투는 시키지 않고 구경만 하게 해 달라고 칭기스칸에게 다시 한 번 요청하여 허락을 받았다. 그래서 선물로 받은 십자군 병사는 거세게 저항하는 부대로 들어가 몽골군에 저항하는 부대가 얼마나 잔인하게 도륙당하는 것만 보게 한 후 십자군을 풀어 주어 자기 나라로 돌려보냈다.

포로로 잡혀 몽골군에 편입된 이 병사들이 훗날 유럽에 있는 고향으로 돌아가서 잔인한 몽골 정복자들에 대한 첫 소문을 퍼트려 공포심을 조성하여 유럽을 점령하는 데 보다 수월한 역할을 먼저 해준 셈이다.

칭기스칸은 호레즘 왕을 뒤쫓는 일은 제베와 제베의 부하 장수 수베테이에게 맡기며 "호레즘 왕이 가는 곳이라면 세상 끝까지라도 쫓아가 그를 처단하라." 칭기스칸의 명령을 받은 2만 5,000명의 추격대는 1220년 4월부터 시작되었다.

호레즘 왕인 무함마드는 숨을 곳을 찾지 못해 카스피해의 작은 섬으로 도망쳤으나 제베의 저승군단은 이를 알아차리고 카스피해로 다가가고 있을 때 그는 도주 중에 먼지 많은 외양간과 같은 곳에서 자고, 먹을 것을 제대로 먹지 못해 얻은 폐병으로 1220년 12월에 숨을 거두자 호레즘 왕인 무함마드의 추격 대신 제베의 2만 5,000명의 저승군단은 남서쪽으로 계속 진군했다. 제베의 저승군단은 호레즘 왕의 어머니를 포로로 잡아 궁에서 일하는 대부분과 가족들 20여 명을 죽이고 호레즘 왕의 어머니는 몽골로 보내져 노예로 삼아 평생 수치스럽게 살게 했다.

한편 호레즘 왕이 죽자 그 아들 잘랄 웃딘이 호레즘의 옛 수도인 우르겐치를 지키고 있었다. 잘랄 웃딘은 백성들에게 외쳤다. "사마르칸드를 보지 않았느냐 성문을 열어 주어도 죄 없는 우리 백성들을 도륙했다." 잘랄 웃딘의 이 말에 우르겐치의 백성들은 똘똘 뭉쳤다.

몇 달이 넘어도 우르겐치 성을 함락하지 못하고 몽골군의 피해만 늘어나자 칭기스칸은 우런에게 서신을 보내 우르겐치에 입성할 방법을 물었다. 칭기스칸이 우런에게 편지를 보낸 지 한 달여 만에 서신이 도착했다.

"칸이시여! 백 년 전 고려의 장수 강감찬이 이미 사용했던 방책이옵니다. 아무다리아강의 둑을 막아 일시에 터트리면 우르겐치 성은 무너질 것입니다. 이 일은 맏아들 조치와 둘째 차가타이에게 시켜 서로 간 우의를 다지게 하소서. 조치와 차가타이 장군에게도 서신을 보내 그 방법을 일러두었습니다."

칭기스칸은 우런의 편지를 읽고 뛸 듯이 기뻐하며 조치와 차가타이 장군에게 각각 군사 5만을 주어 아무다리아강의 둑을 막는 일에만 집중하라고 명령했다.

조치와 차가타이 장군에게 도착한 우런의 서신 내용은 "조치 장군, 차가타이 장군, 참으로 고생이 많소! 아무다리아강둑을 막는 일인데 칸님께 같은 날 서신을 보냈으니 장군들에게 그 임무를 맡길 것이오. 시간이 촉박하니 강둑을 쌓는 방법을 가르쳐 주겠소. 먼저 뗏목을 이쪽 강에서 저쪽 강 끝까지 연결하여 고정시키고 사방 7척 크기의 나무 상자를 만들어 그곳에 모래만 가득 넣어 맨 아래 모래상자 한쪽 면은 문고리를 달아 고정하여 끈을 연결하고 당기면 맨 아래 한쪽 면 나무판자가 뜯어지면서 모래가 강물에 씻기어 일케히 둑이 터져서 케아무리 철옹성 같은 성이라도 무너질 것이요. 주의할 것은 강물이 불어나도 견딜 수 있도록 7척 크기의 모래를 넣은 나무 상자를 차곡차곡 쌓고 이 상자를 보호할 말뚝을 이 강둑에서 저 강둑 끝까지 앞뒤로 처음과 끝까지 박고 이 모든 말뚝을 밧줄로 연결하여 강물이 차면 여러 마리의 말을 동원하여 먼저 제거한 후 문고리에 끼운 판자를 양쪽 말들이 당기면 뜯어질 것이오. 그러면 일시에 강둑이 무너져 우르겐치를 덮쳐 성이 무너질 것이오."

칭기스칸은 맏아들 조치와 둘째 차가타이에게 포로병 기술자들을 포함하여 각각 5만의 군사들을 주어 나무를 구해올 군사, 사방 7척 크기의 나무상자를 만드는 군사, 한쪽 면만 문고리를 달 병사, 뗏목을 연결할 병사, 모래가 가득 담긴 나무상자를 이용하여 둑을 쌓는 병사, 강둑을 높이고 우르겐치 성으로 물길을 틀 병사로 나누어 지휘한 지 한 달이 채 되지 않아 둑이 완성되었다. 강물이 원하는 양만큼 차오르자 모래 넣은 나무상자를 고정한 말뚝을 양쪽 강변에서 말들을 이용하여 제거한 후 맨 아래 나무에 박아 놓은 문고리 사이로 끼워진 밧줄을 여러 마리의 말을 이용하여 신호와 함께 양쪽 강변에서 이동하자 아무다리아강둑이 일제히 터지면서 그 물살이 우르겐치를 덮쳐 성마저 무너졌다.

우르겐치 성이 무너지기 며칠 전 잘랄 웃딘은 몽골군의 동정을 살피라고 보낸 첩보병에게 물었다. "요즘 공격이 뜸한데 무슨 이유인가?" 첩보병은 "아무다리아강둑을 막고 있습니다." 그 말은 들은 잘랄 웃딘은 성을 빠져나가 도망을 치자 목숨을 건졌다.

이와 같은 방책은 우런의 서신[28]이 빨리 도착하였다면 인명피해를 줄일 수 있었다.

1221년 봄. 제베는 부하 장수 수베테이와 함께 호레즘의 잔존세력을

28) 주: 역참제도 시작은 우런과 칭기스칸의 서신 교류 기간이 한 달 넘게 걸리자 그 기간을 줄이기 위해 처음 시작한 것이 활성화되면서 현대의 인터넷으로 발전했다.

쫓아 후라산을 정복한 후 동쪽에 있는 발흐지역을 점령했다. 이 무렵 칭기스칸이 사위 토쿠차르에게는 니샤푸르를 공격하라 시켰고 막내아들 톨루이에게는 메르브로를 공략하라 명하였다. 막내는 메르브로를 공략하자 투항하지 않고 저항이 거세 결국 400여 명의 기술자 장인만 살려주고 나머지는 다 죽여 버렸다.

반면 사위 토쿠차르는 니샤푸르를 공격하다가 치열한 공방 중에 니샤푸르 성에서 수비병이 쏜 화살에 맞아 죽고 말았다. 이 소식을 접한 막내 톨루이는 급히 니샤푸르로 와서 점령한 후 주민을 모두 끌어내었다. 칭기스칸은 반역에 대한 보복으로 유복자를 낳을 처지가 된 딸에게 "마음대로 앙갚음을 해도 좋다" 말하자 이곳 주민의 학살은 칭기스칸의 딸이자 토쿠차르의 아내의 차지가 되었다. 토쿠차르의 아내는 명령했다. "이들을 학살하는데 이들의 머리를 잘라 세 개의 피라미드를 쌓아라. 남자의 피라미드, 여자의 피라미드, 아이의 피라미드를 나누어 쌓아라." 이렇게 사흘에 걸쳐 남편의 위로를 달랬고 뿐만 아니라 이 성의 모든 생명 있는 것은 죽이라 해서 개와 고양이도 다 죽었다. 이 도시를 불 지르고 파괴하는데 열흘에 걸쳐 처참하게 파괴했다. 전쟁 중 전사한 병사 포함 니샤푸르에서 174만 명이 이 전투로 희생되었다.

반면 호레즘의 서쪽 헤라트는 주민이 성문을 열고 몽골군을 맞아들여 무사할 수 있었다.

칭기스칸의 본대와 톨루이 부대와 우르겐치를 점령하고 내려온 차가타이와 오고타이 부대는 탈리칸 근처에서 합류하여 탈리칸을 손에 넣고 힌두쿠시를 넘어 바이만으로 향했다.

바이만 골짜기에서 벌어진 전투에서 차가타이의 아들 무투켄이 적이 쏜 화살에 맞아 죽었다. 칭기스칸은 식사하는 자리에서 사랑하는 손자가 죽었다는 소리를 차가타이보다 먼저 듣고 차가타이에게 말했다. "아들 때문에 울거나 애도하지 말라."하고 자신은 사람들 앞에 여러 번 울었다. 그리고 직접 바이만 공격을 독려하여 이곳의 전투는 가축까지 모두 죽여 버렸고 모든 시설물도 초토화시켜 전리품도 없이 끝났다.

차가타이의 아들 무투켄의 죽음의 대가로 처참하게 초토화되자 사람들은 이곳을 '저주받은 도시'라 했다. 한편 칭기스칸의 양아들 시키쿠투쿠에게 4만 5,000명의 군사를 주어 가즈니를 점령하라 명했다.

구사일생으로 우르겐치 성을 빠져나온 호레즘 왕국의 왕자 잘랄 웃딘은 도망 다니면서 호레즘 백성을 규합하여 소규모 게릴라 전투를 벌이는 동안 용맹스런 투르크족까지 용병으로 돈을 주어 사기까지 하자 점차 대규모의 군대가 모아졌다. 그 규모는 가족을 잃은 호레즘 백성과 투르크족 용병을 합하니 7만이 조직되었다. 이 호레즘 군사는 가즈니를 거점으로 방어하기 시작했다.

몽골의 시키 쿠투쿠 4만 5,000명의 군사와 잘랄 웃딘의 7만 군사가 파르완에서 첫 번째 전투를 치렀는데 승부 없이 끝났다. 첫날 전투를 마치고 각자의 진영으로 돌아온 잘랄 웃딘은 용병에게 "다음 날 전투에서 이기면 두 배로 더 주겠다." 했고 호레즘 군사들에게는 "이 전투에서 이기면 영지를 나누어 주겠다." 했다. 호레즘 왕국의 왕자 잘랄 웃딘의 이 말로 호레즘의 7만 군사는 사기가 하늘을 찌를 듯했다.

다음 날 전투가 다가왔다. 전투가 시작되기 전에 잘랄 웃딘의 용병들은 승리하면 용병의 품삯을 두 배를 준다는 말을 듣고 기습을 단행했다. 그 기습을 성공하여 시키 쿠투쿠가 이끄는 몽골기마 4만 5,000명

중 3만 명이 전멸하였는데 잘랄 웃딘의 군사의 손실은 거의 없었다. 호레즘으로서는 첫 승리의 경험을 맛봤다.

칭기스칸에게 시키 쿠투쿠가 이끄는 몽골 부대가 패했다는 전보가 도착하자 군을 재정비 후 진격하여 복수전에 나섰으나 잘랄 웃딘의 7만 군사는 칭기스칸이 온다는 소식을 듣고 가스니를 빠져나가 인더스강 기슭으로 이동했다. 칭기스칸도 그 뒤를 쫓아 인더스강으로 향했다.

이때 칭기스칸은 북인도 인더스강 유역에 이르렀을 때 칭기스칸의 시위(侍衛)에게 사슴 형상을 한 오색을 지닌 짐승 한 마리가 말을 걸어왔다. "너희 임금은 서둘러 돌아가야 한다."

칭기스칸은 이것을 괴이하게 여겨 옆에 있던 야율초재에게 묻자 야율초재가 대답하기를 "이 짐승의 이름은 각단[29]이라고도 하고 공자는 기린이라고 했습니다. 이 각단은 사방 언어를 말할 수 있고 죽이는 것을 싫어합니다. 지금까지 칸께서 많은 사람을 죽였는데 상천(上天)께서 살인을 그만하라고 각단을 보내어 폐하께 경고하시는 겁니다. 바라옵건대 천심(天心)에 따르셔서 인명을 너그러이 용서하신다면 실로 무궁한 복이 될 것입니다."라고 말했다.

1221년 11월. 몽골군과 호레즘 군은 인더스강을 등에 지고 결전을 벌였다. 호레즘 군은 가즈니 전투에서 승리하기는 했지만 초원전투는 몽골군에 비해 전투력이 약했다. 몽골군은 호레즘 군을 상대로 그믐달 모양으로 겹겹이 둘러싸고 인더스강 쪽으로 밀어붙이자 호레즘 군사는 손자병법에서 피해야 할 전법 중 하나인 배수진의 형태가 되었다.

---

29) 주: 각단(기린)이 나타나면 성인이 이 세상에 나올 징조라고 한다. 몸은 사슴 같고 꼬리는 소 같고, 발굽과 갈기는 말과 같으며 빛깔은 오색이며 각 나라의 말을 할 줄 안다.

잘랄 웃딘[30]은 정예부대를 중앙에 배치하고 포위망을 뚫기 위해 결사항전 했으나 포위망을 뚫지 못하고 말을 탄 채 6m 높이의 강둑에서 인더스강 급류 속으로 뛰어들자 칭기스칸은 그 모습을 보고 한마디 했다. "아버지라면 마땅히 저런 아들을 두어야 한다."라고 칭찬하자 부하들이 잘랄 웃딘을 쫓으려 하자 칭기스칸은 "그냥 놓아두라." 명령했다.

잘랄 웃딘은 다시 한 번 살아남아 1년 동안 게릴라전을 펼치다가 쿠르드 족의 본고장 디야르바크르 지역 농부에게 살해되었다.

호레즘의 전쟁으로 무슬림이 초토화되고 도륙당한 호레즘 병사와 주민의 수는 전능하신 신이 아담을 만드신 이래 지금에 이르기까지 무슬림에게 일어난 최대의 재앙이었다. 그 이전의 역사에서 무슬림이 유대인을 대상으로 살생했던 이스라엘 자손의 전체 수를 합하여도 몽골의 군사가 단지 무슬림의 한 도시에서 학살한 수보다 많지 않았다.

1222년 5월. 칭기스칸은 흰두쿠시 산맥의 남쪽지역에 머물고 있을 때 유명한 도교 승려 장춘진인 구처기의 방문을 요청했다. 70세 고령의 장춘진인 구처기는 칭기스칸의 요청에 따라 중국 동쪽 산동지역에서 수만 리를 여행하여 칭기스칸을 찾아온 것이다.

칭기스칸도 인생의 황혼기로 접어들면서 죽지 않는 영원한 삶에 관심을 갖게 되었고 그 방안을 찾아보기 위해 불로장생을 추구한다는 전진교의 이름난 도인 장춘진인 구처기를 머나먼 전쟁터까지 부른 것이다.

칭기스칸이 "장수의 비결은 무엇입니까?" 묻자 장춘진인 구처기는 "세상에 죽지 않는 것은 없다."고 대답하고 "생명을 올바르게 지켜가는

---

30) 주: 잘랄 웃딘은 이슬람 지역에서 호레즘 제국과 이슬람 문명을 지키기 위해 최후까지
    칭기스칸에게 대항했던 인물로 지금까지 영웅적인 인물로 추앙받고 있다.

방법은 알고 있지요." 하자 칭기스칸은 "올바르게 지켜가는 방법이 무엇인가요?" 묻자 장춘진인 구처기는 "금욕 등 무위청정의 생활을 지켜가면서 우주의 본체인 도에 접근해 가는 것이 바로 그러한 길이지요." 대답했다. "금욕 등 무위청정의 생활을 어떻게 지켜 갑니까?" 칭기스칸이 묻자 구처기는 "조금 먹고 많이 움직여 몸을 가볍게 하고 욕심을 버리고 남을 사랑하며 마음을 맑게 하면 됩니다." 하자 칭기스칸은 구처기의 말을 듣고 '내가 사람을 사랑하지 않고 많이 죽여 질책한다.'고 생각하고 말했다. "나는 꾸미기를 싫어하고 단순한 것을 좋아합니다. 실제로 내가 입은 옷은 소 치기나 말 치기와 같은 누더기였고, 내가 먹는 음식도 그들과 똑같습니다. 전쟁이 나면 나는 항상 앞에서 싸웠습니다. 그 결과 모든 세상이 나의 통치에 복속되었습니다. 나의 백성은 내 아들처럼 돌보고 병사들은 형제 같이 사랑합니다. 전쟁이 끝나면 백성들과 군사들을 모아 함께 먹고 마십니다. 지금 나는 천하의 지배자가 되었지만 사치를 버리고 소박함으로 돌아가 계속 절제할 것입니다." 이렇게 말한 후 서로 간의 대화에서 '장생은 없다'는 장춘진인 구처기의 솔직한 대답을 칭기스칸은 칭송하면서 측근들을 모아 놓고 "장춘진인 구처기는 하늘이 내려준 사람이다."라고 추켜세우며 모든 도교 교장의 관할권을 인정해 주고 세금 면제 혜택까지 주었다.

이때부터 칭기스칸은 다시 몽골 땅으로 돌아갈 생각을 하고 그해 겨울을 사마르칸트에서 보낸 후 시르다리야 강 북쪽에서 이듬해 봄을 보내고 타쉬켄트 근처에서 쿠릴타이를 열었다.

이슬람 세계에서 열린 쿠릴타이에는 거의 모든 정복지의 왕이나 사절단이 진상품을 가지고 모여들었다. 한편 카스피해 인근 지역으로 갔던 제베 장군의 2만 5,000여 명의 저승군단은 호레즘 왕이 죽은 뒤 테헤란 인근을 포함한 카스피해 남쪽 지역을 정복하고 북쪽으로 올라가 아제르바이잔 지역과 그루지아 지역을 공략하고 흑해 연안의 초원 지대 카프카스 지역에서 러시아 군과 제베의 저승군단 간에 격돌이 벌어지기 전에 제베 장군은 10명으로 이루어진 사절단을 보내 동맹 문제로 협상하게 했으나 그들은 제베의 사절단을 모두 처형했다.

킵착의 지배자인 쿠탄은 사위인 인근 갈리치 공국의 공후 므스티슬라브를 부추겨 키예프와 스몰렌스크 등 러시아의 공후들의 연합 군사들은 8만 명이나 되었고 제베 장군의 저승군단은 2만 5,000여 명에 불과했다. 이 연합군은 키예프의 므스티슬라브 로마노비치 공이 총사령관으로 지휘를 맡았다.

제베의 저승군단은 우런의 병법을 또 써먹기로 마음먹고 키예프의 막강한 군사와 제베의 저승군단은 그들에 비해 약하다는 것을 보여 줄 심상으로 허겁지겁 후퇴하는 척하자 킵착의 동맹군 일부가 기분 좋게 제베의 저승군단을 추격했다. 거짓 두려움에 떨며 도망가는 제베의 저승군단을 아무리 따라잡아도 잡힐 듯 말 듯하였다. 이렇게 사흘을 추격해도 따라잡을 듯 말 듯 약간씩 앞선 상태만 유지했다. 킵착군의 일부는 아예 추격에 참여하지 못한 동맹군도 있었고 일부는 느려서 뒤처졌고, 일부는 속도가 너무 빨라 몽골군의 기병대를 바짝 따라붙기도 했다. 사흘간 이런 식으로 유인하기 위해 계획적으로 몽골군은 도망을 쳤지만 킵착군은 계획 없이 단지 전리품만 뺏으려는 심상으로 그들을 놓칠까 봐 계속해서 뒤쫓기만 했다.

아조프해로 흘러드는 칼카강 강변에까지 와서야 제베 장군의 저승군단을 따라잡았다. 제베 장군은 사실 이곳을 먼저 탐지하고 제베의 저 승군단이 수적으로는 작지만 가장 큰 타격을 줄 수 있는 곳이라 생각 하고 유인했던 것이다.

로마노비치 공은 그것도 모르고 몽골군이 달아날까 봐 사흘간의 긴 행군에 지친 부하들에게 쉴 틈을 주지 않고 추격하라고 부추겼다. 추 격대는 사흘간 제대로 먹지도 못했으나 제베의 저승군단은 말 위에서 마른 육포와 유제품을 충분히 섭취했고 여러 마리의 말들로 번갈아 가 며 타고 도망치는 전술을 펼치며 여기까지 유인해왔다.

제베의 저승군단 25,000명과 킵착 연합군 8만 명은 칼카강 강변에 서 대결의 순간이 왔다. 킵착군의 8만 병사의 대열이 길게 늘어서서 힘 을 한 곳으로 집중할 수 없게 되자 이때를 틈타 제베 장군은 큰소리로 함성을 질렀다. "후퇴중지! 후퇴중지! 후퇴중지! 반격이다! 반격이다! 모 든 군은 들어라. 새 말로 갈아타고 제1열은 1급 궁수의 경기마병으로 앞장을 서서 공격하라."

북소리로 공격 신호를 울리자 신기에 가까운 경기마병의 활 솜씨에 길게 늘어선 킵착 병사는 추풍낙엽처럼 떨어져 나갔다. 1급 궁수의 경 기마병이 휩쓸고 지나가자. 이때 제베 장군은 또 함성을 질렀다. "중기 마병은 대오를 유지하며 일제히 공격하라." 중기마병의 공격 북소리가 울리자 중기마병은 쇠비늘 갑옷과 흉갑(胸甲)을 두르고 양손에 전투용 도끼를 오랜 훈련을 통하여 습득한 대로 휘두르니 킵착 병사는 맥없이 쓰러졌다. 이 모습을 본 나머지 킵착 연합군은 달아나기 시작하자. 제 베 장군은 또 함성을 질렀다.

"경기마병은 즉시 달아나는 적을 공격하라." 또 다른 공격신호의 북이 울렸다. 중기마병은 달려오는 경기마병을 위해 길을 열어 줬고 가벼운 복장으로 무장한 경기마병이 신속히 달려가 달아나는 킵착 연합군 병사를 도륙하자 킵착 병사는 일제히 무기를 버리고 투항했다. 이 전투에서 제베 장군의 저승군단도 약 7,000명의 병력 손실을 입었지만 8만 명의 킵착군을 상대로 대승을 거두었다.

이 전투의 승리로 몽골군 7,000명의 넋을 달래기 위해 귀족들을 잡아 잔인하게 처벌하고 포로가 된 공후들과 귀족들 70명을 대나무 발 묶듯이 묶어서 땅 위에 눕히고 그 위에다 널빤지를 깐 다음 많은 군사들이 그 널빤지 위에 올라가 술잔치를 벌이자 아래에 깔린 공후들과 귀족들은 모두 질식하여 죽었다. 그리고 몽골군은 사라졌다.

귀족들을 이렇게 죽이고 사라지자 킵착 사람들은 "이 저승군단은 어디서 왔고 어디로 갔는지 아무도 모른다. 우리의 죄를 벌하시려고 그들을 데려오신 신만이 아실 것이다."

기독교인들은 "아무도 모르는 이방인 군사가 영토는 점령하지 않고 귀족들을 다 죽이고 어디론가 아무도 모르는 곳으로 사라진 것은 신이 내린 벌이다."라고 했다.

이 전투에서 승리한 후 제베 장군은 칭기스칸에게 서신을 보내 "계속 전진하여 북쪽에 무엇이 있는지 알아보겠습니다."라고 요청하자 허락을 받았다.

제베 장군의 저승군단이 북으로 이동하다가 그곳에서 그루지아의 작은 나라를 발견했는데 그곳에는 총명왕 조르지 3세가 통치하고 있었다. 같은 고려인 우런은 제베 장군에게 늘 이렇게 당부했다. "전투에 앞서 무작정 돌격하면 아군의 피해만 늘어나니 어떤 지역이든 치고 빠지는 전술은 언제나 유효합니다. 이점을 염두에 두고 전투에 임하셔야 합니다."

제베는 우런의 당부대로 언제나 유효한 작전인 치고 빠지는 전략을 구사하기로 했다. 조르지 3세의 그루지아군은 주변의 무슬림들과 수백 년 동안 싸워 온 덕분에 매우 숙련되고 용감한 자신의 군대를 자랑하고 있었다. 그루지아군은 자신의 땅에서 전쟁하는 것이기 때문에 이전에 수많은 투르크와 무슬림과 치렀던 수비전법과 똑같은 방법으로 몽골의 저승군단을 맞이하러 나왔다. 제베 장군은 그루지아군을 향해 몇 차례 돌진하여 몇 번을 일제히 화살을 쏜 후 방향을 틀어 달아나 버렸다. 그루지아군은 몽골군이 겁에 질려 패주했다고 생각하고 뒤를 쫓다가 기사들의 말의 속도가 차이가 나자 대오마저 흐트러진 채 몽골군을 열심히 쫓기 시작했다. 몽골군은 기마의 속도를 조절하여 그루지아 기마병보다 조금 앞서가는 척하였다. 그루지아군의 말은 무거운 짐과 오랜 추격 끝에 점점 지치기 시작했다.

그루지아군 말들이 뒤로 하나둘 처지면서 좌우에서 나타난 몽골 경기마병의 활 솜씨에 뒤처진 병사도 하나둘 땅에 나동그라졌다. 달아났던 몽골군은 이미 계획했던 대로 준비해둔 새 말로 갈아타고 역으로 그루지아군을 쫓으면서 하나둘 화살을 쏘아 떨어뜨렸다. 그루지아군을 섬멸한 후 이 작은 나라의 귀족계급을 처형하고 속국으로 만들었다.

제베 장군은 남러시아의 여러 도시를 정복한 후 투항해온 병사 포함 20,000명의 저승군단을 이끌고 볼가강을 향하고 있을 때 볼고그라드 성주는 6만여 명이 군사를 거느리고 제베의 저승군단과 맞붙고자 했다. 볼고그라드 성에 도착한 제베 장군은 2만 병력으로 6만이 지키고 있는 볼고그라드 성을 점령하기란 어렵다는 것을 알고 우런이 가르쳐준 유인책을 펴기로 했다.

제베 장군은 사전에 볼가강변을 답사한 후 저승군단이 전투하기 좋은 장소를 미리 봐 두었다. 그래서 제베 장군은 그들 군대를 상대로 볼가강변으로 유인하기로 했다. 그 유인책은 단순한 것이었다. 두세 차례 공성용 사다리를 이용하여 성벽을 오르는 척하다가 사다리를 버리고 일제히 도망을 가는 작전이었다. 볼가강변의 도시 볼고그라드에서 볼고그라드 병사가 눈치채지 못하게 하나둘 공성용 사다리를 버리고 몽골군이 달아나자 볼고그라드 병사들은 멀리 달아난 병사들을 향해 승리의 함성을 지르며 외치기를 "성문을 열고 추격하여 저 몽골군을 전멸을 시키자." 이 말에 일제히 찬동하고 성문을 빠져나와 달아나는 몽골군을 향해 추격했다.

제베 장군은 달아나면서 전군에 명령하여 "저들이 따라잡을 수 있도록 천천히 말을 몰아라." 사전에 군사들에게 작전을 세워 주었다. "이번 전투는 천호가 아닌 2천호 덤불작전이다. 덤불작전은 너희들도 잘 알지만 이처럼 넓은 지형에 유리한 2천호 덤불작전이다." 이렇게 제베 장군이 전 군사에게 작전 계획을 하달하고 유리한 위치로 이끌어 내기 위해 교전하는 척하다가 이내 힘에 부치는 시늉을 하며 달아나고 또 교전하는 척하다가 힘에 부치는 듯 달아나고 잡힐 듯하면 달아나고 이렇게 도망치다가 이미 정해준 장소에 도착하자 제베의 저승군단은 2,000명을 한 줄로 10줄의 대오를 갖추었다.

뒤따라오던 볼고그라드 병사들도 대오를 갖추었다. 볼고그라드 6만 병사들은 어깨와 어깨를 맞대고 단단히 버티며 2만 명의 제베의 저승군단을 우습게 여겼다. 이때 몽골진영에서 소리 나는 화살을 쏘아 하늘에서 휘잉 소리와 함께 고요한 정적은 일순간에 깨졌다.

이 소리와 함께 말을 탄 몽골군, 2천 명이 한 조가 되어 화살거리만큼 힘차게 내달리다 갑자기 멈추고 볼고그라드 병사 대오를 향해 화살을 쏘았다.

한 조에 2,000발씩 순식간에 2만 발이 볼고그라드 병사들에게 쏟아지자 어깨를 맞대고 있던 병사가 피를 흘리고 쓰러지는 것을 보고 공격 범위 내에 들어오는 몽골군은 없었다.

공격범위 내에 몽골군 없이 옆 전우가 피를 흘리며 쓰러지자 볼고그라드군은 분통이 터져 몽골군이 쏜 화살을 다시 그들이 사용하지 못하게 부러트리는 것밖에 아무것도 할 수 없었다. 2천호 덤불작전을 연속 세 차례 진행하자 볼고그라드 궁수들도 몽골군을 향하여 일제히 화살을 날렸으나 유럽의 화살은 몽골의 화살보다 사정거리가 짧아 몽골군을 맞추지 못했다. 오히려 볼고그라드 궁수들이 쏜 화살을 모두 주어 그것을 부러뜨리지 않고 볼고그라드 궁수들에게 되쏘아 희생이 늘어나자 볼고그라드군은 공황 상태에 빠지더니 서둘러 도망가기 시작했다.

이때 몽골의 중기마병과 경기마병은 일제히 새 말로 갈아타고 쫓자 볼고그라드 군은 두려움에 떨며 달아났다. 제베의 저승군단은 사슴을 사냥하듯 느긋하고 천천히 맨 뒤의 병사들부터 한 명 한 명 정조준하며 그들을 쓰러뜨렸다.

이렇게 하여 제베의 저승군단은 볼가강변에서 볼고그라드 군을 격파했다. 그리고 제베 장군은 우랄 산맥의 캉글리족을 무찌르고 원정을 마치고 1224년 돌아오는 길에 피로에 지친 노익장으로 그 당시 살 만큼 산 69살의 나이로 생을 마감했다.

제베는 고려인 김준의라는 이름으로 15살의 이른 나이에 의종의 아들 효령태자의 호위무사로서 2만 냥에 국경까지 안전하게 모시는 임무를 시작으로 다시는 고국으로 돌아가지 못하고 몽골에 흡수되어 지르코아다이의 이름으로 활약하다가 칭기스칸에게 생포되어 다시 제베라는 이름을 하사받고 칭기스칸보다 먼저 유럽을 정벌하고 돌아오는 길에 과거의 모든 이름을 지워버린 채 제베라는 이름만 남기고 세상을 떠났다.

칭기스칸은 제베의 활약으로 호레즘과 러시아를 정복함으로 중앙아시아의 많은 지역을 정복할 수 있었다.

칭기스칸은 새로 정복한 땅을 떠나기에 앞서 몽골 전군을 상대로 대대적인 축하 행사를 열었다. 그 행사는 겨울 몇 달 동안 계속되면서 형제들 간에 우의를 다지기 위해 모든 군사와 함께 행사의 일부인 사냥대회로 토끼, 꿩, 가젤, 영양, 야생나귀 등 그 산의 모든 짐승을 사냥했다.

이 행사에 다른 형제들은 다 참석했으나 칭기스칸의 맏아들 조치는 칭기스칸과 합류하지 않고 러시아에 그대로 머물러 있자 칭기스칸이 여러 차례 소환하였으나 몸이 아프다는 핑계로 끝내 응하지 않았다. 하지만 아프다고 했던 조치가 자신의 부하들을 위해 따로 축하 사냥대회를 열었다는 소식을 들은 칭기스칸은 이때부터 조치와의 부자 관계는 멀어지기 시작했다. 칭기스칸은 혼자 중얼거렸다. "내가 죽은 뒤 형제들 간 분열이 일어날까 염려되는구나. 나의 맏아들은 내 피가 아니라서 나의 부름을 거역하는구나!"

호레즘 원정을 마치고 돌아온 칭기스칸은 1225년 겨울부터 1226년 여름까지 툴라강 근처에서 보냈다.

자기의 생이 얼마 남지 않음을 안 칭기스칸은 자신의 죽음에 대한 금기로 여기는 쿠릴타이를 소집했다. 이 모임은 차기 대칸의 후보자들이 모두 다 모였고 자신의 가장 신임하는 참모들, 우런, 보르추, 젤베, 수베테이, 야율초재도 참석했으나 무칼리와 제베는 죽고 참석하지 못했다.

자신이 죽은 후 권력을 순조롭게 승계하려면 여기 모인 사람들의 동의와 후계자 한 사람을 향한 지원이 필요했기 때문이었다. 회의가 시작되자 칭기스칸은 먼저 말을 꺼냈다. "만일 내 아들 중 한 아들이 대칸이 되면 서로를 섬기지 않으면 안 된다. 이 문제에 대해 장남 조치가 먼저 말을 해보거라."

칭기스칸은 사냥대회 때 조치가 소환은 불응했지만 조치에게 먼저 발언권을 주어 그가 장남임을 공개적으로 알렸고 이로써 강력한 후계자 후보라는 것을 칭기스칸이 간접적으로 말하는 것이라 여긴 둘째 차가타이는 오래전부터 '형은 아버지의 피가 흐르지 않는다.'는 생각을 늘 하고 있던 터라 아버지가 알리는 조치의 첫 발언권을 먼저 가로채어 칭기스칸에게 도전했다. "조치에게 먼저 말하라고 하는 것은 그에게 후계 자리를 제안한다는 뜻입니까? 우리가 어떻게 사생아의 다스림을 받을 수 있습니까." 차가타이가 여기에 모인 사람들 앞에 이렇게 말하자 조치는 사생아라는 말을 듣고 발끈하며 일어나 천막 안을 가로질러 차가타이의 멱살을 잡고 서로 주먹질을 하자 주위의 사람들은 말렸고 칭기스칸은 괴로움이 섞인 말로 과거 부르테가 납치당할 때를 회상하며 말했다.

"우리는 좋은 말을 타고 다 달아났을 때 네 어머니는 달아나지 못했다. 네 어머니는 다른 남자를 단 한 번도, 나 이외는 다른 남자를 사랑한 것이 아니라 나를 죽이려고 온 사람들에 의해서 어쩔 수 없이 납치당했다. 너희들은 하나의 뜨거운 자궁으로부터 태어났으며 이렇게 너희들의 모든 생명을 나누어준 어머니를 모욕한다면, 너희를 사랑한 어머니의 마음을 얼어붙게 만든다면 나중에 사과한다 해도 아무런 소용이 없음을 너희들은 알아야 한다."

칭기스칸이 애조 띤 말로 조치가 자신의 맏아들임을 다시 한 번 인정한다는 뜻으로 말하자 오고타이가 아버지 앞에 무릎을 꿇고 말했다. "그 누가 대칸의 말에 반대할 힘이 있습니까. 그 누가 대칸의 말을 거부할 수 있겠습니까. 모든 형제들은 대칸의 말에 순종하고 문서로 기록합시다." 그렇게 하여 문서로 기록해 두어 사건은 일단락되었다.

그리고 그의 친부 문제는 다시는 입 밖에 내지 말라고 명령했다. 그렇게 하는 것만이 다시는 자신이 낳은 아들들로부터 부르테를 마음 아프게 하지 않는 유일한 길이었다.

하지만 차가타이는 칭기스칸의 말에 순종했으나 아버지를 향해 빙긋이 웃으며 "입으로만 잡은 사냥감은 말에 실을 수 없습니다. 입으로 죽인 사냥감은 껍질을 벗길 수도 없습니다." 나머지 자식들도 겉으로는 조치가 맏아들이라고 했으나 속으로는 그렇게 생각하지 않았다.

칭기스칸은 자신의 가장 신임하는 참모들과 신하들을 향해 침울한 표정으로 한마디 던졌다. "내 자식들만 남기고 나머지는 모두 자리를 비켜 주었으면 합니다."

칭기스칸의 말에 자식들 외에는 모두 회의장을 빠져나갔다. 칭기스칸은 차가타이를 쳐다보며 이렇게 말했다. "사람들을 다스리기 위해서는 자기절제가 필요하다. 자만심과 분노를 극복해야 다른 사람의 지도자가 될 수 있다. 자만심을 짓누르는 것은 호랑이를 제압하는 것보다 어려우며 분노를 이기는 것은 힘센 수사자를 이기는 것보다 어렵다. 이처럼 자만심을 삼키지 못하면 남을 지도할 수 없다. 절대로 자신이 가장 강하다 생각하지 말라. 강하다고 생각하는 순간 이미 자만심이 너희들을 굴복시켜 어떤 누구의 지도자도 될 수 없다. 알았느냐 나의 자식들아!" 칭기스칸이 이렇게 말하자 그의 자식들은 동시에 "네, 알겠습니다."

또 자기의 아들들에게 "너희들은 기억해 두라. 누가 나를 보호해 주리라는 것을 생각하지 말라. 다른 사람들이 나를 대신해서 옳고 그름을 가려 주려니 구하지 말라 나는 평생 내 자신에게만 의지하도록 운명 지어졌다. 너희도 마찬가지이다. 알았느냐?" 그의 자식들은 동시에 "네, 알겠습니다."

몽골 사회에서는 자식 앞에 말을 많이 하는 것을 좋아하지 않는다. 하지만 칭기스칸은 계속해서 말을 이어나갔다.

"너희들은 사람들 앞에서 너무 많은 말을 하지 말라. 필요한 말만 하라. 지도자는 말이 아니라 행동을 통해 자신의 생각과 의견을 보여 주는 것이다. 지도자는 백성이 행복하기 전에는 결코 행복할 수 없다. 좋은 옷을 입고, 빠른 말을 타고, 아름다운 여자를 거느리면 자기 자신을 잊고 노예나 다름없는 삶을 살아가게 된다. 백성에게 먼저 좋은 옷을 입히고, 빠른 말을 타게 하고, 아름다운 여자를 신부로 삼게 해준다면 어느 백성인들 그 지도자를 따르지 않겠느냐. 그러니 나의 자식들아 '지도자는 백성이 행복하기 전에는 결코 행복할 수 없다.'는 것을 명심해야 한다. 알겠느냐."

그의 자식들은 동시에 "네, 알겠습니다." 이렇게 자식에 대한 훈계가 끝나자 참모와 신하들을 들어오라고 한 후 칭기스칸은 의제를 돌렸다.

칭기스칸은 서하와 남송을 죽기 전에 해결해야겠다고 생각했고 특히 호레즘 원정 때 서하(西夏)의 신종 이준욱(李遵頊)에게 사신을 보낼 때를 떠올렸다.

'그대는 내 우익이 되겠다고 하였다. 나는 호레즘 사람들에게 우호적으로 지내자고 사신을 보냈거늘 그들이 내 황금 굴레를 끊어 버리자 단호하게 출정하니 우익이 되어 출전하라!'고 하자 신종 이준욱이 말을 꺼내기도 전에 옆에 있던 참모 아샤감부가 "능력도 없는 주제에 칸이 다 무엇이냐? 칭기스칸이 혼자서 호레즘을 물리칠 수 없다면 아예 전쟁을 하지 말라."라고 하면서 원병을 주기는커녕 모욕을 주면서 칭기스칸의 사신을 쫓아냈다. 이 소식을 들은 칭기스칸은 "우리가 무엇 때문에 아샤감부 같은 자에게 수모를 당하는가! 그자들을 치는데 어려울 것이 뭐가 있겠는가! 하지만 지금은 호레즘을 향해 진격해야 하니 그대로 두겠다."라고 한 몇 년 전을 떠올렸다.

칭기스칸이 호레즘 원정을 서하에게 요청했을 때 칭기스칸이 욕을 당한 일이 있기도 하여 이를 응징하는 차원에서 서하정벌에 나섰다.

1226년 여름에 칭기스칸은 서하로 출정했다. 칭기스칸은 서하 왕에게 항복하라고 최후통첩을 보냈으나 칭기스칸을 모욕했던 서하군의 사령관 아샤감부는 끈질기게 저항했다.

몽골군이 접근해 쳐들어오자 서하의 대신 아샤감부는 지난날의 도발 책임을 한 몸에 지고 칭기스칸에게 도전했다.

칭기스칸은 1226년 3월. 에친고르에서 서하로 쳐들어가 감주를 점령하고 여름 주둔지를 산 위에 설치하여 쉬고 가을에 동쪽으로 이동하여 양주를 점령했다. 서하의 대신 아샤감부 군을 아라산맥에서 격파했다.

칭기스칸은 수하 장수들에게 "서하인들을 닥치는 대로 도륙하라."는 명령이 떨어지자 옆에 있던 우런은 칭기스칸에게 권하기를 "비옥한 땅과 솜씨 있는 서하백성들의 가치는 참으로 높으니 서하백성을 보호하고 세금을 부과한다면 파괴하여 살육하는 것보다 훨씬 이득입니다."라는 것을 설명했다.

칭기스칸은 이 말을 듣고 "살육 대신 서하에 규칙적으로 세금을 낼 수 있는 행정체계를 만들라." 명령했다.

1226년 11월에 흑구성을 공격하여 서하의 원군을 평원에서 격파하고 12월에 영주를 점령했다. 그 후 칭기스칸은 수도 흥경(興京)를 포위하자 서하의 마지막 10대왕 이현(李晛)은 칭기스칸에 화친을 제의하기 위하여 자신의 왕비를 사자로 보냈다.

이현은 자신의 아름다운 아내 쿼르벨진를 사자로 보내기에 앞서 "이 나라를 구하는 길은 당신밖에 없소. 당신이 이 나라를 구해 주구려." 쿼르벨진은 "폐하! 이 나라를 구할 수만 있다면 어떤 일도 마다하지 않겠습니다."

그렇게 하여 쿼르벨진의 질에 콜레라균을 묻혀 서하의 마지막 왕 이현의 친서를 직접 들고 칭기스칸의 진영으로 사자의 자격으로 들어갔다. 칭기스칸은 이현의 친서를 펼쳐 보았다.

"위대한 칸이시여! 화친을 표하고자 나의 가장 아름다운 왕비 퀴르벨진을 사자로 보내오니 사자로 있는 동안 취하시고 화친에 응하시옵소서."

칭기스칸은 사자로 있는 동안 취하라는 내용의 친서에 눈길을 멈추었다. 이는 이현의 계략에 걸려들었음을 말한다.

칭기스칸은 생각했다. '저렇게 아름다운 왕비를 오래도록 내 곁에 두려면 거절하는 시간을 오래 끌어야겠다.' 생각하고 결정을 쉽게 내리지 않았다. 이것은 이현이 생각한 것과 일치했다.

퀴르벨진은 첫째 날 밤과 둘째 날 밤도 칭기스칸을 만족하게 해 주었다. 셋째 날은 이미 준비한 콜레라[31]균을 더 많이 질에 넣은 후 작은 상처가 날 만한 반지로 갈아 끼고 있을 무렵 칭기스칸은 잠자리를 청했다. 몸이 합치기 전에 반지의 방향을 몰래 돌리고 칭기스칸의 국부 끝에 피가 나오지 않을 만큼 반지 낀 손가락으로 잡아 긁으면서 삽입을 하자 칭기스칸도 전혀 눈치채지 못하였다.

칭기스칸은 싫증을 느끼고 사자로 온 퀴르벨진을 돌려보낸 후 화친을 거절했다. 머지않아 국부에 고름이 생기자 막내아들 톨루이를 불렀다. "아들아! 나는 병이 심하니 조용한 곳에 머물고 싶구나." 그렇게 하여 전쟁 중에 칭기스칸을 청수하로 옮겼다.

청수하로 떠나기 전 서하를 점령하거든 "서하왕의 처형은 토룬 체르비에게 맡겨라." 명령했다.

---

31) 주: 일부 사람은 콜레라라고 했고 일부 사람은 매독 균이라고 했다.

1227년 여름 몽골군이 영하를 포위하고 있는 동안 아름다운 평원과 삼림이 우거진 육반산 근처의 청수하에서 칭기스칸은 병든 몸을 돌보고 있었다.

청수하에서 칭기스칸은 아들들을 불러 놓고 전래 이야기를 떠올렸다. '겨울이 왔을 때 머리가 여럿인 뱀은 경쟁하는 머리들이 자기들끼리 싸우는 바람에 어느 구멍으로 들어가 차가운 겨울바람과 눈을 피하는 것이 좋을지 결정하지 못하나 머리는 하나인 뱀은 꼬리가 여럿 있어도 한 구멍으로 들어가 세찬 바람과 눈을 피해 겨울 내내 얼어 죽지 않지만 머리가 여럿인 뱀은 굴에 들어가지 못하고 얼어 죽는다.' 이렇게 생각하고 칭기스칸은 오고타이와 막내 톨루이를 침실로 불러들였다. "내 병은 치료될 수 없을 정도로 위중하다. 만약 나의 아들 모두가 대칸이 되고 군주가 되려고 할 뿐 아무도 상대에게 복종하지 않으려 한다면 그것은 마치 너희들도 잘 알듯이 여러 개의 머리를 가진 뱀의 이야기와 같이 될 것이다. 그러니 셋째 오고타이를 후계자로 지명한다. 나의 죽음을 아무에게도 알리지 말라" 친기스칸은 왜 셋째 오고타이에게 대칸을 물려주려고 한 이유는 차가타이가 자객을 시켜 6개월 전에 조치를 암살했다는 것을 비밀요원을 통해 알고 있었기 때문이다. 그리고 칭기스칸은 말을 이어나간다. "우런 선생이 금나라를 손에 넣는 방법을 알고 있다." 오고타이와 톨루이에게 숨을 헐떡이며 말했다. "우런 선생이 나에게 말한 것이다. 아들아! 금은 정예군을 동관에 배치하고 남으로는 연산을 방패로 하고 북으로는 황하를 장애물로 하고 있어 쉽게 격파할 수 없다. 하지만 그것을 공략할 방안이 없는 것은 아니다. 송과 금은 앙숙 간이다. 이것을 이용하여 송나라에 길을 빌리면 송은 길을 빌려줄 것이다. 이 길을 따라 남쪽에서 변경을 급습하면 금은 동관에 있는 정예 주력군을 구원 차 변경으로 보낼 것이다. 그러나 동관에서 변경까지 길은 멀어서 인마(人馬)는 지쳐 태반은 상실할 것이므로 쉽게 깨뜨릴 수 있으리라. 그것을 알면서 공격을 못하는 내 병이 무심하구나. 송나라에 길을 빌리러 갈 때 우런 선생이 가면 통할 것인데 선생도 노쇠하여 오늘내일하니 안타깝기만 하구나." 칭기스칸은 마지막 남은 힘까지 말을 다하고 숨을 거두었다.

그의 나이 예순 다섯에 조용히 눈을 감았다.

1227년 8월 18일. 칭기스칸이 육반산 근처의 청수하에서 숨을 거둘 때 아무에게도 알리지 말라는 유언대로 시신을 실은 수레가 몽골로 향하는 동안 칭기스칸의 장례행렬이라고 의심스럽게 바라본 모든 사람을 죽였다. 시신을 운반하는 수레가 오르도스 지역 무나산 근처에 이르렀을 때 바퀴가 진흙에 빠져 움직이지 않자 칭기스칸의 영혼에 간청을 드리는 의식을 치르자 수레가 움직였다. 그래서 이곳을 에젠호로(주군의 뜰)라 불렀다.

에젠호로에서 칭기스칸의 가묘가 만들어졌고 그 가묘가 만들어진 곳을 '나이만 차강게르'라 부른다. 이곳에서 시신이 잠시 머문 뒤 몽골초원의 케롤렌강 근처에 이르렀을 때에야 칭기스칸의 죽음이 공표되었다. 그리고 어린 시절과 고난의 시절을 보낸 부르칸 칼둔 산으로 옮겨져 그곳 산기슭에 묻었다. 그리고 그 무덤을 숨기기 위하여 1,000마리의 말들로 그 무덤을 밟게 하여 지금도 그 흔적을 찾을 수 없다.

칭기스칸이 사망한 뒤 2년의 애도 기간 동안에는 섭정으로 톨루이칸이 자리를 맡았다. 그 후 쿠릴타이 회의체에서 칭기스칸의 유언대로 오고타이가 만장일치로 몽골제국의 제2대 칸의 자리에 올랐다.

오고타이가 대칸에 오르자 가장 먼저 한 일은 남쪽으로 밀려간 금나라를 괴멸시키는 일이었다. 몽골 본토를 지키는 일은 차가타이가 맡았다.

이때 금나라는 애종 완안수서(完顔守緒)가 황제가 되었다. 애종은 정사를 다스릴 줄 아는 황제였다. 그는 황제의 넓은 사냥터를 작은 밭으로 나누어 농민들에게 주어 백성의 시름을 달래기도 했다. 섬서의 한 지방관은 금나라 애종에게 잘 보이려고 털빛이 새하얀 토끼 한 쌍을 황제에게 바치면서 "황제께서 방금 즉위했는데 마침 이렇게 훌륭한 토끼를 잡았으니 이보다 더 좋은 징조가 없으므로 경사를 축하하려고 삼가 받들어 올립니다." 하자 금나라 애종은 즉시 조서를 내려보냈다. "조정이 현철한 신하의 도움을 얻고 항간에 풍년이 들어야 가장 좋은 징조라 할 것이니 흰 토끼 한 쌍이 무슨 쓸모가 있는가? 그것도 먼 고장에서 사람을 파견하여 보내왔으니 이는 백성을 고단하게 하고 백성의 재물을 침범하는 일이니라. 즉시 토끼를 본고장에 갖다 놓아주고 이제부터 이런 것을 바치지 않도록 하라."

또 어느 날 어떤 사람이 상복을 입고 황궁의 승천문 앞에 와서 크게 웃었다가 다시 통곡하더니 다시 웃어대고 통곡을 하기를 미친 사람처럼 되풀이하자 위병이 그자를 향하여 "미친 사람처럼 웃었다 울었다 왜 야단이냐?"고 묻자 그는 대답하기를 "조정의 장군들이 모두 무능하니 웃지 않을 수 없고 금나라가 곧 멸망하게 될 것이니 울지 않을 수 없어서 그랬다." 그 말을 듣고 위병이 그를 붙잡아 조정의 대신에게 말하니 조정의 대신들은 그를 잡아다가 "저놈이 가증스러운 입을 놀리니 입을 꿰매든 효수형을 처해 본보기로 삼아야 한다." 하자 금나라 애종은 그 소리를 듣고 그 의견에 반대하여 이렇게 말했다.

"짐이 방금 칙령을 내려 백성들이 조정에 의견을 올리는 것을 허락했소. 설사 풍자하는 말, 비웃는 말일지라도 마음대로 말하게 허락해야 하오. 오늘 저 사람이 한 말이 듣기가 무섭긴 하나 일리가 있어 조정에서 경계해야 할 바이니 책망하지 마시오." 그러고 나서 그 사나이를 놓아주라고 명을 내렸다.

또 한 외척이 금나라 애종의 권세를 등에 업고 아무 연고도 없이 사람을 죽여 죽을죄를 지었을 때 대신들이 나서서 관대히 처리할 것을 사정했으나 금나라 애종은 단호하게 말했다. "외척이 죄를 범했다고 관대히 처리한다면 백성들이 어찌 이를 옳다고 여기겠는가?" 그리하여 즉시 명을 내려 그 외척을 참했다. 또 승상의 아들이 살인죄를 범하였을 때에도 금나라 애종은 조금도 주저하지 않고 사형에 처했다.

금나라 애종이 이런 조치를 취하자 정치, 군사 등 각 방면에서 호전되는 기미가 보였다. 몽골군이 점령한 땅도 더러 되찾았다. 하지만 이런 정도의 개혁은 쇠퇴해가는 금나라를 구할 수는 없었다.

이 무렵 몽골군이 대거 남하하였다.

공격대형으로 중군은 오고타이 서쪽 우익군은 톨루이 동쪽 좌익군은 옷치긴이 맡았다. 몽골군이 몰려오는 동안 황하 북쪽의 주민들은 황급히 강을 건너 수도 개봉으로 몰려들어 300만 명이 넘어섰다.

금나라군은 몽골군에 비해 3배나 많아서 황하가 뚫리더라도 금나라군 3명이 몽골군 1명에게 달라붙어 매달리는 작전을 구사해도 이긴다는 생각을 하고 있었다.

1230년. 전쟁은 오랫동안 교착상태에 빠지자 오고타이 대칸은 섬서로 들어가 톨루이에게 공격을 명한 후 이듬해에 점령하였다.

톨루이는 속불한을 사신으로 남송에 보내 금을 치는데 길을 내어 달라 하자 속불한이 남송에서 살해되자 톨루이는 남송의 여러 지역을 공략하였다. 이 공격으로 남송이 피해를 보자 남송 백성들은 톨루이에 대한 원한이 가득 찼다.

1232년 정월. 오고타이는 남송에 사신을 보내 '금을 멸망시키면 황하 이남을 남송에 넘겨주겠다.'고 약속했다.

이때 송나라 조종에서는 조범 한 사람만 반대하고 모두 찬성하자. 오고타이는 동생 톨루이에게 "동관 서남쪽을 돌아 남송 영토를 지나 하남성 남단을 거쳐 금의 수도 개봉을 점령하라"고 명령했다. 톨루이는 오고타이 칸의 명령을 받들고 남송을 거쳐 금나라로 들어가 계속 동쪽으로 공략하여 요풍관을 함락시켰다.

그리고 동쪽으로 계속 진격하여 개봉성으로 향한 톨루이 군이 속전속결로 함락하자 당주에서 개봉으로 들어갈 때 금나라는 완안합달, 이자포아 연합군 15만이 등주로 집결하여 최후 방어선을 구축하여 몽골군을 공격하였다.

오고타이도 속불대를 보내 황하를 건너 개봉을 공격하라 명하자 몽골군은 금나라의 대부분의 땅을 정복하고 개봉성 밑까지 다다랐다.

개봉성은 외호와 내호로 둘러싸여 견고했다. 금군 15만 명이 성벽에서 일제히 화살을 쏘기도 하고 신무기인 진천뢰를 폭발시켜 몽골군을 놀라게 만들기도 하였다. 이런 전투가 3개월을 지속하자 몽골군도 피해가 이만저만이 아니었다.

이때 우런의 생애 마지막 서신이 도착한다.

"오고타이 칸이시여! 이것이 나의 마지막 서신이 될 것입니다. 칭기 스칸께서도 나에게 금을 반드시 정복하여야만 조상들을 뵐 명목이 생긴다 하였소. 그 개봉성을 점령하기 위해서는 개봉성으로 미처 피난하지 못한 금나라 백성을 모아 몽골군 복장으로 갈아 입혀 화살 거리보다 조금 먼 맨 앞줄에 서게 한 후 공성전 전차를 앞에 세워 50여 보 앞으로 전진했다가 뒤로 50여 보 후퇴하기를 계속하시오. 그러면 전진할 때 화살을 쏘아 전차에 맞힐 것이오. 그사이 몽골의 정예부대는 성을 둘러싸고 포위만 하고 있으면 아군의 피해는 없을 것이오. 금군의 수비병이 아군에게 쏜 화살은 성안으로 쏘지 말고 그것을 간직하고 있다가 그들이 성문을 열고 공격할 때만 사용하되 성문을 향해 쏘면 재사용하니 유인하여 적을 쏘아 맞추도록 하시오. 이렇게 하면 3달을 버티지 못할 것이요. 더 완벽하게 하려면 포로들에게 나무를 구해 성을 둘러싸고 매일 자시(子時)에 일제히 불을 질러 성 밖을 밝히면 몽골군은 잠을 자도 금군은 더욱 경계에 임하게 되므로 피곤이 날마다 더할 뿐만 아니라. 성내의 무기와 식량이 떨어져 오래지 않아 항복할 것입니다."

오고타이는 우런의 편지를 읽고 전군에게 명령했다. 정예군은 개봉성을 포위하고 공성용 전차를 앞세운 포로 몽골군을 배치하여 50보 전진시키자 한 번에 15만 발의 화살이 전차와 몽골진영 쪽으로 날아들자 다시 50보 후퇴하여 전차를 교체하여 앞세워 이 작전을 하루에 4~5번씩 전진하였다가 후진하였다가 하니 한 달이 채 되지 않아 개봉성 수비병의 화살이 다 떨어졌다.

그리고 진천뢰를 쏘기 위한 화약도 다 떨어졌다. 매일 밤마다 성 밖 주위를 둘러싸고 대낮같이 불을 밝히니 구원군도 얼씬도 못하자 결국 버티다 못해 금나라 애종은 몽골에 화친을 요구했으나 뜻을 이루지 못했다.

이 무렵 효령태자이자 우런은 마지막 편지를 보낸 후 얼마 지나지 않은 생을 준비하고 있었다. 1170년 이후 지금까지 효령태자라는 신분을 고려에 남겨두고 새로운 이름인 우런으로 살았으나 그는 죽음을 앞둔 2년 전부터 효령병법(孝靈兵法)이라는 책을 집필하고 있었다.

그 책의 내용은 칭기스칸을 따라다니며 펼친 묘책과 혹은 서신을 통하여 구사한 전략이 담겨 있는 병법서였다. 전술이 아니더라도 수박희가 몽골로 전해져 몽골씨름으로 전파된 것도 포함되어 있고 천호장 진법(陳法)과 칭기스칸과 우런 간의 서신교환에서 시작한 역참제도의 도입이라든가 각 전투마다의 묘책을 책으로 엮었다. 그리고 또 칭기스칸에게 전쟁 중 가르쳐준 전술을 '孝靈兵法'이라는 책에 고스란히 남겨 두고 1232년에 83세의 나이로 세상을 떠났다.

우런이 세상을 떠나고 2달이 채 되지 않아 금나라 애종은 개봉을 탈출하여 귀덕을 거쳐 채주로 도망쳤다. 애종이 도망을 가자 개봉성 안은 인심이 흉흉해졌다. 애종의 명을 받고 개봉 서쪽을 지키던 원수 최립은 이 기회에 자기의 일당인 한택, 약안국과 함께 군사를 풀어 반란을 일으켰다. 승상 이하 많은 관원들을 죽인 다음 위소왕의 아들인 양왕 완안종각을 세자로 세워 나라를 감독하게 하였다. 그리고 최립 자신은 태사, 병마도원수, 상서령, 정왕이라 칭하고 군정대권을 모조리 자신의 손에 넣었다. 그는 아내를 왕비로 봉하고 큰 아우 최의를 재상으로 봉했으며 작은 아우 최간을 대원수로 봉했다.

최립이 반란을 일으킨 목적은 정권을 통제하기라기보다는 몽골에 투항한 뒤 몽골의 통치자들을 등에 업고 황제가 될 꿈을 꾸었다. 그런 생각을 한 후 몽골군 대장에게 백기를 들고 찾아가 "항복하겠다. 개봉성과 금나라 황태후와 황후와 황제의 종친을 바치겠다."고 하자 몽골군 대장은 뜻밖의 항복에 일이 쉽게 풀리자 "항복을 받아들이겠다." 했다.

최립이 이렇게 몽골군 대장과 담판을 벌리는 사이 몽골군은 개봉성을 쳐들어가 최립의 처첩과 집안의 금은보화를 모조리 약탈해갔다.

이때 남송 조정은 급히 몽골과 연합하고자 사신을 보냈다. 그 사신은 이와 같은 제안을 했다. "남송 조정과 몽골은 남과 북에서 협공하여 금나라를 멸망시킨 후 황하 이남 땅은 남송에 황하 이북 땅은 몽골에 귀속시키기로 하자." 오고타이는 이 제의에 합의하고 금나라 애종이 거처하는 채주를 송나라군과 몽골군이 연합작전을 펼치는 지점으로 정했다.

송나라와 몽골이 연맹을 맺었다는 소식을 들은 금나라 애종은 재빨리 사신을 남송에 파견하여 화친을 구하는 편지를 보냈다.

"몽골은 이미 많은 나라들을 멸망시켰습니다. 서하국을 멸망시켰고 바로 금나라로 쳐들어와서 우리 금나라를 멸망시키려 합니다. 금나라가 멸망하면 그다음 차례는 어느 나라 차례가 되겠습니까? 바로 송나라 차례가 될 것입니다. 입술이 없으면 이가 시리다는 옛사람들의 말은 천만번 지당한 말입니다. 바라건대 송나라 조정에서 지난날의 원한을 잊으시고 우리 금나라와 강화를 맺으시오. 그러면 우리 두 나라에 모두 이로울 것입니다."

그러나 송나라와 금나라의 원한이 너무나 깊어서 금나라의 화친 요구를 단번에 거절해 버렸다.

1234년 정월. 채주가 송과 몽골의 군대에 포위된 지도 3달이 되었다.

금나라 애종은 대세가 기울어진 것을 알고 신하들에게 말했다. "짐은 10년간 조정에서 금자광록대부의 벼슬에 있었으며 또 10년간 황제로 있었다. 지금 생각해 보아도 그동안 큰 과실을 범한 것이 없었으니 죽어도 여한이 없소. 그런데 조상들이 대대로 물려 받아온 이 나라가 백년이 지나 오늘 나의 대에 이르러 망하게 된 것이 한이구려. 이렇게 되고 보니 옛날의 음탕하고 횡포한 황제와 다름없이 망국의 길에 올랐다는 생각에 실로 괴로워 견딜 수가 없소." 금나라 애종은 성 동쪽을 지키고 있는 원수 승린을 불러다 놓고 눈물을 흘리며 말했다. "채주를 지켜낼 것 같지 않소. 나는 몸이 뚱뚱하여 말을 탈 수 없어 빠져나가지 못할 것 같은데 아무튼 포로는 되지 않겠소. 만약 그대가 이 성만 뚫고 나가면 우리 금나라는 완전히 멸망하지는 않을 것이오." 금나라 애종은 이렇게 말한 후 머리에 쓴 왕관을 벗어 승린에게 씌워주었고 곤룡포를 벗어 걸쳐준 다음 목을 매어 자살했다.

승린은 금나라 애종의 유촉대로 왕위를 물려받은 뒤 장수들을 거느리고 이미 성안으로 쳐들어온 몽골과 송나라 연합군을 향해 시가전을 벌였으나 열세에 몰려 모두 전멸하고 120년간 지탱해온 금나라는 칭기스칸의 유지대로 마침내 멸망되었다.

이미 무칼리도 죽고 없었고 이번 금나라 원정에서 단연 돋보인 장군은 톨루이였다. 몽골군이 원정에서 돌아오자 오고타이 대칸보다 톨루이가 영웅시되자 오고타이는 위협을 느꼈다. 그때 마침 남송에서 이간책을 써 왔다. 오고타이 숙부인 테무게를 돈으로 구워삶아 금나라 원정에서 남송이 길을 내어주지 않자 톨루이가 남송 백성에서 자행한 원한을 갚기 위함이었다.

테무게는 오고타이 대칸과 독대를 하며 "이번 원정에서 톨루이가 큰 공을 세워 대칸을 넘보고 있으니 이 기회에 제거하지 않으면 늘 근심 덩어리가 될 것입니다." 하자 오고타이 대칸은 "어떻게 하자는 말이오?" 테무게는 대답했다. "남송에서 짐새의 깃털을 구해 왔습니다. 톨루이가 술을 좋아하니 그 술에 짐새[32]의 깃을 담갔다가 꺼내기만 하면 그 독으로 죽습니다. 그러면 '과도한 음주로 급사하였다.' 할 것입니다."

이렇게 하여 톨루이는 짐새의 독을 탄 것도 모른 채 자기가 가장 좋아하는 술을 마시고 죽었다.

오고타이 이후의 러시아 지역에 대한 본격적인 공격은 1236년에 시작되었다.

오고타이가 대칸에 올랐을 때 이미 가장 서쪽에 진출했던 조치는 사망하고 없었으나 조치의 둘째아들 서방정벌군의 총사령관 바투가 맡았다. 여기에는 칭기스칸 가문의 모든 지파가 포진했다. 오고타이의 아들 구육과 손자인 카이두, 차가타이의 아들인 바이다르와 손자인 부리, 톨루이의 아들 뭉케 등이 있었다. 이제 정복 전쟁은 아들 대에서 손자 대로 넘어가고 있었다.

1236년. 유럽침공군은 바투가 맡았는데 제베의 부하 장수였던 노장 수베테이가 보좌했다. 몽골군은 5만 명으로 원정을 출발했다.

첫 번째 공격은 불가리아인이 차지하고 있는 불가 강에 집결하여 랴잔 정복을 목표로 삼았다. 본대 앞에는 척후가 200명 있었고 다른

---

[32] 주: 양쯔강 이남에 사는 짐새를 양쯔강 이북으로 반입하는 것이 철저히 금지됐다는 기록이 있다. 송나라 시기에는 황제가 직접 명령을 내려서 짐새가 사는 산에 불을 질러 짐새를 죽였다는 문헌과 성안으로 짐새를 반입하려는 사람을 검거하여 그 새와 병아리들을 모조리 실처분했다는 기록이 남아있다.

200명이 척후를 도왔다. 몽골군이 볼가강에 이르자 수베테이는 볼가강을 따라 북쪽으로 올라갔고 톨루이의 장남 뭉케는 다른 부대를 이끌고 남쪽으로 킵착 투르크를 치러 갔다. 킵착인 가운데 일부는 뭉케를 피해 달아났지만 일부는 몽골군에 합류했다.

5만의 병력으로 출발한 몽골의 서방원정군은 볼가강변에 사는 불가르 인들을 무찌르고 킵착인들 역시 어렵지 않게 굴복시켜 몽골 경기마병으로 흡수하자 순식간에 몽골군은 15만 명이 되었다. 다음 차례는 동북쪽에 있는 러시아였다.

1237년 12월 몽골 푸른 군단은 혹한 속에 얼어붙은 볼가강을 이용하여 랴잔 공국으로 침공했다.

몽골군은 도시 랴잔으로 향하는 길에 여러 부대로 쪼개서 작은 마을을 초토화했다. 몽골 군사는 각 마을마다 힘센 민간인 10명의 포로를 잡아 잡일을 시켰다. 나머지 농민들은 황급히 도시 성으로 피신했다. 마침내 랴잔에 이른 몽골군은 여자 사절을 보내 항복 요구조건을 전달하자 그 요구조건을 들은 랴잔 주민은 경악했다. 주민들은 저 여자가 마녀일지 모를 거라고 말하며 어떠한 협상도 거절했다. 몽골군은 공격 준비에 들어갔다. 랴잔의 성벽을 공격하는 대신 포로로 잡은 주민들을 이용하여 나무를 베어 성벽으로 둘러싸인 도시 주위를 완전히 감싸는 나무 담을 쌓기 시작했다.

몽골군의 지시로 쌓은 담은 성을 완전히 둘러싸고 성문들을 봉쇄하는 역할을 했다. 이 담은 들어가지도 못하고 나가지도 못하게 완전히 차단해서 식량이나 어떠한 물자도 공급할 수 없었다. 랴잔 공국도 남녀노소 할 것 없이 전쟁에 참여하여 몽골군에 강력하게 저항하였다.

하지만 몽골군은 독 안에 든 쥐처럼 최대한 공포 분위기를 조성시킨 후 최신 무기들을 선보였다. 몽골군의 투석기는 돌 뿐만 아니라 불붙은 단지, 화약, 냄새나는 연막탄, 소이탄, 폭죽, 폭탄 등 이러한 무기들이 투석기를 통하여 성안으로 떨어지자 성안의 주민들은 용 입에서 날아와 불을 품어 내는 것으로 알고 "몽골인들은 용도 훈련시켜 데리고 다닌다."는 소문이 퍼졌다. 닷새 동안 이렇게 계속 공격을 퍼부어 댄 후 전투 6일째 되는 날에 몽골군은 파벽기로 성을 무너뜨리고 도시 안으로 입성하여 남녀노소를 막론하고 전투에 참여했다는 이유로 참혹한 학살이 자행되었다. 아침부터 시작하여 저녁 무렵이 되면서 끝이 났는데 살아남은 사람이 하나도 없어 죽은 사람을 위하여 눈물 한 방울 흘리는 사람조차 남아 있지 않았다.

다음 공격지는 블라디미르였는데 이 도시는 22m 높이의 성곽으로 둘러싸여 있었다. 몽골군은 이 성을 둘러싸서 투석기를 이용해 밤낮으로 공격하여 성안의 사람들을 잠시도 쉬지 못하게 했다. 결국 몽골군은 성벽을 허물고 22m 높이의 견고한 성을 함락시켰다. 그 후 인근의 수즈달, 로스토프, 야로슬라블, 등도 몽골군의 수중에 떨어지자 다음 목표지는 키예프 다음가는 노브고로드 공국이었다.

이 성을 공략하기 위하여 행진해 가는데 해빙기라서 질척거리는 진창길로 변해 있었다. 몽골군이 전진하는데 큰 방해가 되어 병사들은 지쳐갔다. 바투는 지친 병사들에게 휴식을 주기 위해 남쪽인 킵착 지역으로 되돌아가 전열을 재정비하고 휴식을 충분히 취했다.

1239년. 바투의 몽골군은 키예프로 접근해 들어갔다. 300년 이상 지속된 키예프 러시아는 상업과 수공업의 중심지이자 종교의 중심지로

11~12C에는 유럽에서 가장 크고 아름다운 도시 가운데 하나였다.

바투는 그 아름다움에 반해 싸우지 않고 손에 넣고 싶어 했다. 그러나 키예프인들은 결사항전을 다짐하고 대항했다. 투석기를 이용하여 성을 무너뜨린 후에도 시가전을 오랫동안 벌인 후 함락시켰다. 몽골의 푸른 군단은 동유럽 정벌에 나섰다. 동유럽을 목표로 삼은 몽골군은 두 갈래 길로 갔다.

하나는 차가타이의 아들 바이다르와 카이두가 이끄는 별동대는 폴란드 방향으로 갔고 다른 하나는 바투와 수베테이가 이끄는 부대는 헝가리 쪽으로 갔다.

헝가리를 넘으면 빈의 성벽이었고, 폴란드를 넘으면 독일의 도시들이었다. 독일의 도시들은 한자동맹으로 결성되어 게르만 기사들의 보호를 받고 있었다.

북쪽으로 간 몽골군은 얼음 강을 익숙하게 전진하여 폴란드로 입성하여 도시들을 차례차례 점령해 가며 전 지역을 뒤흔들자 슐레지엔의 헨리크 2세는 독일, 프랑스, 폴란드 전 지역의 기사들을 포함하여 3만 명의 군사를 모았다. 헨리크 2세는 싸울 수 있는 사람은 모두 징집했다.

1241년 4월 9일. 차가타이의 아들 바이다르와 카이두가 이끄는 별동대는 리그니츠 평원 부근 발슈타트라는 곳에서 헨리크 2세 기사단의 연합군과 마주쳤다.

몽골군은 도시에서 10킬로미터 떨어진 넓은 지역을 싸움터로 선택했다. 이 싸움터는 발슈타트 싸움이다.

헨리크 2세의 연합군은 독일, 프랑스, 폴란드 전 지역에서 온 기사단과 귀족들이었다. 그 귀족들은 반짝거리는 창과 검, 무게 나가는 방패와 화려한 가문의 기를 들고 문장이 박힌 옷을 자랑하며 육중한 군마 위에 앉아 있었다. 육중한 무게를 더해 쇠로 만든 말안장에 앉은 기사나 귀족을 등에 태운 말은 유럽에서는 같은 입장에서 겨루는 전투는 같은 처지이지만 몽골군의 기병은 나무안장에 가벼운 전투 복장이었다. 헨리크 2세 연합군 기사단의 전투복은 예식에나 어울리지 몽골과의 전투에서는 오히려 무겁고 거추장스럽기만 했다.

헨리크 2세는 연합군에게 "몽골군 대오를 향해 진격하라."고 명령했다. 몽골군은 첫 번째 돌격은 막아내는 척하였으나 두 번째 돌격에는 무너져 갑자기 달아나기 시작했다. 유럽의 기사들은 승리의 함성을 지르며 대열을 무너뜨리고 몽골군을 쫓기 시작했다. 몽골군은 잡힐 듯 말 듯 천천히 퇴각했다.

한참을 추격하자 유럽의 말들이 기사의 무거운 갑옷 때문에 지치기 시작했다. 이때 주위에서 천둥 같은 폭발음이 들리면서 하얀 연기가 짙은 안개처럼 헨리크 2세의 기사단을 뒤덮자 한 치 앞도 안 보인 헨리크 2세 기사단은 큰 혼란에 빠졌다. 이곳 연막장치까지 몽골군이 거짓 도망가자 기사단은 자만에 빠져 몽골군이 놓은 덫에 걸려 보병과 궁수와의 거리가 상당히 벌어져 도움의 손길을 받을 수 없는 손쉬운 먹잇감이 되어버렸다.

헨리크 2세의 기사단이 연기에 갇히자 몽골군은 기사단을 완전히 제압하고 보병과 궁수들까지 피해를 입혔다. 헨리크 2세의 3만 연합군 중 이 전투로 헨리크 2세 포함 2만 5,000명이 죽고 5,000명은 뿔뿔이 흩어져 도망쳤다.

이 시기에 바투와 수베테이가 이끄는 5만 몽골군은 3개의 부대로 나뉘어 헝가리로 들어가서 많은 지역을 약탈하자 벨라 4세가 이끄는 헝가리군이 추격하자 퇴각하기 시작했다.

수베테이는 며칠 동안 퇴각을 하다가 모히 평원에서 몽골군이 전투하기에 좋은 곳이라 여기고 전군이 대오를 유지하자 헝가리군도 이곳에서 대단위 진영을 마련했다. 진지 주위에 사슬을 둘러 조밀한 대형을 만들고 빽빽하게 모여 있는 헝가리군을 보자 몽골군은 휴대용 투척기를 꺼내 조립하여 화약, 불붙은 단지 등을 헝가리 진영으로 쏘기 시작했다.

헝가리군은 불을 견디지 못하고 진지에서 뛰쳐나오자 몽골군은 거의 완벽하게 C자형 전법으로 삼면만 포위하고 한쪽 면은 수도 페스트 방향으로 도망갈 방향은 비워 두었다. 헝가리군은 그 빈 곳을 보고 3일이면 달아날 수 있다는 생각에 기적이 일어난 것이라고 생각했다. 헝가리군은 전 군이 대오를 맞추어 페스트 쪽으로 향했다. 차츰차츰 대오가 흐트러지기 시작했다. 걸어가기도 하고 말을 타고 가기도 하고 무거운 장비를 들고 가기도 해서 대오가 뿔뿔이 흩어지고 말았다. 이렇게 되자 무거운 장비는 버리고 도망쳤다. 겁에 질려 달아나는 헝가리군을 맞이할 몽골 경기마병이 이미 앞에 배치된 상태였다. 기다리던 몽골군은 몰이 사냥하듯 벨라 4세가 이끄는 헝가리군을 화살로 쓰러트려 사방이 겨울 낙엽처럼 페스트 방향으로 뒹굴었다. 그리고 몽골군은 화살을 아끼려고 많은 헝가리 병사를 습지로 내몰아 물귀신을 만들었다. 이 전투로 몽골은 대승을 거둔 후 헝가리 왕 벨라 4세를 남쪽 아드리아 해까지 추격했다.

1241년 몽골군이 승리를 거둔 후 10월 6일 일요일. 일식으로 해가 사라지자 유럽은 불안으로 공황에 빠졌다. 이 일식이 성스러운 주일에 일어나자 몽골군에 의해 더 많은 사람들이 희생된다는 예언의 징조로 받아들였다.

부다페스트도 몽골군에 의해 함락되자 동유럽이 무너지면서 독일과 이탈리아 등은 헝가리와 폴란드에서 도망 나온 피난민들로 넘쳐났다. 유럽의 단결을 주장한 프리드리히 2세 외에는 그 누구도 몽골군과 대항하자는 말조차 꺼내지 못할 무렵 1242년 3월. 몽골 본토로부터 오고타이가 사망했다는 소식과 함께 바투의 귀환명령이 떨어지자 바투의 군대도 볼가강 하류의 본 영지로 돌아가자 서방원정은 끝을 맺었다.

효령병법

초판 1쇄   2018년 12월 21일

지은이   권오인
발행인   김재홍
교정 · 교열   김진섭
마케팅   이연실

발행처   도서출판 지식공감
브랜드   비움과채움
등록번호   제396-2012-000018호
주소   경기도 고양시 일산동구 건달산로225번길 112
전화   02-3141-2700
팩스   02-322-3089
홈페이지   www.bookdaum.com
이메일   bookon@daum.net

가격   15,000원
ISBN   979-11-5622-424-2 03810

CIP제어번호   CIP2018040609
이 도서의 국립중앙도서관 출판예정도서목록(CIP)은 서지정보유통지원시스템 홈페이지(http://seoji.nl.go.kr)
와 국가자료공동목록시스템(http://www.nl.go.kr/kolisnet)에서 이용하실 수 있습니다.

비움과채움은 도서출판 지식공감의 임프린트 출판입니다.